KB236650

오이도烏耳島

신승희

새미

이 도서의 국립중앙도서관 출판시도서목록(CIP)은 서지정보
유통지원시스템 홈페이지(http://seoji.nl.go.kr)와 국가자료공동목
록시스템(http://www.nl.go.kr/kolisnet)에서 이용하실 수 있습니
다. (CIP제어번호: CIP2013016792)

목차

선택 · ·5

연기緣起 · ·36

폭력에 관한 연구 · ·70

오이도烏耳島 · ·101

자작나무 · ·138

촉고數罟 · ·170

공손한 사람들 · ·201

무적霧笛 · ·230

장흥 가는 길 · ·257

작가 後記 · ·289

선택

1

그의 집에서 산까지의 거리가 애매했다. 걸어가기에는 너무 멀어 엄두가 나지 않았고, 길가에 서서 잡히지도 않는 택시를 마냥 기다리고 있자니 맥이 빠졌다. 버스는 아예 노선조차 없었다. 산행을 마치고 집까지 돌아갈 일 또한 만만치 않았다. 그래서 차를 끌고 오기 시작했는데 이번에는 주차하는 일이 문제였다. 차가 뜸한 대로변에 대충 세워놓았다가 두 번이나 주차 위반 딱지를 뗐다. 단속원들은 어딘가에 몸을 숨기고 있다가 꼭 그럴 때만 나타나는 치사한 인간들 같았다. 아내 모르게 범칙금을 갖다 바칠 때 속이 부글부글 끓었다.

이런 저런 이유로 K시 보건소는 그에게 여간 반가운 존재가 아니다. 불과 일 년 전만 하더라도 밭도 아니고 공터도 아닌 그냥 버려진 땅처럼 보이던 곳에 어느 날 말뚝이 박히고, 포크레인이 땅을 파헤치

고, 뚝딱뚝딱 망치소리가 요란하더니 어느 틈엔가 번듯하게 보건소
가 들어섰다.

그는 보건소 주차장 가장 구석진 곳에 차를 세워놓고, 마치 건강 검
진이라도 받고 돌아가는 사람처럼 사방을 휘휘 둘러보며 천천히 출
구로 향했다. 경비가 무슨 큰일이나 난 것처럼 쫓아나오며 여기에 차
를 세우면 어떻게 하느냐고 호들갑이래도 떨면 여간 귀찮은 일이 아
니다. 보건소에 볼일이 있어 온 것도 아니면서 비좁은 주차장 한켠에
차를 세워놓았으니 막무가내로 뻗댈 수도 없고 그렇다고 차를 빼서
돌아나가자니 그 또한 멋쩍은 일이 아닐 수 없었다. 이럴 때는 그저 소
리 없이 사라지는 것이 상책이다.

노인 요양원 쪽으로 난 문을 통해 밖으로 나서자 우선 안도의 한숨
부터 쉬어졌다. 산 아래는 여느 날과 달리 사람이 거의 없었다. 하기
야 평일인데다가 먹구름 낀 하늘이 꺼멓게 내려앉고, 바람까지 심상
치 않은데 선뜻 산행에 나설 사람이 어디 흔하겠는가. 등산로 초입은
얼마 전 내린 눈이 얼었다 녹았다를 반복하면서 살얼음이 잡혀있었
다. 등산화를 신었지만 미끄럽기가 꼭 고무신을 신은 것 같았다. 엉기
듯 조심조심 올라가는데 얽히고설킨 아카시아 가지를 훑고 지나가는
바람이 쏴아— 소리를 지르며 계곡 아래로 몰려 내려갔다. 성장을 멈
춘 듯한 소나무는 가느다란 줄기까지 다닥다닥 솔잎을 박은 채 솔방
울을 새까맣게 매달고 서 있다. 오염지대에 서식하는 소나무일수록
더 이상 성장할 생각을 않고 솔방울만 잔뜩 매달고 있다는 신문 기사
를 본 적이 있었다. 줄기를 굵다랗게 살찌우면서 하늘 높이 쭉쭉 제
키를 늘리기보다는 죽을 때가 가까웠음을 직감하고 자손 퍼뜨릴 본
능에만 사로잡혀있다는 것이다. 그는 파카 주머니에서 면장갑을 꺼내

양손에 꼈다. 호주머니에 두 손을 찌른 채 종종걸음 치다가 넘어지기라도 하면 무슨 망신일까 싶었다. 아니 그보다도 엎어져 무릎이라도 찢어놓으면 쏟아져 내릴 아내의 잔소리가 성가시다. 어쩌면 금족령이 내릴지도 모를 일이다. 그를 쳐다보던 아내의 복잡한 얼굴이 떠올랐다.

아침을 먹자마자 중학교 2학년 큰 딸아이와 초등학교 6학년 작은 딸아이 그리고 아내까지 썰물 빠져나가듯 뿔뿔이 흩어졌다. 언제부터인가 아침식단이 슬그머니 빵으로 바뀌었다. 아이들은 노릇노릇 구워진 빵에 버터를 살짝 바르고 그 위에 설탕까지 솔솔 뿌려 오물거리면서 잘들 먹었다. 껍질도 벗기지 않은 사과를 통째로 베어 먹고 초코릿을 탄 우유를 단숨에 들이키는 아이들의 식욕은 당당하기 그지없다. 식사시간 내내 아이들의 시선은 아내에게 고정되어 있다. 아이들은 모든 보고도 아내에게 하고, 지시도 아내로부터 받고, 돈도 아내로부터 받았다. 그는 그들의 분주한 아침을 한 발 물러나 물끄러미 쳐다볼 뿐이다. 도무지 그들 사이에 끼어들 틈이 없었다. 출근시간에 쫓기는 아내도 썩 내켜하는 눈치는 아니었지만 그런대로 빵 접시를 비웠고 설탕도 프림도 타지 않은 블랙커피를 맵시 있게 마셨다. 아내는 커피 잔을 내려놓자마자 붉은색 립스틱을 입술 위에 날아갈 듯 발랐다. 하얀 냅킨을 붉은 입술에 살짝 물고 있다가 떼어냈다. 냅킨 위에 아내의 붉은 입술이 선명하게 찍혔다. 그 도톰한 입술이 내 입술에 닿았던 적이 언제인지 가물거린다. 외투를 걸쳐 입는 아내에게서 낯선 향이 퍼졌다. 이것은 그가 알고 있는 아내의 향이 아니다. 얼마 전까지만 해도 뿌린 듯 만 듯 겐조 향이 은은했었다. 그런데 어느 날부터 낯설고 강렬한 향이 아내의 몸을 휘감기 시작했다. 그것은 뭐랄까 수컷을 유혹하는 천박한 냄새 같았다. 아내는 거실 한 구석에 그 향기를 충충하게 남겨놓고 또각거리며 사라졌다. 그는 그 암내를 흠뻑 들이마셨다.

그는 느끼한 식빵과 커피보다는 식어버린 콩나물국이라도 좋으니 밥을 말아 김치를 얹어서 먹고 나야 아침식사를 한 것 같았다. 그러나 3대1 다수결에서 밀리니 할 말이 없었다. 그래도 그가 가장으로서 모양새를 갖추고 있었을 때는 국과 밥으로 된 아침식사가 차려지더니 실직한 어느 시점부터 그의 식성 따위는 집안의 기준이 되지 못했다. 설거지만 해도 그랬다. 아내가 시간에 쫓겨 출근을 하다보니 아침설거지는 자연히 그의 몫이 되어 버렸다. 그래도 처음에는 여보 미안해서 어쩌죠. 그냥 둬요. 어차피 저녁 할 때 같이하면 되니까. 그렇게라도 그의 체면치레를 해주더니 이제는 당연하다는 듯 횡하니 나가버리면 그만이었다. 사실 아침 설거지가 그렇게 힘든 것은 아니다. 그까짓 접시 서너 개, 컵 몇 개 씻는 것이 어려울 게 뭐 있겠는가. 10분이면 뚝딱이었지만 그래도 그게 아니었다. 무거운 모래를 등에 짊어지고 입에서 단내가 풀풀 날 때까지 가파른 계단을 기어오르는 것이 차라리 수월할 것 같다는 생각이 불쑥불쑥 솟구칠 때가 있었다. 그러나 오늘도 그는 물을 아껴가며 설거지를 끝내고 마른행주로 물기까지 말끔히 닦아 종류별로 구분해서 수납장에 차곡차곡 집어넣었다. 젖은 행주를 깨끗이 빨아 싱크대에 가지런히 걸쳐놓고 주방을 나섰다.

텔레비전에서는 한물간 여배우를 불러내 들으나마나한 잡다한 일상을 엿가락 늘이듯 늘어놓고 있다. 왜 그런지 아침 토크쇼에 불려나온 연예인들은 거의 예외 없이 보수적인 아버지 밑에서 엄격하게 자라났다는 사실을 강조했다. 한물간 여배우도 예외는 아니었다. 보수

적이고 엄격한 가정교육과 그들의 직업이 어떤 함수관계라도 있는 걸까? 우연의 일치라고 하기에는 너무나 똑같다. 그는 그런 소리를 들을 때마다 왠지 이상한 생각이 들곤 했다. 저들은 보수적 엄격함으로 자신의 무엇을 가리려는 것일까? 진행자의 경박한 질문에 이은 방청객들의 깔깔거리는 웃음소리가 거실을 가득 메웠다. 그는 텔레비전을 끄고 신문을 펼쳐든 채 소파에 비스듬히 누었다. 별다른 관심도 없이 큰 활자만 골라 건성건성 훑어 내려갔다. 마디 없는 막막한 하루가 그를 기다리고 있다.

2

등산로 초입부터 시작되는 밋밋한 능선을 가볍게 보아서는 안 된다. 행여 조급한 마음에 서둘렀다가는 첫 번째 능선이 채 끝나기도 전에 낭패를 당하기 십상이다. 그는 이 산에 처음 올랐던 때가 떠올랐다. 빤히 보이는 완만한 능선을 내심 우습게 생각했고 단숨에 오르겠다는 욕심이 앞섰다. 뒷짐을 지거나 호주머니에 손을 찌른 채 시선을 숲 속 멀리 던지고 느릿느릿 걸음을 떼어놓는 사람들을 보란 듯이 앞질렀다. 그리고서 한 20여 분 지났을까. 결과는 참혹했다. 첫 능선이 끝나는 지점에 이르기도 전에 하늘이 노랗게 보이면서 울컥 구역질이 치밀어 올랐다. 침을 뱉으려 해도 혓바닥에 들러붙어 도무지 떨어지지 않았다. 왼쪽 가슴을 가로질러 찌르듯 통증이 훑고 지나갔다. 그는 체면이고 뭐고 따질 겨를도 없이 나뭇가지를 붙든 채 땅바닥으로 무너지듯 주저앉았다. 고개를 떨군 채 침을 흘리며 가쁜 숨을 몰아쉬었다. 느릿느릿 걸음을 옮기던 사람들이 흘낏 눈길을 던졌다가는 거둬들였다. 낭패감이 그의 뒤통수를 후려쳤다.

제대를 채 한 달도 남겨 놓지 않았을 때 육사출신의 새파란 대대장이 그의 부대로 부임해 왔다. 30대 중반이라 했고 말똥 두 개를 달고 대대장이 된 다음 첫 부임지라고도 했다. 이런 사실부터가 제대 말년에게는 재수 옴 붙은 것임에 틀림없었다. 하여튼 뭐든 새롭게 시작하려는 사람들은 어떤 식으로든 티를 내기 마련이었다. 짬밥 3년에 늘은 것은 눈치뿐이었다. 신임 대대장의 첫 번째 명령은 열외 일명 없이 유격을 받으라는 것이었다. 만약 자신의 명령을 거역할 시에는 지위 고하를 막론하고 가차 없이 사단영창에 집어넣겠다고 서슬 퍼렇게 부대원들을 협박했다. 그러나 행정반에 앉아 펜대 굴리는 얼굴 하얀 놈들은 어떻게 해서든지 모두 빠져나갔다. 언제나 별 볼일 없는 놈들만 박박 기는 것은 군대나 사회나 마찬가지였다. 나이 40을 넘기면서 목덜미에 두둑하게 군살이 붙고 배까지 불룩하게 나온 선임하사들도 예외가 없었다. 아침 8시 사병들과 똑같이 완전군장 구보를 뛰어야 하는 그들의 얼굴에 불만이 덕지덕지 묻어났지만 어쩔 수 없는 노릇이었다. 군대는 오직 계급과 명령만이 존재하는 세상이었다.

에누리 없이 31개월을 꽉 채우고 제대 특명까지 받아놓은 그는 노골적으로 투덜대면서 군장을 꾸렸고, 발바닥이 부르트도록 지루하게 행군한 끝에 드디어 목적지에 도착했다. 유격장은 해발 700 모악산 아래 흡사 마른버짐처럼 퍼져있었다. 산악 구보 도중 몇 명이 까물어쳤다는 둥, 훈련을 거부한 고참 몇 명이 사단 군기교육대에 보내졌다는 둥 흉흉한 소문이 끊임없이 떠돌았다. 진급을 앞둔 사단장이 특별히 예하 부대의 전투력을 점검하는 차원에서 실시되었던 그 해 여름의 유격은 지금까지 받아온 것과는 비교가 되지 않았다. 특히 공수부대 사격장에서 돌던 선착순 뺑뺑이는 지금까지도 끔찍한 기억으로 남아 있다. 150 표적지 보입니까—선착순 1명. 200 표적지 보입니까—선착순 2명. 빨간 모자를 깊숙이 눌러쓴 유격조교는 섬뜩할 정도의 차분하고 낮은 목소리로 그들에게 속삭였다. 조교의 작은 눈알이 뱀처럼 반들거렸다. 표적지를 향해 뛰어가느라 정신이 가물거리는 중에도 칼날같이 날을 세운 무수한 돌조각들이 후들거리는 그의 다리를 뻣뻣하게 긴장시켰다. 폼나야 할 제대 말년이 자욱한 흙먼지 속에서 처참하게 구겨지고 있었다. 까마득한 암벽 위에서 자일을 몸에 감은 채 좆같은 군대 씨벌놈의 국방부시계……를 풀풀 내뱉을 즈음 9박 10일의 지긋지긋한 유격이 끝나가고 있었다. 마지막 날 숙영지 철수준비를 끝내고 오른 모악산. 단독군장 산행이어서 더욱 그랬겠지만 그들은 마치 소풍이라도 나온 듯 입가에 웃음을 풀풀 날리며 거침없이 가파른 능선을 타고 올랐다. 숨 하나 헐떡거리는 병사가 없었다. 한 줄기 땀이 구릿빛 뺨으로 흘러내릴 뿐 싱싱한 젊음이 꽃처럼 피어났다.

그 뒤 20여 년의 세월이 흐르면서 그에게 남겨진 것은 메마르게 부풀어 오른 고깃덩어리뿐이었다. 40대 직장인 뒤에서 음산하게 서성거린다는 죽음의 그림자가 결코 남의 일 같지 않았다. 등덜미가 서늘해지는 불안이 그를 친친 옭아맸다. 그 무렵부터 시작된 산행이었다.

"아, 글쎄 말이예요. 솔직히 말해 그 사람들이 어디 대통령감입니까? 똑똑한 척들은 혼자 다 하지만 뭘 제대로 아는 것 같지도 않고…… 그래도 일국에 대통령인데 아, 옛날로 치면 나랏님인데 안 그래요. 대통령 나오겠다는 사람들을 보고 있으면 하나같이 마음에 안 들어요. 아옹다옹 싸움질만 할 줄 알았지……"

“……”

키가 훌쩍 크고 바싹 마른 노인이 고추장에 멸치를 찍어 입 속으로 던져 넣으며 핏대를 올렸다. 노인은 이 산의 터줏대감 같은 존재였다. 그가 산에 오를 때마다 마주치지 않은 적이 거의 없었다. 그렇다고 정상까지 오르는 눈치도 아니었다. 두 번째 능선을 넘어온 자리에서 전세 낸 듯, 정해진 벤치에 앉아 쉼 없이 열변을 토할 뿐이었다. 왜 대통령 감이 아니라는 건지 거기엔 어떠한 논리도 없었다. 다만 직관만 있을 뿐이다. 하기야 그게 더 정확할지도 모르지. 막걸리가 반쯤 담긴 페트병이 바람에 쓰러질까봐 손으로 잡고 있는 낯선 노인은 묵묵부답 듣고만 있었다. 이미 전작이 있었는지 터줏대감의 두 눈은 게슴츠레 풀어진 채 초점을 잃고 있었다. 세 번째 능선이 시작되는 작은 공터는 언제나 쉬어가는 사람들로 북적거렸다. 거기에서 등산을 끝내는 사람들도 적지 않았다. 그들은 약수터로 이어지는 샛길로 빠져 20분쯤 산길을 따라 들어가 약수를 마시고 되돌아 나오면 그것으로 산행은 끝이었다. 그러나 정상까지 오르려는 사람들은 일단 그곳에서 물도 마시고 준비해온 간식도 먹으면서 휴식을 취했다. 그런 곳에서는 으레 정치논쟁이 치열하기 마련이었다. 아마추어 논객들이 평소의 소신을 핏대 올리며 뱉어내는 곳이기도 했다. 그럴 때 보면 세상은 우국지사들로 가득 차 있는 것 같았다. 그러나 오늘은 바람소리만 스산할 뿐 썰렁하기 그지없다.

“안 그렇소, 젊은 양반?”

터줏대감은 앞에 앉아있는 노인이 토론의 상대로 영 마땅치 않은지 물끄러미 그를 쳐다보다가 불쑥 물었다.

“……”

그도 가타부타 말없이 물끄러미 노인을 쳐다만 보았다.

"막걸리 한 잔 하시려우?"

본격적으로 그에게 찐득이를 붙으려는 수작이었다. 그러나 그는 그런 종류의 대화에는 애초에 관심조차 없었다.

"고맙습니다만 저, 술 못합니다."

노인은 들릴 듯 말 듯 궁시렁거렸다. 요즘 젊은 것들은 통 싹아지가…… 어른이 주면 두말 않고……. 그는 못들은 척 앉았다가 슬며시 일어섰다. 하늘빛이 조금 전보다 더 어두워진 것 같았다. 이러다가 산행 도중 눈이라도 만나게 되면 낭패다. 터줏대감은 곧 그를 잊어버릴 것이다. 옆에 앉아 손사래 치는 노인에게 다시 술을 따랐다. 그는 두 노인을 남겨놓고 산행을 서둘렀다. 완만한 경사의 산길이 눈높이에 아득히 걸려있다.

"돌아내려오는 길이 만만치 않을 텐데 서두르셔야겠습니다."

그가 세 번째 능선을 따라 중간쯤 올라 가쁜 숨을 몰아쉬고 있을 때 산행 코스를 역으로 잡아 하산 길에 들어선 한 중년 사내와 마주쳤다. 친분은 없지만 낯설지는 않았다. 산행 도중 가끔 스쳐간 적이 있는 사람이었다.

"예, 고맙습니다. 살펴가세요."

"오다보니까 용월리 쪽으로는 벌써 눈발이 날리기 시작하던데. 아마 조금 있으면 여기도 쏟아질 겁니다. 싸래기가 심상치 않던데…… 큰 눈이 될지도 몰라요."

맞는 말이다. 아침나절부터 솜뭉치를 떼어 던지듯 맹렬한 기세로 내리기 시작하는 눈은 으레 별 볼일이 없다. 그런 눈은 시작했나 싶으면 어느새 흐지부지되기 일쑤였다. 첫 끗발이 개 끗발이라는 말이 여기에도 들어맞는 것 같았다. 그러나 정오가 지나면서 내릴 듯 말 듯 그것도 싸래기처럼 시작하는 눈은 일몰과 함께 대설로 바뀔 가능성이 많았다.

하산객을 내려 보내고 가쁜 숨을 찬 대기 중에 내뿜으며 한참을 더 올라갔다. 앞으로 20분쯤 더 올라가면 그가 백팔 번뇌라고 이름 붙인 돌계단 밑에 다다르게 될 것이다. 거기가 산행의 최대 고비다. 그는 멀리 던져져 있던 시선을 거두어 발밑에 고정시켰다. 장거리 구보를 하거나 산에 오를 때 시선이 멀리 던져져 있으면 지레 막막해지곤 했다. 그러나 발밑에 시선을 고정시켜두면 산비탈도 평지처럼 느껴지는 묘한 착각에 빠진다. 그러면 잠시나마 육체적 고통으로부터 헤어날 수가 있었다. 문제의 계단 밑에 다다랐다. 초록색 페인트를 칠한 산불감시탑이 검은 장막 아래 불안스레 흔들리고 있다. 산행 때마다 이 지점에 이르러 포기하고 싶은 적이 한두 번이 아니었다.

그는 한 가지 버릇을 가지고 있었다. 매순간 그의 운명을 점쳐보는 것이다. 가령 엘리베이터를 기다릴 때도 그랬다. 허겁지겁 아파트 현관문을 들어서면 그를 조롱하듯 방금 전에 올라가기 시작한 엘리베이터가 기껏해야 2, 3층을 지나고 있을 뿐이었다. 그 엘리베이터가 최고층인 25층까지 올라가면 불행이, 10층 이하에서 멈춰 다시 하강하면 행운이 올 것이다. 그는 자신을 향해 수도 없이 이렇게 내기를 걸었다. 십중팔구 엘리베이터는 최고층 아니면 그 바로 아래층까지 바득바득 기어올라가곤 했었다. 그럴 때마다 그는 엘리베이터 문을 부서져라 걷어차고 있는 또 다른 그를 물끄러미 쳐다보아야만 했다.

만약 여기에서 주저앉으면 불행이 올 것이고 고통을 참고 저 산불감시탑까지 기어오르면 행운이 올 것이다. 그때 산불감시탑은 단순한 철골 구조물이 아닌 그의 운명을 좌우할 수 있는 절대자의 모습으로 변했다. 한 발 한 발 무아지경에서 계단을 오르면서도 쌕쌕거리는 숨소리에 진저리가 쳐졌다. 무의식중에 계단의 숫자를 세기 시작했다. 만약 계단을 오르고 있다는 강박관념을 떨쳐버리지 못한다면 심장이 뻐개질 듯한 고통은 집요하게 그를 물고 늘어질 것만 같았다. 계단을 오르고 있다는 사실을 잊기 위해서라도 무작정 숫자 세기에 매달렸다. 서른 하나, 서른 둘, 서른 셋, 서른 넷…… 숫자세기에 몰입함에 따라 그가 계단을 오르고 있다는 의식은 점차 뒤로 밀려났다. 오십, 오십일, 오십이…… 그러나 의식과 몸은 분리되어 따로 놀았다. 그만 주저앉고 싶어졌다. 정말이지 한 발짝 들어 옮길 힘도 없었다. 여기에서 멈춘다면 불행이 그를 친친 옭아맨 채 놓아주지 않을지도 모른다. 백까지 세고 고개를 들었을 때 산불감시탑은 이제 우러러 보이는 절대자의 모습이 아니다. 거의 수평으로 그의 시선에 잡혔다. 백오, 백육, 백칠, 백팔. 드디어 그를 시험하던 지긋지긋한 번뇌의 계단이 끝이 났다. 그렇다면 행운이 올까. 그는 정신이 몽롱한 상태에서 산불 감시탑의 철주를 붙들고 무너지듯 주저앉았다.

3

달포 가량 그에게 아무런 일거리도 주어지지 않았다. 낯선 사무실 한구석에 명패도 없는 책상 하나가 덩그렇게 놓여 있을 뿐이다. 그의 공식명칭은 K은행 남부지역본부 조사국 조기원 과장. 그러나 그에게는 동료도 부하 직원도 없었다. 무엇을 어떤 방법으로 조사하라는 것인지 아무런 업무 지침도 없었다. 맡겨진 프로젝트가 없으니 수당은 일체 없고 기본급만 지급되었다. 신입 사원의 봉급보다도 적은 금액이 그의 통장에 찍혀 나왔다.

그는 2개월 전 남부지역본부로 대기 발령을 받았다. 대개의 경우 발령이 떨어진 후 아득바득 버티다가 6개월쯤 지날 때 사표를 쓴다고 했다. 그렇다면 그에게는 아직 4개월 정도가 유예되어 있는 셈이었다.

"조 과장, 아까 뭘 좀 물어볼 게 있어서 찾았는데 자리에 없데요."

나른한 오후 하품을 삼키면서 신문을 뒤적거리고 있는데 직속상관인 조사국장이 밑도 끝도 없이 불쑥 말을 걸어왔다. 그 말이 무엇을 의미한다는 것쯤은 그도 알 수 있었다. 월급을 타 먹으려면 일이 있든 없든 죽은 듯이 자리를 지키라는 말이겠지. 그것이 싫으면 지금 당장 사표를 쓰고 나가든지. 며칠 동안 그는 책상에 죽치고 앉아 자리를 지켰지만 국장은 그를 다시 부르지 않았다. 얼마든지 견딜 자신이 있었다. 그리고 반드시 견뎌내리라 그는 스스로에게 수도 없이 다짐했다. 누군가가 그를 업무 부적격자로 분류해 지역본부 한직으로 귀양을 보냈다. 어디서부터 잘못된 것인지 모르겠다. 끊임없이 그의 비위를 긁어대던 김차장의 기다란 얼굴이 또렷이 떠올랐다.

"조 대리, 요즘 카드 쪽은 좀 어때……?"

그보다 한 살 아래인 김 차장은 습관처럼 말끝을 흐렸다. 금융사들이 사운을 걸다시피 카드 사업에 열을 올리고 있었다. 그가 다니고 있는 은행이라고 예외일 수는 없었다. 김 차장은 그것을 묻고 있는 것이다.

그는 부르기 좋고 듣기 좋으라고 만들어놓은 과장이라는 호칭 대신 언제나 그를 대리라고 불렀다. 사실 맞는 말이기는 하다. 대리 발령 받은 지 7년이 넘은 고참들을 과장이라 부르고 입행한 지 6년이 지나도록 대리가 되지 못한 행원들을 계장이라고 부르고는 있으나 은행에서 행원이면 행원이고 대리면 대리지 계장은 뭐고 과장은 또 뭔가.

"지점장님께서 각별히 신경 쓰고 계시니까 단단히 챙겨. 괜히……아, 대리들 요즘이야 오죽 좋아. 옛날처럼 예금유치 스트레스를 받나……그땐 월말만 되면 딱 죽을 맛이었지. 예금유치 하려고 질척거리는 시장바닥을 헤매고 다니질 않았나. 지금이야 오죽 좋아. 돈 싸들고 와서 맡기겠다는 사람이 차고 넘치는 세상 아닌가."

그가 책상 위에 어지럽게 쌓여있는 출금청구서의 날인을 확인할 뿐 묵묵부답 상대를 않자 김 차장은 자기자리로 돌아가면서 쯧쯧 혀를 찼다.

출금청구서의 날인대조를 소홀히 해서 적지 않은 돈을 부당 인출한 적이 있었다. 일차적인 책임은 창구 직원에게 있었으나 담당 대리인 그도 감독 소홀의 책임을 면할 수는 없었다. 은행이라 돈도 흔하지만 그것에 대한 책임 또한 엄격했다. 그와 창구 직원이 반반씩 변제를 해서 일단 사태를 수습했다. 그러나 그것으로 모든 문제가 끝난 것은 아니었다. 현금 변제는 그의 근무 평점에 결정적으로 불리하게 작용했을 것이다. 그런 일이 있은 후, 그는 날인대조에 온 신경을 집중했다. 그러나 작정을 하고 속이려 드는 인간들을 어찌 당하겠는가. 한 명 도둑을 열 사람이 못 지킨다는 말도 있듯이 교묘하게 찍은 날인의 진위를 식별해 낸다는 것은 말처럼 쉬운 일이 아니었다. 그렇지 않아도 평소 근무에 열의를 보이지 않는 그가 눈엣 가시였을 텐데. 그런 실수가 있고 난 다음부터 김 차장은 그를 숫제 근무 부적격자 취급을 했다. 부당 인출 건은 빙산의 일각일 뿐이었다.

대학 졸업 후 은행에 들어와서 신명나게 일해본 적이 단 한순간도 없는 것 같았다. 사실 그는 은행원으로 사회생활을 시작하게 될 줄은 꿈에도 몰랐다. 대학시절 그는 자존심 강한 불문학도였다. 문학의 꽃은 뭐니 뭐니해도 불문학이라는 허영을 코끝에 걸고 다녔다. 라신느에 매력을 느끼기도 했고, 잘은 몰랐지만 랭보에 빠져들기도 했었다. 불문학과 몫으로 떨어진 총학 문화부장을 두말 않고 맡았다. 축제 때 연극을 준비하기 위해 며칠씩 밤을 새우다시피 했다. 연극공연장으로 꾸며진 어두컴컴한 소강당 한 쪽 구석에 앉아 있노라면 알 수 없는 희열이 온 몸으로 차오르는 것을 느끼기도 했었다. 그러나 그것은 덧없이 지나가는 짧은 한 시절에 불과했다. 졸업을 앞두고 있을 때 학교에서 직장을 알선해 주었다. 총학 간부에 대한 배려였다. 두세 개의 기업체와 시중은행 중에서 하나를 고르라고 했다. 연봉이고 뭐고 안정성이 제일이라는 아버지의 권유에 따라 그는 연봉 액수가 훨씬 많은 대기업을 마다하고 은행을 선택했다. 이것이 그가 은행원이 된 사연의 전부였다. 입행 초부터 남의 돈을 맡고 되돌려 주는 단순 업무에 신물이 날 지경이었다. 누군들 순간순간 얼마나 신바람이 나서 직장생활을 계속할까? 그렇지만 다들 묵묵히 자신에게 주어진 일을 별 탈 없이 꾸려가고 있지 않은가? 그렇다면 문제는 그에게 있었다. 직장생활 자체에 열의가 없다보니 번번이 승진 시험에 떨어졌고 그와 비례해 직장은 견디기 힘든 굴레가 되어 갈 뿐이었다.

전출 5개월째로 접어들 무렵, 그는 드디어 사표를 썼다. 퇴직금으로 1억이 조금 넘는 돈이 지급되었다. 거기에 약간의 위로금이 얹혀졌다. 그러나 그 돈으로 할 수 있는 일은 아무 것도 없었다. 한 이삼 년 은행에 묻어두고 가만히 계세요. 그게 도와주는 거예요. 아셨죠. 아내가 그를 보며 속삭였다. 그때부터 그는 빈둥거릴 수밖에 다른 도리가 없었다. 아내가 출근하면서 던져주는 만 원짜리 한 장으로는 점심을 대먹는 동네 식당에서 소주 한 병을 홀짝거릴 수 있을 뿐이었다. 주말마다 다니던 등산에 점점 미쳐갔다. 평일 오후 2, 3시쯤 그가 등산복 차림으로 집을 나서는 것은 이제 아파트 단지의 낯익은 풍경이 되어가고 있었다.

4

그는 산불감시탑 근처에 설치되어 있는 벤치에 누워 하늘을 올려다보았다. 검은 장막이 아주 낮게 드리워져 있다. 주변에 아무도 없는 것을 확인하고서 목청껏 소리를 질러보았다. 아ㅡ. 그것은 숫제 울음 섞인 비명에 가까웠다. 무언가 까칠한 것이 뺨을 스치는 것 같더니 금방 무채색의 공간을 뽀얗게 메웠다. 사납게 부는 바람 속에 히끗히끗 눈발이 난무했다. 산행 도중 이처럼 눈을 만나기는 처음이다. 전신을 훑고 지나가는 긴장감. 어쩌면 조난될지도 모른다는 과장된 두려움이 짜릿하게 그를 엄습했다. 정상부터 하산이 시작되는 지점까지 산마루로 연결되는 2킬로미터가 족히 넘는 산길. 아득바득 정상까지 올라가는 데에는 이 호젓한 산길을 걷는 매력이 컸다. 거의 평지처럼 뻗어 있는 길을 따라 걷다보면 실타래처럼 얽혀 있던 생각들이 가닥가닥 풀려지곤 했다. 그 대부분은 체념이겠지만 하산이 시작되는 지점에 이르러서는 미약하나마 무엇인가 서서히 몸속으로 채워져 옴을 느끼곤 했었다. 그러나 오늘은 그 긴 산길이 문득 공포스러움으로 다가왔다. 아까 서둘러 하산하던 사람과 조우한 다음, 지금까지 30분이 지나도록 그는 아무도 만나지 못했다. 올라오는 사람도 내려가는 사람도 없었다. 거뭇한 하늘과 아우성치는 눈발에 쫓겨 하산을 서두르다가 바위 위에 살짝 덮인 눈을 밟고 계곡 아래로 나뒹굴어 발목이라도 부러진다면 어떻게 될까? 그가 내지르는 고함은 사납게 휘몰아치는 바람소리에 묻혀 버리고 말 것이다. 서서히 어둠이 밀려오고 기다시피 필사적으로 하산하다가 곧 탈진하게 될 것이고 어느 후미진 곳에 쓰러지면 그의 몸 위로 하얀 천처럼 눈이 덮일 것이다. 그는 그렇게 엉뚱한 죽음과 조우하게 될지도 모른다. 가족 가운데 그의 늦은 귀가를 걱정해줄 사람은 아무도 없을 것이다. 그저 늦은 시간까지 또 어딘가를 쏘다니려니 생각할 것이다. 그의 몸은 빠르게 식어갈 것이고 …… 저체온증으로 인한 사망. 희극적이면서도 비극적인 환상이 눈앞을 스치고 지나갔다. 어느덧 산길을 따라 희끗희끗 눈이 덮이기 시작했다. 여기서 그만 되돌아 내려갈까? 순간적으로 그의 뇌리를 스치는 유혹. 그러나 그는 곧 그 유혹을 뿌리쳤다. 그것은 그의 삶이 지금보다 훨씬 더 암담하게 뒷걸음친다는 것을 의미했다. 앞으로 전진해야 한다. 그래야 살 수 있다. 그는 발밑을 유심히 살피며 걸음을 재촉했다. 산길에 촘촘히 박혀 있는 돌을 밟다가 미끄러지면서 순간적으로 몸의 균형이 흐트러질 때가 많았다. 그럴 때마다 조금 전 그를 엄습하던 불길한 상상이 등덜미를 훑고 내려갔다.

정상에서 길게 이어지던 산길이 끝나고 비로소 하산 지점에 이르렀다. 급경사 코스가 눈에 들어왔다. 바위 위에 철주가 촘촘히 박혀있고 그 철주를 따라 굵다란 밧줄이 연결되어있다. 날씨가 좋은 날은 로프를 잡고 홀쩍홀쩍 뛰어 내리면 그만이었는데 지금은 사정이 여의

치 않았다. 로프에 쌓인 눈 때문에 면장갑은 금방 축축하게 젖어들었다. 젖은 장갑이 손바닥에 칭칭 감기면서 제 기능을 잃었다. 오히려 거추장스러울 뿐이었다. 그는 장갑을 벗어 버리고 맨손으로 로프를 잡았다. 섬뜩한 냉기가 찌르르 팔을 타고 올라왔다. 로프로 연결되어 있는 급경사의 끝 지점 육중한 바위에 짓눌린 약수터가 괴괴하다. 몸을 구부린 채 몇 발짝 기어들어가 물이 쫄쫄거리는 가느다란 쇠파이프에 플라스틱 바가지를 디밀었다. 눈발이 아우성치며 흩날렸지만 목이 타기는 마찬가지였다. 바가지에 절반가량 고인 물을 단숨에 마셨다. 다시 또 한 모금 이번에는 물맛을 음미하며 씹듯이 마셨다. 이제 갈증은 어느 정도 해결되었다. 그런데 어쩌면 이렇게 사람하나 구경할 수가 없을까. 그는 가능하다면 복닥거리는 사람들을 피해 평일 산행을 즐기는 편이었지만 이렇게까지 적막해 보기는 처음이다. 그는 약수터를 짓누르고 있는 거대한 바위 밑을 엉금엉금 기어 나왔다. 이제부터 완만한 하산길이 지루할 정도로 이어질 것이다.

하산길을 따라 1킬로미터쯤 내려갔을 때 문득 시야에 움직이는 것이 잡혔다. 사람이다. 거리가 상당히 떨어져 있었기 때문에 성별을 구분하기는 힘들었다. 그쪽에서는 아직 그의 존재를 눈치 채지 못한 것 같았다. 발걸음에 변화가 전혀 없다. 만약 누군가가 뒤따르고 있다는 사실을 눈치 챘다면 어떤 식으로든지 반응을 보이기 마련이다. 걸음을 늦춰 뒷사람이 먼저 지나가길 유도한다든지 아니면 걸음을 빨리해 뒷사람과의 간격을 더 벌린다든지 그것이 인간의 본능이다. 저렇게 태연자약할 수는 없다. 거리도 거리지만 파커에 달린 후드까지 푹 눌러썼으니 그의 발자국 소리를 듣지 못했을 수도 있다. 설령 후드를 뒤집어쓰지 않았더라도 광포하게 휘몰아치는 바람소리가 모든 소리를 집어삼켰을 테니 결과는 마찬가지였을 것이다. 나뭇가지를 쥐고 탁—탁—탁—바위와 나무를 번갈아 두드리며 발걸음의 리듬을 맞추고 있었다. 등산화에 청바지, 점퍼형의 두툼한 흰색 파커. 이제 성별을 구별할 수 있을 정도로 거리가 좁혀졌다. 틀림없이 여자다. 매우 낯익은 뒷모습. 몸에 착 달라붙는 청바지를 입었다. 미끈한 하체의 선이 숨김없이 드러났다. 일자로 쭉 뻗은 다리, 적당히 살이 오른 허벅지, 그리고 무엇보다도 터질 듯 좌우로 흔들리는 육감적인 엉덩이, 너무나 익숙하다. 뒷모습만으로 나이를 짐작할 수는 없지만 하체의 탱탱한 살집과 흐트러지지 않은 걸음새로 보아서는 30 초반을 넘기지는 않은 것 같았다. 시선에 걸려든 피사체를 보고 그의 머리에 입력되어 있는 자료를 통해 분석해낸 결과였다. 객관적 판단일 뿐이었다. 적어도 처음에는 그랬다.

상큼한 키에 비해 여자의 걸음 속도는 그다지 빠르지 않았다. 오히려 미끄러질까 조심을 해서 그런지 약간 느린 편이었다. 앞서 가는 여자의 페이스를 따라 산밑까지 무작정 끌려 갈 수는 없는 노릇이었다. 아직도 하산길은 창창했다. 앞서는 편이 나을 것 같았다. 그는 걸음을 빨리 하기 시작했다. 여자와의 거리는 급격히 좁혀져 왔다. 3, 4미터쯤 남았을까. 아무리 둔감하더라도 이 정도 거리면 뒤따르는 존재를 충분히 감지했을 텐데 여자는 아무런 반응도 보이지 않았다. 자기가 계속 앞설 것인지 아니면 뒤쳐질 것인지 그 사실을 뒷사람이 알아차릴 수 있게 하는 어떤 신호가 있어야 했다. 그것이 산행의 에티켓이다. 거기에는 굳이 말이 필요 없다. 인간 사이에는 무언의 의사소통이라는 것이 있기 마련이다. 때로는 그것이 훨씬 정확할 때가 많았다. 그녀가 힐끔 뒤를 돌아보았다. 그 동작이 너무나 순간적으로 일어났기 때문에 그녀의 얼굴을 자세히 보지는 못했다. 그러나 언뜻 보이던 갸름한 턱선은 너무도 낯익었다. 행동으로 미루어 그녀는 그의 존재를 이미 눈치 채고 있었던 것 같기도 했다. 그리고서도 여자의 발걸음에는 아무런 변화도 없었다. 이 상태에서 그가 앞서려면 필요 이상으로 걸음을 빨리 해야 했다. 그러자면 미끄러운 길에 자칫 넘어질 위험도 있었지만 그보다도 거의 뛰는 듯한 속도 때문에 앞선 사람으로 하여금 누군가가 뒤에서 자신을 덮치려 한다는 오해를 살 수도 있을 것이다. 순간 망설여졌다. 그렇다고 부자연스러울 정도로 그의 걸음속도를 늦추는 것만이 능사는 아니다. 이것은 답답함만의 문제가 아니었다. 이럴 경우 자칫 그는 여자의 뒷모습을 계속해서 훔쳐보려는 치사한 인간으로 오해를 받을 수도 있었다. 이를 가리켜 진퇴양난이라고 했던가. 정말이지 앞으로 나갈 수도 없고 뒤로 물러설 수도 없는 난감한 처지였다.

그는 여자를 향해 슬며시 화가 치밀어 올랐다. 이런 씨벌…… 길 폭이 넓어지고 바윗돌이 적은 곳이 나타날 때 재빨리 앞서기로 하고 당분간 뒤쳐져 적당한 거리를 유지한 채 따라갈 수밖에 없었다. 그 상태로 얼마동안 끌려가듯 걷다보니 앞선 여자가 그를 무시하고 있을지도 모른다는 생각이 슬그머니 고개를 쳐들었다. 그렇다면 괘씸하기 짝이 없는 노릇이다. 동시에 여자의 미끈하게 뻗은 하체와 좌우로 흔들리는 엉덩이가 계속해서 그의 시야에 잡혔다. 그 상태에서 눈을 감아 버릴 수도 없지 않은가. 본의 아니게 그는 여자의 몸에서 눈을 뗄수가 없었다. 서서히 그의 몸을 채워 가는 것은 단순한 성욕과는 달랐다. 조롱당하고 있다는 느낌. 그것은 아주 더러운 것이었다. 그는 자신을 조롱하고 있는 것은 무엇이든지 짓밟아버리고 싶다는 거친 충동에 휩싸였다. 그것이 그 몸 안에서 보이지 않는 출구를 찾아 맹렬하게 소용돌이치기 시작했다.

5

그는 두 달 가까이 아내와 잠자리를 못하고 있다. 아내는 그와의 잠자리를 교묘하게 피했다. 겉으로는 자신의 피곤한 직장 일을 핑계로 내세웠지만 진짜 이유는 딴 데 있는 것 같았다. 그는 그것을 직감할 수 있었다. 실직 2년이 지날 무렵 풍문으로만 듣던 문제가 덮치듯 그를 엄습했다. 처음 얼마 동안은 그럴 수도 있으려니 생각하고 대수롭지 않게 넘겼는데 몇 번 그런 현상이 반복되면서 그를 쳐다보는 아내의 시선 속에서 낯선 눈빛이 느껴졌다. 평소 아내는 부부 관계를 특별히 탐하지도 않았지만 그렇다고 피하지도 않았다. 어떻게 보면 상당한 에너지를 은밀히 감추고 있는 듯한 느낌을 받은 적이 한두 번이 아니었다. 그 증상이 지속되었음에도 불구하고 아내는 드러내놓고 불만을 표시하지는 않았다. 다만 침묵으로 일관할 뿐이었다. 자격지심이었겠지만 그는 아내의 그런 침묵이 오히려 더 견딜 수 없었다. 아내는 틀림없이 변하고 있었다. 두 달 정도 그 현상이 지속되었을 때 그는 병원을 찾았다. 비뇨기과를 겸한 남성클리닉. 이런 곳까지 오게 될 줄은 정말이지 꿈에도 몰랐다. 아주 특별한 소수의 사람들만 찾는 곳으로 여기고 있었다.

"글쎄요. 정확한 원인은 정밀검사를 해봐야 알겠지만 선생님 같은 경우는 정신적 요인이 큰 것 같습니다. 당뇨나 혈압이 없으신 것으로 보아 혈관계통에 문제가 없는 것만은 틀림없는 것 같습니다만……"

안경을 낀 퉁퉁한 의사는 한동안 문진표와 혈액검사 챠트를 들여다보고 나더니 그의 절박함과는 너무나 동떨어진 지극히 사무적인 말투로 입을 열었다.

"혈관계통에 문제가 생기면 어떻게 됩니까?"

"그게 말이죠……"

의사는 습관적으로 안경을 밀어 올리며 벽에 붙어있는 인체해부도를 가리켰다. 알록달록 색칠된 남자의 성기가 커다랗게 확대되어 있었다.

"음경에 분포되어 있는 해면 조직에 혈액 공급이 일정량 이상 증가해야 발기 현상이 일어나게 되는데, 혈압에 문제가 생기거나 당뇨가 심하게 되면 동맥 혈류에 장애가 오게 되고 그렇게 되면 해면에 공급되는 혈액이 줄어들어 발기의 강도에 문제가 생기게 됩니다. 그런 현상을 흔히 발기부전이라고 합니다만……"

그는 의사의 말보다는 면담 내내 그의 뒤에 꼼짝 않고 서 있는 깡마른 간호사에게 훨씬 더 신경이 쓰였다. 그러나 의사는 간호사의 존재는 아랑곳없다는 듯 말을 이어갔다.

"정확한 원인을 알려면 호르몬이나 신경계통의 검사를 더 받아보셔야 할 것 같습니다만……"

그가 선뜻 결정을 내리지 못하고 머뭇거리자 의사는 권태롭다는 듯 들고 있던 볼펜을 손가락 사이에 끼고 돌리기를 반복했다. 두 번 세 번 볼펜은 의사의 도톰한 엄지손가락을 축으로 빠르게 회전했다. 그는 좀 더 지켜본 후 다시 오겠다는 말을 남기고 진료실을 나섰다.

"백퍼센트 그런 것은 아닙니다만 한창 일하실 나이에 실직을 하게

되면 개인에 따라 일시적이나마 우울증이나 피해망상 같은 정신질환
이 올 수도 있습니다. 그런 정신적 문제가 성기능 장애를 유발할 수도
있습니다. 아, 물론 정신적 이상은 본인이 느끼지 못할 정도로 경미한
상태로 잠복해 있는 경우가 훨씬 더 많습니다. 이런 케이스가 훨씬 위
험할 수도 있습니다.”
　진료실을 나서기 직전 의사는 그를 숫제 정신과 진료를 받아야 할
사람처럼 취급했다.

6

　서너 걸음 앞서가던 그녀가 천천히 그를 돌아다본다. 처음으로 그
녀의 얼굴을 보았다. 놀랍게도 그의 아내였다. 그러나 그녀는 그의 존
재를 전혀 의식하지 못하고 있는 눈치다. 상대방을 무시해야겠다는
의식조차 전혀 느껴지지 않는 생면부지의 타인을 보는 텅 빈 시선이
다. 그는 본능적으로 그 차이를 느낄 수 있다. 그녀의 눈이 서서히 경
멸로 채워진다. 아― 재수 없어. 모처럼 호젓해서 좋았는데 뭐 저런
놈이 왜 남의 뒤를 졸졸 따라오는 거야. 그녀의 눈빛은 그렇게 말하고
있는 것 같았다. 그녀가 다시 돌아섰지만 걸음을 빨리 하는 기색이 전
혀 없다. 그것은 노골적으로 그를 무시하는 행동으로 인식되었다. 뭐
이런 게 다 있어. 그때 만약 먼저 가시죠 하는 식으로 그녀가 걸음을
늦추고 한쪽으로 약간 비켜서 주기만 했더라도 그 둘 사이에는 아무
일도 일어나지 않았을 것이다. 엇갈리는 순간 두 사람은 다시 완벽한
타인으로 멀어졌을 텐데…… 그러나 그들은 죽어야 할 사람과 죽여

야 할 사람이라는 운명의 끈에 묶여 그곳에서 마주쳤는지도 모른다. 불가에서 말하는 악연이 바로 이런 것인가. 전생부터 필살의 연으로 친친 묶여 있던 두 사람이 수없이 엇갈리다가 끝내 더 이상 비켜설 수 없는 공간에서 조우하게 된 것이 아닐까.

그는 빠르게 이삼 보 다가가 오른 손을 뻗어 그녀의 터질 듯한 엉덩 이를 움켜쥐었다. 가학적 쾌감으로 심장은 터질 듯 방망이질 친다. 자 신이 왜 그런 발작적 행동을 했는지 도저히 알 수가 없다. 그의 손은 통제를 벗어나 마치 자율신경에 따라 움직이는 것 같다. 그는 지금 이 성적 판단 밖에 서 있는지도 모른다. 존재의 저 밑바닥에서 부글부글 들끓던 혼돈이 자아의 두터운 층을 뚫고 걷잡을 수 없이 분출되는 것 같다. 자신의 몸에 확인되지 않은 무엇인가가 와 닿는 느낌. 그것은 유쾌할 리 없다. 낮게 비명을 지르며 그녀가 휙 몸을 돌려 그를 뚫어 질 듯 노려본다. 경멸과 적의로 활활 타오르는 눈빛이다. 그는 다시 두어 걸음 다가가 파커 위임에도 불구하고 불룩하게 솟아오른 유방 을 두 손으로 사납게 움켜쥔다. 통증을 느끼는지 여자의 얼굴이 찌푸 려진다. 성적 충동을 닮은 야수의 공격성이 그를 지배하고 있는 것 같 다. 미친 새끼―. 그의 손을 밀쳐내며 그녀가 표독스럽게 내 뱉는다. 그는 말없이 다가가 그녀의 팔을 거칠게 낚아챘다. 투둑…… 솔기 뜯 어지는 소리가 들린다. 거대한 산 속에 그 둘만 존재한다. 표독스럽던 그녀의 표정에 서서히 공포가 어리기 시작한다. 이거 놔―. 그녀의 목 소리는 여전히 높고 앙칼졌지만 처음과는 분명히 다르다. 뭐 하는 짓 이야! 당신 어디에 살고 있는지 다 알고 있어. 가만 두지 않을 거야!

그녀는 돌아서서 뛰기 시작한다. 그러나 얼마 못 가 미끄러운 돌멩 이를 밟고 나뒹군다. 날카로운 비명소리가 그의 귀를 후빈다. 넘어진 채 뒤돌아보는 그녀의 두 눈에는 증오보다 훨씬 강한 공포가 덧씌워져 있다. 지금 내가 무슨 짓을 하고 있는가. 가능만하다면 시간을 이삼 분 전으로 되돌리고 싶다. 지금이라도 미안하다고 말할까. 내가 죽일 놈이라고. 제 정신이 아니었다고. 제발 용서해 달라고. 무릎을 꿇고 빌어볼까. 그러나 상황은 이미 돌이킬 수 없는 데까지 와 버렸다는 절망감이 그의 뒤통수를 때린다. 그녀는 그가 살고 있는 곳을 정확하게 알고 있는 것 같다. 어쩌면 같은 아파트 단지에 살고 있는지도 모른다. 당연히 그렇게 하겠지만 그의 손아귀에서 풀려난 그녀는 경찰에 신고를 할 것이다. 그렇게 되면 그는 성추행범으로 긴급 체포될 것이다. 그는 이제 더 이상 추락할 곳도 없다. 무능한 인간일 뿐 아니라 짐승 취급까지 받게 될 것이다. 어떻게 하든지 저 입을 틀어막아야 한다. 저 입을. 그는 본능적으로 주위를 둘러보았다. 아무도 없다. 죽여버려야 한다. 지금으로선 그 방법밖에 없는 것 같다. 선택의 여지가 없다. 그녀가 그를 조롱하듯 걸어가던 5분 전으로 되돌아갈 수만 있다면 무슨 짓이라도 할 수 있을 것 같다. 그러나 너무 멀리까지 와 버렸다. 그녀는 일어나 비척비척 달아나기 시작한다. 비명을 지르며 다리를 심하게 절룩거린다. 불쌍하게도 그녀가 넘어질 때 발목 근처에 심각한 부상을 입은 것 같다. 그가 주변을 둘러본다. 벽돌만한 크기의 네모반듯한 허연 돌멩이가 시야에 들어왔다. 손을 뻗어 그 돌을 움켜쥔다. 손아귀에 그득히 잡혀온다. 돌 표면의 냉기가 찌르듯 온몸으로 퍼진다. 돌을 들고 그녀의 뒤를 좇기 시작한다. 흘깃 뒤를 돌아본 그녀가 날카롭게 비명을 지르며 무서운 속도로 달아나기 시작한다. 누군가 나타나기 전에 반드시 저 여자를 죽여야 한다. 그도 걸음을 빨리한다.

　그녀의 죽음은 허무했다. 이제 그녀와의 거리는 1미터 남짓. 달려가는 힘까지 더해 있는 힘껏 뒤통수를 겨냥해 내리쳤다. 그녀는 마치 짚단 쓰러지듯 무너져 내렸다. 귀를 찢는 비명도 없었고 앙칼진 저항도 없었다. 두개골이 함몰되는 기분 나쁜 촉감과 소리가 들렸을 뿐이다. 그녀는 달려가던 방향으로 얼굴을 땅에 묻은 채 엎어졌다. 금세 하얀 파커 위로 검붉은 피가 번진다. 그는 돌멩이를 숲속으로 던져 버리고 버르적거리는 그녀를 반드시 눕힌다. 입에서는 가느다란 신음 소리가 끊임없이 새어 나온다. 갸름한 턱선, 하얀 피부, 짙은 눈썹, 오뚝한 콧날, 붉은 입술 사이로 살짝 드러나는 하얀 덧니. 틀림없는 아내의 얼굴이다. 그는 두 손으로 그녀의 목을 감아쥔다. 손아귀에 상큼하게 들어오는 가느다란 목. 손아귀에 서서히 힘을 준다. 특별한 저항이 없다. 그녀의 이마에 파란 정맥이 도드라진다. 손아귀에 최후의 힘을 가한다. 그녀가 버르적거리며 그의 손등을 할퀸다. 분홍빛 손톱자국이 그의 손등에 남았다. 그녀의 몸이 축 늘어진다. 이로써 모든 것이 끝났다. 생각의 곁가지를 쳐내자 지극히 단순해진다. 이제 시체를 감춰야 한다. 그녀를 등산로 아래로 끌어내린다. 수북이 쌓여있는 낙엽을 헤치고 그녀를 반듯이 뉜다. 낙엽을 수북이 긁어모아 그녀를 덮고 묵직한 돌로 몇 군데 짓누른다. 바위 위에 쌓여 있는 눈으로 대충 손을 닦고 검붉은 핏자국 위에 눈을 뿌린다. 사방을 둘러본다. 눈 내리는 소리만 사각거릴 뿐. 깊은 적막. 아무도 없다. 뜸하던 눈이 슬금슬금 기세를 더하고 있다. 불룩한 낙엽더미 위로 눈이 덮인다. 어둠이 빠르게 숲 속을 점령해 나간다. 그는 쫓기듯 허겁지겁 하산을 서두른다. 그의 발이 허공에 둥둥 떠 있는 것 같다. 차를 세워둔 보건소 주차장으로 들어섰을 때 그는 자신의 보안용 난시안경이 없어졌음을 알았다. 틀림없이 그녀를 살해한 현장에 떨어뜨렸을 것이다. 그러나 다시 산 속으로 들어갈 수는 없었다. 한동안 어둠에 잠겨가는 산을 바라보다가 차에 시동을 걸었다. 아이들의 귀가 시간이 지나고 있다.

7

회사일을 핑계로 아내의 귀가가 늦어지고 있다. 오늘 아침만 해도 디자인실 연말 평가회의 때문에 신경이 쓰인다는 말을 귀찮다는 듯이 내뱉었다. 그 일만 아니라면 일찍 돌아와서 당신이 좋아하는 청국장도 끓이고 아이들과 함께 저녁을 먹을 수 있을 텐데…… 그 행복을 훼방 놓는 회사 일이 원망스러워 죽겠다는 표정을 지었다. 아내의 그런 표정이 낯설었다. 언제나 아내는 약간 무뚝뚝한 채 침울한 표정으로 현관을 나서곤 했었다. 아내가 부재한 저녁식사. 냉장고에서 주섬주섬 반찬을 꺼내 랩을 벗겨 식탁 위에 늘어놓았다. 어제 저녁에 먹다 남은 국냄비에 불을 붙였다. 데워진 국을 대접에 퍼놓고 보온밥통 속에서 굳어가는 밥을 세 그릇 퍼 놓았다. 식탁 맞은편에 앉은 아이들이 굳은 얼굴로 숟가락질을 하고 있다. 그도 식욕 없는 식사를 마쳤다. 그것은 꼭 열정 없는 섹스같이 서글펐다. 다시 반찬 그릇에 랩을 씌워 냉장고에 넣고 밥그릇과 국그릇을 설거지통에 집어넣었다. 아이들은 여느 때와 다름없이 숟가락을 놓자마자 각자 자기 방으로 스며들어 갔다. 그 또래 아이들처럼 요란하게 쿵쾅거리며 거실을 뛰어다닌다든지 자매끼리 텔레비전 채널을 가지고 다투는 소란스러움이 없었다. 연기가 빈틈으로 스며들 듯 어느 샌가 아이들이 사라졌다. 그는 아이들이 각자의 방에서 무엇을 하고 있는지 알지 못했다. 그러고 보니 그가 아이들 방에 들어가 본 것이 언젠지 기억조차 없다. 아이들은 그의 존재를 은연중에 그러나 맹렬히 거부하고 있었다.

그는 주섬주섬 설거지를 끝내고 습관처럼 텔레비전 앞에 앉았다. 기자는 대단하다는 말을 연발하면서 강원도 일대의 폭설을 전하고 있었다. 화면에 퍼붓듯 쏟아지는 눈발과 영동고속도로 미시령 구간에 길게 늘어선 차량들이 비쳐지고 있었다. 머리 뒷부분이 함몰된 여자의 시체위로 눈발이 덮이고 있었다. 추행의 흔적이 없고 소지품도 그대로 있는 것으로 보아 경찰은 원한에 의한 살인으로 보고 있습니다. 그는 텔레비전을 껐다. 썰렁한 거실을 순식간에 점령해 버리는 침묵. 두개골이 깨져 피범벅이 된 여자의 하얀 얼굴이 텔레비전의 검은 화면에서 너울너울 춤을 추고 있다. 바람에 날리는 검은 머리카락이 흰 얼굴을 요염하게 덮었다. 식은땀이 등허리를 타고 흘러내렸다. 광포한 바람이 베란다 문을 뒤흔들며 지나갔다. 오늘 아침에도 아내는 싱싱하게 피어나는 생기를 온몸에 휘감은 채 출근했다. 아내가 세탁소에 맡겨달라며 벗어놓은 버버리 코트에서 짙은 담배냄새가 느껴졌다. 아내의 옷에서 맡아지는 담배냄새는 전철이나 음식점 같은 공적인 장소에서 묻은 냄새와는 전혀 다른 뭔가 은밀한 곳에서 칙칙하게 배어든 듯한 냄새였다. 아내의 베이지색 버버리 코트가 그의 손아귀에서 비명을 질렀다.

"여보, 자기야. 근데 어쩌지 사사분기 숙녀정장에 우리 디자인실 작품이 어필했다는 평가가 나왔어. 그래서 특별 회식이 있다는데…… 오늘은 꼭 일찍 들어가려고 했는데…… 회식은 무슨 놈의 회식을 한다고…… 좀 늦을지도 몰라. 끝나는 대로 바로 들어갈게요. 미안해요

여보.”

저녁 7시쯤 아내로부터 전화가 걸려왔었다. 평소와는 다른 아내의 말투. 아내는 그런 식으로 말하지 않았다. 그는 응, 응, 그래, 소리만 반복하고 있는데 뚜뚜―저쪽에서 벌써 전화가 끊어졌다.

한 달 전 S시 소재의 한 특급 호텔 지배인으로 있는 고등학교 동창한테서 한 통의 전화가 걸려왔다. 그렇게 절친한 사이는 아니었지만 고등학교 쪽으로 인연이 닿는 모임에 가면 거의 빼놓지 않고 마주치던 친구였다. 부부동반 모임에서도 몇 번인가 마주친 적이 있었다. 의례적이고 맥빠진 안부가 몇 차례 오고간 다음 그가 새삼스레 목소리를 가다듬었다. 전화 걸기를 얼마나 망설였는지 모른다는 서두를 다시금 지루하게 늘어놓았다. 응, 응 그래서…… 짜증스러움이 등허리를 타고 슬금슬금 기어오르고 있었다. 빨리 본론을 말해 이 개새끼야…… 그는 전화통을 내동댕이치고 싶었다.

“다름이 아니고 말이야…… 처음에는, 세상에 비슷한 사람도 많고, 내가 잘못 봤을 수도 있고 말이야. 그리구 말이야. 이런 데 오래 근무하다보니깐 웬만한 것은 신경조차 쓰지 않거든. 세상 으레 그러려니 하고 말이야. 그런데 남자가 체크인 하는 동안 로비 멀찍한 곳에서 기다리는 여자가 무척 낯익다는 느낌이 들더라고. 그래서 다시 한 번 유심히 봤지. 그랬더니 말이야…… 틀림없는 자네 와이프였어. 솔직히 자네 와이프가 좀 튀어 보이는 편이잖아. 룸키를 받아든 남자와 팔짱을 끼고 나란히 엘리베이터를 타더라고…… 처음에는 모른 체 할까 생각했지만 그래도 자네한테 말은 해 줘야 할 것 같아서 이렇게 전화를 하는 거야.”

그러면서도 잘하고 있는 것인지 모르겠다고 했다. 그는 알았다고 했다.

"나 입 무거운 거 잘 알지. 아무 염려 말고 잘 해결해."

무엇을 염려하지 말라는 것인지 잘 해결하는 것이 무엇인지 그는 알 수가 없었다. 한 달 전이면 아내가 2박 3일 일정으로 일본연수를 떠났던 시점과 일치했다. 아내는 디자인실 직원들과 일본연수를 간 것이 아니었다. 그도 그쯤은 눈치 채고 있었다. 동창의 전화는 그 사실을 확인시켜 줬을 뿐이었다.

8

그는 집에서 입는 허름한 옷을 벗고 외출복으로 갈아입었다. 정장을 입고 싶었다. 검정색에 가까운 짙은 쥐색 싱글을 꺼내 입었다. 나프탈렌 냄새가 코를 찔렀다. 흰 와이셔츠에 초록색 꽃무늬가 은은한 짙은 청색 넥타이를 골라 맸다. 그 위에 작년 겨울에 사두고 거의 입지 않은 군청색 레인코트를 걸쳤다. 반짝반짝 닦아 넣어둔 리갈 정장화를 꺼내 신었다. 그가 현관을 나설 때, 아이들의 방문은 굳게 닫힌 채 미동도 하지 않았다. 큰 아이의 방에서 허스키한 목소리의 여자 가수가 떠나간 사랑을 향해 절규하고 있었다. 애절한 목소리에 실린 노랫말이 흐느끼듯 이어졌다.

"쫙 빼입고 밤늦게 어딜 가십니까?"

"……"

그가 별다른 반응을 보이지 않자 머쓱해진 경비는 고개를 까딱하고는 부스의 유리창을 소리 나게 닫았다. 차의 시동을 걸고 헤드라이트를 켰다. 빛이 일직선으로 뚫고 나갔다. 그 빛에 사로잡힌 눈발이 어지럽게 요동쳤다. 그는 천천히 차를 몰아 아파트 단지를 빠져나갔다. 어디로 가고 있는지 그 자신도 알 수 없었다. 한동안 머릿속을 텅 비운 채 차를 몰았다. 계기판 옆 푸르스름하게 빛나는 전광시계가 10시 30분을 나타낸 채 점멸하고 있다. 여기가 어디쯤 되나. 눈은 계속 맹렬한 기세로 내리고 있었다. 도로 위에 띄엄띄엄 대형 차량이 질주하고 있다. 그는 좌측 방향등을 깜빡이면서 서서히 일 차선으로 차를 붙였다. 시내를 훨씬 벗어난 지점인 것만은 분명했다. 중앙분리대가 없는 것으로 보아 고속도로는 아닌 것 같다. 도로 폭이 6차선은 넘어 보였다. 이미 적지 않게 눈이 쌓여 있음에도 불구하고 그와 엇갈려 달려가는 대형트럭들은 속도를 늦출 생각을 않고 무서운 속도로 질주했다. 강렬한 헤드라이트 빛 속으로 눈의 파편이 아우성치며 몰려와 부딪혔다.

화물차 한 대가 신경질적으로 경적을 울리고 헤드라이트를 번쩍이며 그의 뒤에 바짝 붙어 섰다. 빨리 가라는 신호겠지. 그렇지 않으면 꺼져 버리든가. 그는 우측 깜빡이를 켜고 천천히 일 차선으로부터 비켜났다. 기다렸다는 듯 20톤은 실히 되어 보이는 거대한 화물차가 그를 밀어버리듯 앞질렀다. 굉음이 그의 차를 뒤흔들었다. 어두컴컴한 동굴처럼 음흉하게 뚫려있는 트럭 뒤에서 눈발이 소용돌이쳤다. 그는 잠시 후 다시 일 차선으로 복귀했다. 한동안 뜸하던 반대편 차선을 따라 광포한 질주가 느껴졌다. 강렬한 헤드라이트 불빛. 그때 운전대 위에서 무엇인가 반짝하고 빛났다. 그는 더듬거려 그것을 잡았다. 보안용 난시안경이다. 반대편 일 차선을 따라 미친 듯 달려오는 차의 형태가 분명히 눈에 들어왔다. 아까 그의 차를 앞질렀던 트럭보다 덩치가 훨씬 커 보이는 화물차가 그를 향해 똑바로 달려오고 있었다. 그는 핸들 잡은 손에 서서히 힘을 넣었다. 차가 조금씩 왼쪽으로 기울기 시작했다. 빠앙—, 빠앙——대형트럭의 헤드라이트가 미친 듯이 점멸했다. 눈이 맹렬한 기세로 퍼붓고 있다.

연기緣起*

1

굵은 삼베 줄이 내 목을 휘감는다. 섬뜩한 냉기. 그리고 정지. 모든 것이 멈췄다. 장방형 마룻바닥이 꺼지면서 앉아 있던 의자가 음흉하게 아가리를 벌린 어둠 속으로 떨어져 내린다. 동시에 내 몸이 허공에 매달린다. 턱뼈가 빠질 듯 죄어온다. 수직낙하 하는 내 몸을 삼베 줄이 잡아챌 때 이미 목뼈는 부러진 것 같다. 숨이 막히고 눈앞이 뿌옇게 흐려온다. 그것은 지평선을 가로지르는 남루한 사람들의 긴 행렬 같기도 하고 자욱이 일어나는 모래바람 같기도 하다.

내 주검은 흰 천에 덮인 채 하룻밤 처형장에 안치될 것이다. 굶주린 쥐들이 슬금슬금 기어 나와 내 살을 갉아먹을 것이다. 빨간 쥐 발자국이 어지럽게 찍힌다. 허옇게 드러난 뼈는 날카로운 쥐 이빨에 조금씩

---

* 연기緣起 : 因緣生起의 줄임말, 우주 만유에 대한 불교의 근본적인 세계관.

깎여 나갈 것이다. 분명히 내 목숨은 끊어졌건만 뼈 갉히는 소리가 선명하게 들려온다. 오싹 소름이 돋는다. 아— 나는 소스라쳐 잠에서 깨어났다. 목덜미부터 등허리를 타고 한기가 훑어 내린다. 요즘 들어 나는 거의 매일 밤 흉몽에 시달린다. 사형이 확정되고 2년 가까이 흘러갔지만 그전에는 없었던 일이다. 어둠 속에서 혜명스님의 어눌한 목소리가 들려왔다.

"중생의 모든 현실은 괴로움이지요. 나고 늙고 병들어 죽는 것만이 아니고…… 미운 것과 만나는 것, 사랑하는 것과 헤어지는 것…… 중생을 둘러싸고 무심히 흘러가는 모든 것에 괴로움 아닌 것이 없지요. 일체개고, 나무관세음……"

이어지던 말끝에 모든 번뇌의 시작이 집착에 있음을 넌지시 이르고 있었다. 스님은 죽음을 앞 둔 내가 무려 25년 만에 아들을 만난 사실에 대해 말하고 있는지도 모른다. 이제 그 아들을 남겨두고 떠나가야 할 내 처지에 대해 말하고 있는지도 모른다. 만약 그렇다면 그의 말은 정확하다. 정지한 물 같던 내 마음에 돌멩이 하나가 날아들었고 그것으로 말미암아 일어난 파문이 점점 높아지더니 마침내 걷잡을 수 없는 고통 속으로 나를 몰아넣었다. 내 마음의 지수止水는 일체의 것에 대한 무관심으로부터 비롯되었던 것이다. 심연으로부터 피어오르는 온갖 인연을 끊어내면서 비로소 가능해진 것이었는데…… 그러나 그것은 살아있되 살아 있는 것이 아니었다. 죽음과도 같은 적막, 거기에는 어떤 번뇌도 있을 수 없었다. 목숨을 부지한 채 이승에 존재한다는 것 자체가 헤어날 수 없는 고통이었던 매순간 나는 누군가 내 목숨을 빼앗아주기만을 고대했다. 그것이 고통으로부터 헤어날 수 있는 유일한 길이라고 믿었던 때, 나에게 삶은 무의미했다. 불가에서는 일체의 것으로부터 풀려남을 해탈이라고 했던가. 그렇다면 해탈은 득도 이후의 경지라고만 볼 수 없을 것이다. 나는 이미 생의 온갖 미련으로부터 멀찌감치 풀려나 있었다. 사형 확정 언도가 내려질 때 나는 모든 욕망과 집착이 사라지는 순간을 느꼈다. 그것은 문득 바람이 멈춘 어느 깊은 산사 계곡. 흐름을 멈추고 고여 있는 물빛과도 같았다.

다만 나의 손에 목숨을 잃은 중생들에게 말로는 다할 수 없고 이승에서는 갚을 길 없는 죄를 지었다는 생각. 그것만이 내 마음을 어지럽혔다. 그것은 억겁을 다하고도 남을 회한이었다. 내 손으로 귀한 목숨을 둘씩이나 끊었으니 그것도 하나는 피어나지도 못한 어린 꽃망울을…… 그러나 그 또한 비켜서도 비켜서도 결국 마주치게 되어있는 악연이었다면 사람의 힘으로는 어쩔 수 없었을 터. 나무관세음. 나무관세음…… 훤칠하게 커버린 청년이 꿈결처럼 내 앞에 나타나기 전까지는 모든 것이 그렇게 제 자리를 잡고 있었다. 밤마다 나의 꿈자리를 어지럽히는 삼베 줄은 죽음의 공포 때문이리라. 이제 와서 새삼스레 죽음을 두려워함은 삶에 미련을 버리지 못하고 있다는 증거일 텐데, 죽음의 끝자락에 다시 삶에 미련을 만드신 까닭은 무엇이옵니까? 아우성치면서 까맣게 어둠이 몰려오고 있다.

2

……보셔요. 아기를 낳았어요. 갑자기 산통이 몰려와 예정보다 빨리 아기를 낳았어요. 사내 아기여요. 아직 이름은 짓지 못하였어요. 당신을 닮았는지 저를 닮았는지 아직은 알 수 없어요. 지금은 그저 작

은 핏덩이에 불과해요. 그런데 신기하게도 왼쪽 귀 꼭 그 자리에 당신처럼 까만 점이 하나 있어요. ……

　걸핏하면 눈이 쌓여 한두 달 교통이 끊기기 예사인 최전방 초소에 투입되었다가 두 달 만에 본대로 복귀한 나에게 아내의 편지가 뒤늦게 전해졌다. 석 달 전 소인이 찍혀 있었다. 전쟁은 끝났지만 피아간 대규모 전투가 사라졌을 뿐 휴전선을 사이에 두고 섬뜩한 대치는 계속되었다. 내가 본대로 복귀하기 직전 공비가 잠입해 내무반에서 잠자고 있던 사병 10여 명의 목을 자른 사건이 발생했다. 그 엽기적인 일로 사단은 발칵 뒤집혔고 비상이 걸려있었다. 외출은 물론 정기 휴가와 제대마저도 무기한 중단된 상태였다. 전쟁 직후의 흉흉한 상황은 한 남자의 아비 됨을 축하해 주기에는 너무도 각박하고 살벌했었다. 조급한 시간은 그렇게 흘러갔다. 그로부터 4개월이 지난 후 나는 입대한 지 꼭 일 년 반 만에 첫 휴가를 나갈 수 있었다. 그러나 나를 기다리고 있던 것은 해산기가 채 안 빠져 푸석푸석한 아내도 아니었고 궁핍함 속에서도 뽀얗게 젖살이 오른 아기도 아니었다. 그들은 아예 흔적도 없이 이 세상으로부터 사라졌다. 해산 직후 유언을 남기듯 나에게 보낸 편지에 아들의 특징을 알려준 아내는 해산 후유증으로 세상을 떠난 지 벌써 일 년이 다 되어오고 있었다. 아내가 숨을 거둔 후 아기는 어느 이웃 아주머니가 맡아 돌보았다는데 지독히도 가난하던 시절, 너나할 것 없이 어려운 살림에 먹고 살 길을 찾아 대처로 떠나면서 인근 보육원에 맡겼다는 소식까지는 풍문으로 확인할 수 있었다. 전쟁 직후 우후죽순처럼 보육원이 생겨나고 있었다. 핏덩이 내 아들도 그 중 어디엔가 던져지듯 맡겨졌을 것이다. 채 백일도 지나지 않은 핏덩이가. 그러나 그것은 누구의 잘못도 아니었다. 그때 누군가가 조심스럽게 다가와 말문을 열었다. 핏덩이가 그 와중에 어쩌면 죽었을 지도 모른다고. 그렇게 우리 세 사람의 인연의 끈은 끊어졌다.

3

황해도 사리원에서 지주의 둘째아들로 태어난 나는 어려서부터 공부에는 뜻도 소질도 없었다. 공부는 하나밖에 없는 형의 몫이었다. 어려서부터 수재로 소문이 자자했었고 아버지는 형에게 모든 기대를 걸었다. 그 형이 일본 유학 중 사회주의에 빠져 집안에 그림자를 드리우자 골머리를 싸맨 아버지께서 나를 상업학교에 보냈고 일찌감치 집안일에 주저 앉히셨다. 아버지의 처사에 대해 나는 아무런 불만이 없었다. 어차피 그것이 내가 걸어가야 할 길이었다. 해방 직후 귀국한 형은 낯설기만 했다. 그는 불길처럼 번지던 정치운동에 빠져들었다. 그는 친일지주 부르주아의 아들이라는 자신의 출생을 저주했다. 자신의 앞길을 가로막는 더러운 유산과 절연코자 몸부림쳤고 그것을 위해서라면 무슨 일이든지 할 수 있을 것 같았다. 그런 형이 토지개혁에 앞장 선 것은 당연했다. 대대로 내려오던 아버지의 땅을 소작농들에게 나눠주었다. 아버지는 쓰다 달다 말없이 자리에 누웠고 보다 못한 내가 그 일을 막고 나서자 나를 노려보는 그의 핏발선 두 눈은 많은 것을 말하고 있었다. 필요하다면 동생인 나의 목숨도 빼앗을 기세였다. 아버지의 불같은 성화에 못 이겨 나는 그해 초봄 남행을 단행했다.

사실상 육로가 막혀버린 뒤라 바닷길을 택할 수밖에 없었다. 거액을 주고 낡은 어선에 몸을 실었다. 목숨을 건 탈출이었다. 흰 이빨을 드러낸 채 으르렁거리는 밤바다는 어떻게든 견딜 수 있었다. 그러나 기약 없이 부모님과 고향 산천을 떠난다는 사실은 참을 수 없는 고통이었다. 며칠 밤바다를 헤맨 끝에 남쪽 땅 어딘가에 닿았고 물어물어 서울에 도착했다. 거기도 미쳐있기는 마찬가지였다. 사상적 갈등으로 인한 유혈은 북쪽과 다를 바가 없었다. 나는 닥치는 대로 잡일을 거들며 하루하루 연명할 수밖에 없었다. 남북한에 각기 다른 나라가 들어서고 얼마 후 전쟁이 터졌다. 나는 내 의지와는 상관없이 피난행렬에 뒤섞여 남쪽으로 내몰릴 수밖에 없었다. 그 도도한 역사의 흐름 속에 막연하게 불안하기만 하던 부모님과의 생이별은 이제 돌이킬 수 없는 현실로 굳어져 갔다.

4

나는 이 잡듯 인근의 보육원을 뒤지고 다녔지만 혼란한 시대 무엇 하나 제대로 된 기록이 남아 있지 않았다. 담당자도 수시로 바뀌었고 불과 1년 전 일이건만 내 아들이 맡겨졌을 무렵의 일을 기억하는 사람은 어디에도 없었다. 천륜의 끈은 그렇게 어처구니없이 끊어져 갔다.

"생각하모 기가 막힐 일이지만 어쩌겠나. 이제 그만 정신을 좀 차려야 되지 않겠나?"

나의 기막힌 처지를 딱하게 여긴 주막집 노인이 술에 절어 엎어진 내 등을 다독이며 혀를 찼다.

"인연이 거기까지밖에 아니었다 생각하고 잊어부러야지 우야겠노

······ 그것이 하늘이 시키는 일이라면 따라야지 어쩌것나."

독한 술에 절어 날이 저물고 막막함 속에 날이 밝았다. 귀대 일자가 부득부득 닥쳐오고 있었다. 핏덩이를 남겨놓고 눈을 감은 얌전한 새댁을 불쌍히 여겨 이웃사람들이 뒷산 기슭을 파고 아내를 묻었다. 아내의 무덤 위에 잡초가 자라고 이름 모를 들꽃도 피어나 있었다. 한 송이 노란 꽃이 바람결에 흔들린다. 아내가 죽고 내 아들까지 어디론가 흔적도 없이 사라진 후에도 땅위에는 풀이 돋아나고 바람이 불고 별이 빛났다. 부모 형제 정든 고향 산천을 모두 버리고 낯설고 추운 타향 땅에 버려지듯 내던져졌을 때 아내는 나의 전부였다. 왠지 다시는 고향으로 돌아갈 수 없으리라는 불길한 예감이 나를 짓누르고 낯선 곳에서 뿌리 내려 살 수밖에 없었을 때 아내는 내 삶의 전부였다. 그리고 우리에게 축복처럼 예쁜 아기가 태어나도록 되어 있었는데······ 아내의 자그마하고 아리땁던 모습이 지금은 흙 속에서 썩고 있으리라. 죽어가면서 나를 얼마나 원망했을까. 피를 토하듯 한 줄기 통곡이 비집고 올라왔다. 울다 지쳐 아내의 무덤가에 누워 잠든 내 귓가에 환청처럼 노랫가락이 들려오고 있었다.

인제가면 언제오나
오만한을 일러주오
배띄어라 배띄어라
만경창파 배띄어라
새벽서리 찬바람에
울고가는 저기러기
가지마오 가지마오
정을두고 가지마오

어린 시절 고향 들녘에서 무수히 듣던 그 유장하면서도 슬픈 가락이 끊어질 듯 이어졌다.

5

아내를 찬바람 속에 버려 둔 채, 내 아들이 어느 길모퉁이에 버려져 죽어가고 있는지도 모른 채 강원도 산골짜기로 다시 돌아갈 수는 없었다. 그러는 사이 귀대 일자가 지나버렸다. 나는 돌아올 수 없는 길을 가고 있었다. 탈영. 만약 전쟁 중이었다면 체포되는 즉시 즉결처분되었을지도 몰랐다. 비록 전쟁은 끝났지만 흉흉한 소문이 꼬리를 물고 있던 터라 군기는 엄혹하기 그지없었다. 잡히면 군법회의에 넘겨질 것이고 나를 기다리고 있는 것은 악명 높은 육군형무소뿐이었다. 그러나 그런 것들이 겁나지는 않았다. 숨을 데도 없었겠지만 그러고 싶지도 않았다. 깊이 모를 절망 속에 손가락 하나 까딱할 수 없는 무기력증이 나를 올가미 씌운 채 끝없이 침몰시키고 있었다.

봄비가 차갑게 추적거리던 날 신새벽 누군가가 나를 찾아왔다. 잠결에 미닫이문을 타고 넘어오는 노인의 목소리가 희미하게 들려왔다.

"…… 저 방이요. 근디 너무 심하게 다루지는 마시오. 선생님도 이해하시겠죠. 졸지에 처자식을 한꺼번에 잃었으니…… 뭔 정신에 귀대를 허것소. 안 그렇소. 제발 곱게 데려가 부디 선처해 주시오."

깨질 듯한 머리를 감싸 쥐고 눈을 떴을 때 쪽방 손바닥만 한 유리창 위에 바람에 날린 빗물이 흘러내리고 있었다. 잠시 후 낡은 미닫이문이 화르륵 열리고 사복을 입은 날카로운 눈매의 중년 사내가 나를 내

려다보고 있었다. 그 뒤에 정복차림의 젊은 헌병 두 명이 부동자세로
서 있었다. 허공에서 시선이 얽혔다 풀어졌다. 왈칵 몰려들어온 냉기
가 나를 휩쌌다. 중년 사내가 점퍼 속 호주머니에서 무엇인가를 꺼내
들여다보다가 다시 나를 응시했다.

"2사단 101연대 3대대 2중대 1소대 일등병 김현철 맞나?"

사복을 입은 중년사내는 나로부터 시선을 떼지 않고 극히 사무적
인 어투로 빠르게 물었다.

"네."

"너를 병영 무단이탈죄로 체포한다."

"……"

중년 사내 뒤에 무표정하게 서 있던 헌병 한 명이 선뜻 방으로 들어
서며 내 손목에 수갑을 채웠다. 수갑의 냉기가 팔을 타고 온몸으로 빠
르게 퍼졌다.

"김현철이 여기 있는 동안 민폐를 끼친 사항은 없습니까?"

"폐는요. 무신. 얌전하기 그지없는 사람인디. 우리라도 귀대 날짜를
알았더라면 어떻게든 손을 썼을 긴데……"

노인의 혀 차는 소리가 길게 끌린다. 아무리 아내 곁을 떠나기 싫어
도 이제 떠날 수밖에 없을 것 같다. 나를 데리러 멀리서부터 사람들이
왔다. 며칠째 차가운 비가 날리건만 저들은 우산도 쓰지 않았다. 헌병
의 헬멧을 흘러내린 빗방울이 카키색 우비 위로 떨어진다. 허리춤에
매달린 묵직한 45구경 권총이 나를 위협한다. 아내도 그랬을 것이다.
사자가 찾아와 한사코 잡아끄니 아니 갈 수 있었으랴. 그 머나먼 길을
나서려 할 때 어디 발길인들 제대로 떨어졌을까. 보채며 품을 파고드
는 핏덩이를 남겨두고 가자니 비척대며 끌려가는 걸음마다 피눈물이

고였으리라. 군용차에 오를 때 흘낏 바라본 뒷산에도 비가 흩뿌리고 있었다. 그 차가운 곳에 아내가 묻혀있다. 나를 호송 중인 두 명의 헌병은 시선을 한 곳에 못 박은 채 목석처럼 앉아 있다. 그들의 얼굴에는 꽃다운 나이에 죽은 어느 여인도, 어디론가 흔적도 없이 사라진 핏덩이에 대한 한 줄기 연민도 없었다. 그것은 앞자리에 앉은 중년 사내도 마찬가지다. 그들에게 나는 다만 부대를 이탈한 죄인일 뿐이다. 군단 헌병대에 신병이 인도된 후 군수사대 요원이 나를 심문했다. 조사는 일사천리로 진행되었다. 사건은 명백했다. 정상참작도 있었다. 그러나 엄한 군율이 추상같았다. 1년 6월의 복역이 언도되었고 나는 곧바로 육군형무소에 수감되었다.

6

누더기 같은 작업복 상의 등판에 흰 페인트로 쓰인 '희망'이라는 두 글자가 주는 절망을 어떻게 말해야 하나. 사람이 마치 한 마리 동물이 되어버린 듯한 공간. 그 치욕과 고통을 견디지 못하고 탈옥하는 죄수가 심심치 않게 생겨났다. 그럴 때마다 도망치지 못한 채 남아 있던 우리는 달아난 자들의 몫까지 굴욕을 참아내야 했다. 탈주자들은 간혹 사로잡혀 돌아오기도 했고 우리의 관심권 밖으로 밀려나기도 했다. 쉬쉬하며 들려온 소문으로는 도망치던 도중 사살된 죄수도 한둘이 아니라고 했다. 그러나 확인된 것은 아무것도 없었다.

"인간말종 가튼 노무 시끼들. 여기가 썩어빠진 니 노무 시끼들을 개조해서 사람으로 만들어 주는 고마운 곳 인줄 모르나. 배은망덕한 노무 시끼들아. 고마운 줄 모르고 쥐새끼처럼 도망을 쳐. 그러니까 니 노무 시끼들을 인간말종이라 하는 것이다. 내 말 알것냐, 이 썩을 노무 시끼들아ㅡㅡ"

"악ㅡ, 그렇습니다!"

개처럼 짖어대는 간수의 입을 쳐다보고 있다가 우리는 입을 모아 개처럼 재빠르게 짖었다. 우리는 우리가 인간말종임을 그렇게 인정해 가고 있었다. 말종이면 어떠랴. 눈을 감고 잠들 수만 있다면, 뱃속에 무엇이라도 쳐 넣을 수만 있다면 우리가 무엇으로 불린들 상관없었다. 매 순간 식도를 거쳐 목구멍을 빠져나와 입속에서 맴돌며 구역질을 일으키던 서러움과 울분과 공포와 그런 것들을 몽땅 합쳐놓은 것 같은 것들. 불침번을 설 때 밤하늘에 반짝이는 별빛이라도 보이는 날이면 정지된 시간 속에서 고스란히 썩어가고 있는 내 모습에 진저리가 쳐지곤 했었다. 입덧이 심해 퉁퉁 부어오른 얼굴에 억지로 웃음을 띤 채 나의 입대 길을 걱정해 주던 아내와 얼굴조차 보지 못한 내 아들이 번갈아 떠올랐다. 불쑥불쑥 죽어버리고 싶다는 생각뿐이었다. 그러나 스스로 목숨을 끊는 것도 팔자에 있어야 가능한가? 아니면 무의식 저 아래 생에 대한 미련이 아직도 남아 있었나? 구차스러운 목숨이 이어져 갔다. 절대로 흘러가지 않을 것 같았던 시간이 그 가운데서도 흘러갔다. 형기를 마치고 흙먼지 이는 산길을 돌고 돌아 자대로 복귀했다. 그러나 그곳에 나를 반기는 사람은 아무도 없었다. 나는 얼마 동안 한 구석에 처박혔다가 불명예제대 처분을 받았다. 그들은 나에게 군복무 부적격자라는 낙인을 찍었다. 그때부터 나는 인간 부적격자가 되어 떠돌았다. 오라는 데도 갈 곳도 없었다. 월남과 탈영과 불명예제대. 그러지 않아도 각박한 전후戰後. 그것은 어디에 뿌리 내려 살 수 있는 인간 조건이 아니었다.

7

　하늘과 땅 그리고 차가운 바람 속에 존재하는 것이라고는 아내의 무덤뿐이었다. 며칠 간 허름한 시골 주막을 맴돌며 깨면 마시고, 마시고 나면 아내의 묏등에 엎드려 잠드는 시간이 한없이 흘러갔다. 초가을 오슬오슬 파고드는 새벽 한기에 떨며 눈을 떴을 때 내 귓가에 어떤 소리가 스며들었다. 어느 산사에서 들려오는 범종 소리였다. 그것은 다만 쇠붙이로 만든 종을 나무뭉치로 때리는 소리가 아니었다. 그 속엔 뭔가를 어루만지는 부드러운 손길 같은 것이 있는 것 같았다. 어리석음에 눈 먼, 서러움에 흐느끼는, 그 외에 온갖 미망으로부터 깨어나도록 하는 뭔가가 있는 것 같았다. 대지를 건너 안개 낀 숲에 젖어들 듯 그렇게 스미는 소리. 그것은 울다 지친 내 영혼을 어루만지면서 서러움의 밑바닥까지 층층이 내려가 몸부림치며 뒹구는 나를 다독거렸다. 문득 한 줄기 눈물이 볼을 타고 흘러내렸다. 얼마간 나는 그 소리에 취해 있다가 소리의 방향을 어림한 채 무작정 산 속으로 들어섰다. 때로는 흔적뿐인 길을 따라 때로는 얽히고설킨 덤불을 헤치며 걸었다. 한나절의 헤매임 끝에 작은 암자에 들어섰다. 그 때 숲은 이미 땅거미 속에 잠기고 있었다. 정결하게 빗질되어 있는 뜨락에서 지친 나의 행색을 물끄러미 바라만 보시던 노스님. 이곳에 잠시 머무르고 싶다고 시키시는 일은 가리지 않겠다고 조심스럽게 입을 열었을 때 그는 들릴 듯 말 듯 혀를 차며 느릿느릿 말문을 열었다.

"글쎄 여기서야 할 일을 찾으면 태산 같이 많을 것이고 또 안 하려 든다면 손가락 하나 까닥할 일이 없겠지. 산 생활이라고 해서 속세의 삶과 다를 게 하나도 없지요."

있으라고 붙잡는 것도, 그렇다고 떠나라 등을 떼미는 것도 아니었다. 보일 듯 말 듯 노스님 얼굴에 배어나는 미소 속에 떠남과 머묾을 강제할 의사가 없어 보였다. 중생은 비 오는 날 큰 나무에 깃드는 어린 새와 하등 다를 바가 없으니 날고 깃듦을 어찌 강제할 수 있겠는가. 노스님의 고요히 가라앉은 눈빛은 그렇게 말하고 있었다. 나도 모르게 깊숙이 허리를 숙였다. 박명 속에서 스님의 하얀 고무신이 눈 가득 들어왔다.

그로부터 물 흐르듯 고이듯 세월이 흘러갔다. 이름 모를 산새 소리에 젖어 충충히 가라앉은 새벽공기를 일깨우는 종소리, 보랏빛 저녁 안개를 애무하듯 퍼져나가는 종소리. 이제 더러는 잊혀지고 더러는 익숙해 질 만도 하건만 그 소리를 들을 때마다 새삼 눈물이 흘러내렸다. 그 소리에 섞여 마음 깊은 곳으로부터 울려오는 두 울음소리가 또렷이 들려왔다.

"부처님이 보시기에 인간이든 짐승이든 초목이든 무슨 차이가 있겠습니까. 미망에 빠져 한치 앞도 못 보는 미물이기는 어차피 마찬가지 아니겠습니까. 축생을 위한 법고, 물고기를 위한 목어, 온갖 날짐승을 위한 운판이 있죠. 그리고…… 지옥에 빠진 중생을 건져 올리는 소리가 바로 이 범종입니다."

새벽마다 타종하는 젊은 스님이 합장한 채 조용히 내 곁을 스쳐 지나갔다. 나는 그 범종소리를 들으면서 내 마음 속 울음소리를 잠재우려 했다. 나무하는 일, 바짝 마른나무를 패서 가지런히 처마 밑에 쌓는 일. 똥을 퍼 산기슭 밭에 거름 내는 일. 밭작물을 심고 거두는 일. 나는 몸을 아끼지 않았다. 부처님이 아니라 일이 나의 믿음이었다. 잡념이 끼어들지 못하도록 몸이 부서져라 일에 매달렸다. 눈이 쌓이자 산사에 태초 같은 정적이 찾아왔다. 시간의 흐름 속에 마음은 가라앉았지만 끝내 잊혀지지는 않았다. 격정은 아니지만 파랑 밑으로 가라앉은 기억은 끈질기게 나를 움켜쥐고 놓아주지 않았다. 그것이 무서웠다. 머리를 깎고 아주 사문에 들어버릴까 하는 생각이 든 것도 그즈음이었다.

"머리카락을 깎고 아니 깎는 것이 무슨 차이가 있을까? 마음이 따라주지 않는다면 그것은 겉으로 드러나는 속임수에 지나지 않을 터. 모든 것은 마음에 달려있는 법…… 인연이 없는 일은 아니 하는 것이 도리…… 손님은 사문에 들 인연이 아닌 것을 나무관세음. 나무관세음……"

어느 새벽녘 나는 발자국을 눈 위에 찍으며 암자를 떠났다. 들어와 머무를 때와 하등 다를 게 없었다. 어느새 2년여의 세월이 그렇게 흘러갔다. 노스님의 하얀 고무신을 보며 깊이 머리 숙여 하직을 고하자 그는 아련한 눈빛으로 나를 배웅할 뿐이었다.

"나무관세음. 나무관세음……"

커다란 나무 가지에 앉아 있다가 어느 순간 포로롱 날아오르는 한 마리 새처럼 나는 그렇게 날아올랐다.

8

발길 닿는 대로 떠돌면서 닥치는 대로 일을 했다. 일은 무섭지 않았다. 어릴 적부터 몸에 뱄을 뿐 아니라 몸을 학대하듯 쉴 새 없이 움직이면서 질긴 집착으로부터 벗어나기를 간절히 원했는지도 모르겠다. 얼마간의 돈이 생기면 읍내 색주가 주변을 어슬렁거리다가 왠지 마음이 가는 작부와 하룻밤 인연을 맺기도 했다. 돈이든 풋사랑이든 거기에서 어떤 의미를 찾을 생각은 없었다. 떠돌다가 어느 마을에 들어서면 치솟은 산세며 질펀하게 누운 전답이 어릴 적 떠나온 고향과 어쩌면 그리도 흡사하던지, 아예 한두 해 뿌리내려 살기도 했었다. 그럴 때면 부잣집 머슴살이도 마다하지 않았다. 그러나 떠돌이한테는 그 삶조차 온존하게 주어지지 않았다. 죽은 듯 엎드린 겨울 한 철 시골 노름판에 끼어든 것이 화근이었다.

동네 머슴들이며 시골 건달이며 본 것 없고 배운 것 없는 상것들이 모여 담배 말아 피고 내기 술 마시고 걸쭉한 음담을 늘어놓으며 낄낄대는 잡놈들의 놀이판이었다. 매운 담배연기에 눈을 찡그리며 패를 까고 있는 그 엄숙한 순간에 아까부터 내 옆에 앉아 있던 놈의 행동이 뭔가 개운칠 않았는데 얼핏 왼쪽 옷소매 속에서 화투 한 짝이 삐죽이 얼굴을 내미는 것이 아닌가.

"뭐 하는 것이여. 옷소매로 자라대가리처럼 들어갔다 나왔다 하는 것이 뭣이여?"

내가 손목을 잡고 비틀자 화투짝을 까고 있던 새카맣게 찌든 놈이 시치미를 딱 떼며 비웃듯 이죽거렸다.

"뭐여 시방. 이거 못 놓놔. 니기미 워디서 굴러먹던 뼉다귀가 넘의 동네에 들어와 설레발이여 설레발이. 뭘 봤다는 거시여 시방 누시깔 뽑아 뽐뿌물에 휑궈 집어넣고 잡은가벼 잡것이."

그 놈은 뜨내기가 아니었다. 제법 낯익은 인근 토박이였다.

"그려 다 좋아. 넘의 동네에서 설레발칠 생각은 조금도 없고 지금 니 손모가지에서 들어갔다 나왔다 하는 것이 뭣인지만 대란 말여."

내가 끙하며 손아귀에 힘을 주자 그 놈이 발딱 일어서며 고린내 풍기는 발로 내 면상을 내지르며 화투판을 뒤엎었다. 그 틈에 그 놈이 바꿔치기 하려던 보름달 둥싯 떠오른 팔광을 화투판 속으로 던져 넣었다.

"에라, 자식아 봐라. 뭣이 있다는 것이여 시방."

새카맣게 찌든 놈이 손바닥을 쫘악 펴 보이며 오히려 나를 윽박질렀다. 초록은 동색이었는지 아니면 애초부터 짜고 쳤는지 다른 놈들도 우중우중 일어서며 나를 쏘아보았다.

"잡것이 읍내로 돌아댕김시로 반반한 작부년들 작살낼 때부터 알아봤당께. 넘의 동네에 들어와 얹혀 살면 죽은드키 살아야제. 그렇게 설치면 쓴간디."

멸치 대가리처럼 깡마른 놈이 악을 썼다. 처음부터 될 싸움이 아니었다. 나는 네 놈한테 둘러싸여 뭇매를 맞으면서도 화투짝을 바꿔치던 그 새카맣게 찌든 놈만 붙들고 짓이겼다. 마을 사람들이 몰려오고 조용하던 시골 동네가 한바탕 들썩인 다음에야 싸움은 끝이 났다. 나는 그 다음날로 마을을 떠났다. 어차피 미련은 없었다. 그렇지 않아도 땅 파먹는 일에 슬슬 질리고 있던 참이기도 했다. 나는 뒤도 돌아보지 않고 대처 쪽으로 발길을 돌렸다.

9

대구와 부산 등지를 떠돌다가 공사판에 들어가 모랫짐을 지고 가파른 계단을 기어오르면서 노가다 일이 몸에 붙어갔다. 시간이 쉼 없이 흘러가는 것과는 별개로 마음속 공허는 메꿔질 줄 모르고 나를 친친 묶은 채 놓아주질 않았다. 일 년에 한 두 차례 무슨 일이 있더라도 찾아가는 아내의 무덤은 그때 마다 잡초더미 속에 애처로웠다. 낯익은 동네사람들이 하나 둘 어디론가 사라질수록 아내의 무덤은 주인 없는 폐총이 되어갔다. 그러는 사이에도 은근히 나에게 정을 주던 여인들이 끊이지 않았다. 나도 굳이 마다하지 않았다. 처음에는 바람에 실린 나의 그런 모습조차 좋았던지 한사코 곁에 붙어있던 여자들도 어느 정도 시간이 흐르면 진저리를 치며 떠나갔다. 이리저리 떠돌다가 서울까지 흘러들었다. 그때 무악재 너머 녹번리 일대가 택지로 개발되면서 틀에 찍어낸 듯 똑같이 생긴 집들이 우후죽순처럼 생겨나던 때였다. 일자리는 천지에 널려 있었다. 어차피 일은 몸에 밴 것이고 쉼 없이 꿈지럭대면 밥 굶을 염려는 없었다. 어렵지 않게 큰 공사판에 끼어들었다.

그 무렵 함바집 여자가 접근해왔다. 지금까지도 그래왔지만 별다른 생각은 없었다. 또 한 차례 바람이려니 했었다. 지나가듯 말을 섞다보니 그녀의 고향은 사리원으로부터 그리 멀지 않은 곳이었다. 동향까지는 아니었지만 친근감이 드는 것은 어쩔 수 없었다. 전쟁 통에 피난행렬에 섞여 휩쓸려 내려오다가 가족들과 떨어지게 되었다는 이야기를 한숨 속에 풀어놓았다. 하늘과 땅이 맞닿아 맷돌질하는 그 전쟁 통에 피붙이들이 죽었는지 살았는지 조차도 알 수 없다고 했다. 술이라도 한 잔 걸친 날이면 밉지 않게 생긴 얼굴에 처연한 빛이 감돌며 한숨을 포옥 내 쉬다가 결국에는 주루룩 눈물을 흘렸다. 여기도 한 많은 인생이 또 하나 있구나. 처음에는 그 정도 생각뿐이었다.

"김 씨 올해 몇이우? 아무리 봐도 나보다 많아 보이지는 않는데……"

"……"

나는 깜빡이는 칸데라 불빛만 바라보고 있었다. 내가 올해 몇 살이던가. 그런 것이 새삼스레 무슨 소용이란 말인가. 살아지는 날까지 살다가 눈 감으면 그뿐이었다. 설마 길 위에서 썩으랴. 누군가 거적때기에 말아 땅을 파고 묻어는 주겠지…… 나는 소주잔을 손바닥으로 감싸듯 쥔 채 만지작거리다가 입 속에 털어 넣으며 빙긋 웃음을 날렸다.

"아따, 뭐 처녀나이 묻나 비싸게 굴기는……"

여자는 곱게 눈을 흘기며 나를 넌지시 쳐다본다. 그 푸른 눈가에 색기가 자르르 흘렀다. 나는 술이 확 깨는 기분이었다. 지금까지 적지 않은 여자를 겪어왔지만 이렇게 시작된 적은 없었다. 그야말로 서러움을 쏟아내듯 서둘러 마치던 배설에 불과했었는데…… 그렇게 끝내면 그것으로 그만이었다. 그러나 그 날은 처음부터 무언가 달랐다. 그깟 나이 좀 가르쳐 줬다 해서 뭐가 문제랴 싶었다.

"을묘생이유."

"을묘생!…… 이면, 토끼띠. 가만 있자……"

그녀는 한참동안 손가락을 꼽아보더니 내 무릎을 찰싹 소리 나게

쳤다.

"그럼 올해 마흔 둘이네. 김 씨, 지금부터 나한테 누님이라고 불러
요."

"까짓 것 그럽시다. 누님이면 어떻고 아줌씨면 어떻소…… 나이나
알고 불러도 그렇게 부릅시다."

나도 전에 없이 능청능청 장난기가 발동하고 있었다.

"나, 소띠……"

"가만 있자 그러면 나보다 열네 살이 윈가…… 그렇죠, 누님!"

나는 속없는 놈처럼 낄낄거렸다.

"뭐가 열네 살이야. 두 살 위지."

그녀가 싫지 않은 듯 찡그리며 곱게 눈을 흘겼다. 시답지 않은 농담
처럼 오간 말이었다. 그녀는 사별한 남편과의 사이에 난 어린 딸 하나
를 키우며 살고 있다는 말을 푸념에 섞어 말끝을 흐렸다. 나이로 보아
서는 살이 올라 두루뭉실 변해갈 만한데도 군살이 거의 없었다. 양쪽
으로 퍼져 유난히 도드라져 보이는 엉덩판하며, 그래서 더 잘록하게
패인 허리며, 무엇보다도 포르족족한 살 없는 얼굴이 예사롭지 않았
다. 저런 여자는 남자 없이 하룻밤도 못 사는 법이라는데…… 그녀와
나는 한동안 누님 동생 하면서 지내다가 반년이 조금 지날 무렵부터
자연스레 동거에 들어갔다. 이것도 인연인가. 인연치고는 악연이었다.
맨몸뚱이로 얽혀 서로를 잡아먹을 듯 탐하는 몇 달이 흘러갔다. 고양
이 앓는 소리를 내며 몸을 활처럼 휜 채 내게 달라붙을 때면 지금까지
짧지 않은 세월 어떻게 독수공방으로 견뎌왔나 싶은 게 측은하지 않
은 것도 아니었다. 그러나 한편으로 죽은 아내에 대해 죄스런 마음 또
한 누를 길이 없었다.

　10년 넘게 몸에 밴 뜨내기 기질이 오다가다 만난 여자와의 동거로 일시에 고쳐질리 없고 몸은 매어있었지만 마음은 떠돌이 때와 다를 바가 없었다. 잡아먹을 듯 서로를 탐하다가도 그 열정이 식으면 공허감은 두 배 세 배로 나를 짓눌렀다. 그러다가 아내가 못 견디게 그리울 때면 그냥 훌쩍 나서기 예사였다. 그러면 열흘도 좋고 보름도 좋았다. 아내의 무덤을 돌아보고는 헛헛한 마음 누를 길 없어 발길 닿는 대로 정처 없이 돌아다니다 다시 그곳으로 기어들면 그녀는 낙태한 고양이 상을 하고 발톱을 세운 채 덤벼들었다.

　짐승처럼 붙어먹는 짓거리도 얼마간 시간이 흘러가면서 시들해졌다. 그러는 사이 여자는 함바를 걷어치우고 서울 변두리에 허름한 선술집을 차렸다. 아직도 나에게 빨아먹을 것이 남아있었는지 그녀의 불같은 성화에 못 이겨 나도 덩달아 노가다 일을 접고 그녀를 따라 나섰다. 워낙 오랫동안 몸에 밴 떠돌이 습성을 어찌할 수 없어 내키지는 않았지만 그래도 몇 해 살을 부비고 살았다고 매정하게 돌아설 수는 없었다. 그렇게 해서 억지춘향으로 시작된 술집 기둥서방이었다. 말이 서방이지 숫제 머슴이 따로 없었다. 급할 때면 술 배달에 청소는 물론이고 술주정하는 취객을 상대로 주먹 날리기도 예사였다. 별것 아닌 채 끝나기도 했지만 어떨 때는 일이 커져 폭행죄로 유치장 신세도 심심치 않게 졌다. 월남에 탈영에 불명예제대 그리고 술집 기둥서방에 폭행전과까지 내 인생은 그야말로 누더기가 되어갔다. 처음에는 어설펐지만 한두 해 흘러가면서 그녀에게는 술집 주인의 관록이 몸에 붙어갔다. 강파르던 몸에도 적당히 살이 오르고 돈도 제법 모은 눈치였다. 그러면서 차츰 나를 귀찮아하는 기색이 역력했고 구박이 심해졌다. 그것은 대가리가 커진 딸년도 마찬가지였다. 대놓고 나를 무시하

기 시작했다. 물론 그전에도 나를 어른 대접한 적은 없었지만 그 즈음
에는 김 씨, 김 씨하며 숫제 머슴 부리듯 했다. 그년도 지 에미를 빼닮
아 순진한 구석이라고는 눈을 씻고 찾아보려 해도 없었다.

10

　"하이고 열부 났네. 열부 났어. 이제 그놈의 청승 좀 고만 떨 수 없
어. 장사하는 집 재수 없어. 그러고 다닌다고 누가 홍살문이라도 세워
준다데……"

　며칠째 계속 꿈속에 나타나 우두커니 나를 처다보다가 어디론가 사
라져버리는 아내의 모습이 마음에 걸려 한 열흘 훌쩍 다녀온 날 나를
보자마자 그녀가 대놓고 빈정대기 시작했다. 평소 같으면 몹쓸 병 또
도졌구나하고 그냥 넘겨버리면 그만이었다. 그러나 이번만은 그렇지
않았다. 아내는 허위허위 찾아간 나를 잡초 우거진 무덤 속에서나마
반겨 주지 않았다. 아내의 무덤은 송두리째 없어진 다음이었다. 그 일
대가 몰라보게 뭉텅 깎여 나가있었다. 붉은 깃발이 여기저기 휘날리는
싯누런 황토 위에 수십 대의 중장비들이 땅을 파헤치고 있었다.

　"아 그거요. 택지개발이 시작됐죠. 일 년 가까이 시에서 이장공고를
낸 것으로 아는데…… 요즘 세상에 그런 거 어설프게 했다가는 난리
가 나기 때문에 신문에 꽤 여러 번 공시한 거로 알고 있는데. 왜 보지
못 하셨수. 쯧쯧…… 끝내 주인이 나타나지 않는 묘도 상당수였지. 그
런 묘들은 파묘한 후 뼈를 추슬러 화장하고 뼛가루를 한데 모아 위령
제까지 지내줬지요. 혹시 또 모르니 시청에 가서 알아보슈."

버스를 기다리며 지나는 말로 물어본 나에게 가겟집 노인은 끌끌 혀를 차며 안타까워했다.

"……"

아, 그랬었구나. 그 누추한 잠자리마저 빼앗겨버린 아내가 내 꿈에 나타나 그렇게 오돌오돌 떨면서 원망어린 눈망울로 나를 쳐다보았구나. 한 마디 말도 없이 그렁그렁 눈물이 맺힌 채로……

"하이고, 저 등신. 틀림없이 죽은 지 여편네 귀신이 들씌운겨. 그려서 요즈매 사내구실도 시원치 않았는가벼."

내가 가타부타 말없이 가게를 나설 때 그녀의 독기서린 목소리가 뒤따라 나왔다. 어두워질 때까지 발길 닿는 대로 돌아다니다가 허름한 술청으로 들어섰다. 내리 붓듯 마셔대는 독한 술에도 마음속 불길은 좀처럼 잦아들지 않았다. 깊은 곳으로부터 악머구리 끓듯 끓어오르는 울분을 주체할 수 없었다. 그것은 못난 놈을 겨눈 비수였을 것이다. 여태 죽지 못하고 살아있는 등신 같은 놈을 향한 비수였을 것이다. 소주잔을 거머쥔 채 술상을 내리치자 둔탁한 소리와 함께 주먹을 비집고 선혈이 낭자하게 흘렀다.

"형씨, 기 술 좀 곱게 쳐 드슈. 어디 겁나서 술 마시겠나. 니기미 씨벌."

굵직한 목소리가 낮게 깔렸다.

"……"

가타부타 말없이 소리 나는 쪽을 쳐다보았다.

"꼬나보면 어쩔 것이여, 시방."

아까와는 다른 목소리가 촐랑대며 건너왔다. 나는 잠시 동안 고개를 숙이고 있다가 술상을 들어 그들을 향해 던져버렸다.

"이런 조거튼 새끼가 죽을라고 쌕을 쓰네. 오늘이 니 제삿날이다 잉."

　카랑카랑한 목소리가 끝나기 무섭게 한 놈이 자리를 박차고 일어
서더니 내 얼굴을 향해 곧바로 주먹을 날려 왔다. 싸움으로 지고 새던
세월. 그 정도는 얼마든지 흘리고 되받아 칠 수 있었지만 그날은 급히
마신 술도 술이었지만 날아오는 주먹을 굳이 피하고 싶지도 않았다.
묵직해 뵈는 주먹을 그대로 얼굴로 받았다. 정통으로 오른쪽 턱에 꽂
혔다. 쏨벅하며 묵직한 통증이 훑고 지나갔다. 거의 동시에 찝질한 비
린내가 입 안 가득 찼다. 입을 벌려 푸―― 피를 뱉어내자 후두둑 이
빨 두어 개가 바닥으로 떨어졌다. 픽하고 뜻 모를 웃음이 비집고 올라
왔다. 그렇지 않아도 어디에 대고 태질이라도 쳐야 직성이 풀릴 것 같
았는데…… 울고 싶은 놈 따귀를 때린 격이었다. 주먹을 날리고 방심
한 채 서 있는 놈의 명치께로 빠르게 주먹을 우겨 넣었다. 내 주먹이
살 속으로 깊숙이 파고드는 느낌이 들었다. 욱― 하는 소리와 함께 허
리를 꺾는 놈의 옆구리에 두 번째 주먹을 집어넣었다. 그 놈이 고꾸라
지는 것과 동시에 서너 놈이 한꺼번에 덮쳐왔다. 나는 그들과 한데 엉
겨 술청 바닥을 뒹굴었다. 술상이 뒤집히고 술병이 바닥에 부딪혀 깨
지는 소리가 귓가에서 와글거렸고 날카로운 비명이 고막을 찢었다.
그 소란은 경찰이 출동한 다음에야 겨우 끝이 났다. 내 옷은 흉하게
찢겨져 너덜거리고 얼굴은 피범벅이 되었다. 파출소로 끌려간 다음 나
는 눈을 감은 채 가타부타 말을 하지 않았다. 집어넣기밖에 더하랴. 차
가운 마룻바닥에 쭈그리고 앉았다가 냄새나는 담요를 뒤집어쓰고 시
간을 보내게 되겠지. 그것은 너무도 익숙한 풍경이었다. 부러진 이가
욱신거리며 계속해서 피가 배어 나왔다. 침에 섞인 멍울 피를 파출소
바닥에 질질 흘리면서도 키득키득 솟구치는 웃음을 참을 수 없었다.
즉결심판에 넘겨 콩밥을 먹어야 정신을 차리겠냐고 다그치는 경찰의

고함소리가 황천 너머에서 들려오는 것 같았다.

"앞으로 니 술 쳐 먹을라 카모 곱게 쳐묵어라. 알긋나. 길게 그카다가 니 명에 못 죽는다. 저런 것도 누구 애비 노릇을 할낀가. 재수가 없을려니 별 그지 같은 기다……"

눈을 감은 채 비실비실 웃음을 날리는 나를 죽일 수도 살릴 수도 없었는지 술집 주인은 나를 경찰에 넘겨준 채 저주 섞인 악담을 퍼붓고 사라졌다. 그쯤에서 일이 마무리된 것은 기적이었다. 그래도 순한 사람들 만나서 운수 대통한 줄 알라는 경찰의 말을 들으면서도 비실비실 올라오는 웃음을 참을 수가 없었다.

11

나는 그녀의 술집으로 발길을 떼어놓고 있었다. 보통 때는 거의 출입을 하지 않는 쪽문을 통해 살림집으로 들어섰다. 술청 부엌으로 들어가 과도를 골라들었다. 불이 꺼져 칠흑 같은 어둠에 휩싸여 있었지만 워낙 익숙한 공간이라 바로 안방으로 들어갈 수 있었다. 그녀가 잠들어 있는 모습이 어둠 속에 희미하게 떠 보였다. 술기운에 휘청하면서 발길에 채인 주전자가 엎어 졌다. 덜그럭거리는 소리에 잠귀 밝은 그녀가 깨어나는 눈치다.

"어디를 싸돌아다니다가 남의 단잠을 깨워 깨우길……"

나라는 것을 알았는지 별다른 반응을 보이지 않은 채 끙 하고 몸을 뒤채면서 입속말로 궁시렁댄다. 사실 그때까지만 하더라도 죽일 생각까지는 없었다. 단지 겁을 줘 울분을 풀어야겠다는 생각뿐이었다.

워낙 기가 센 여자였기 때문에 눈앞에 칼이라도 들이대야 먹힐 것 같았다. 그리고는 그녀 곁을 떠나려 했다. 내가 불을 켜고 이불을 젖히자 여자도 깊이 잠들지 않았었는지 눈을 사납게 치뜨면서 소리를 질렀다.

"이 화상아, 왜 잠도 못 자게 지랄이여 지랄이. 술 처먹었으면 한 구석에 자빠져 자든지. 정 생각나면 니 죽은 여편네한테나 가보든가."

"……"

나는 입을 다문 채 여자를 뚫어져라 내려다보았다. 주머니 속에 들어있는 과도를 고쳐 잡았다.

"그렇게 쳐다보면 어쩔 거시여. 정 기집 생각나면 니 여편네한테나 가보라니까. 또 아냐 서방님 오셨다고 무덤 속에서 꽃단장하고 벌떡 일어날지."

이 년이 정말 죽으려고 환장을 했나보다. 오늘따라 왜 죽은 사람을 저다지 못 잡아먹어 난리인가. 그 착한 사람이 무슨 죄가 있다고……

"이 년이 말끝마다 죽은 사람을 들먹이고 지랄이여."

"뭣이 어째, 이 년—! 잡것이 말 다혔어. 지금까지 인생이 불쌍해 맥여주고 재워준게 어따대고 욕질이여 욕질이. 꼴보기 싫은게 내 앞에서 썩 꺼져. 니 여편네 따라 아예 땅 속으로 들어가라. 그게 차라리 백 배 낫겠다."

"뭣이라고! 말이면 단 줄 아냐. 이 죽일 년."

나는 호주머니에서 칼을 꺼내 손아귀에 단단히 거머쥐었다. 허둥대다 날카롭게 갈아놓은 칼끝에 손바닥을 깊게 베었다. 피가 하얀 요 닛 위로 뚝뚝 떨어져 내렸다. 여자가 내 기세에 눌렸는지 주춤주춤 뒤로 물러나면서도 눈빛은 여전히 독기를 품고 있었다.

"지금 뭐하는 거시여. 나를 죽일라고. 비영신 육갑떨고 자빠졌네. 니가 그런 뱃이라도 있으면 꼬라지가 요 모양 요 꼴은 안 됐을 것이다. 칼 치우지 못해 빙신아."

여자는 끝내 표독스럽게 쏘아붙였다. 명을 재촉하고 있었다. 더 이상 말이 필요 없었다. 그녀의 말이 끝나기 무섭게 나는 성큼 한 발 내딛으며 엎어지듯 여자 몸을 덮치면서 칼날을 가슴께에 꽂았다. 피가 홍건히 배어 나왔다. 약간 버르적거리는 것 같더니 거짓말처럼 조용해 졌다. 깊숙이 급소를 찔린 모양이었다. 사람의 목숨이라는 것이 너무도 허무했다. 옆방에서 자고 있던 딸년이 소란 통에 잠을 깼었는지 방문을 빠꼼히 열고 들여다보다가 피범벅 된 채 널부러져 있는 여자의 모습에 기겁을 한다. 입을 벌리고만 있을 뿐 공포에 질린 눈이 무섭게 확대되어 갔다. 잠시 후 찢어지게 비명을 질러댔다. 중학생이라고는 하지만 아직 어린티를 벗지 못한 그 아이마저 죽일 것인가, 아니면 살려둔 채 여기를 벗어날 것인가? 그렇지만 그것은 선택 사항이 아니었다. 나는 공포에 질려 오돌오돌 떨고 있는 아이의 팔목을 있는 힘껏 잡아챘다. 아이는 거꾸러질 듯 방안으로 끌려 들어왔다.

"사…… 살려주세요."

살아서 뭐 할래. 차라리 니 엄마와 함께 가거라. 이 세상은 너 혼자 살아남기에는 너무도 추운 곳이란다.

"아저씨 — 살려주세요."

그 아이의 살려달라는 말이 왜 죽여달라는 말처럼 들렸을까. 오냐 잘 가거라. 이미 칼을 방구석으로 던져버렸기 때문에 피 묻은 양손으로 아이의 가느다란 목을 조이기 시작했다. 양손 안에 가뿐하게 감겨 오는 목. 아이는 죽음을 직감했는지 발버둥치지도 않았다. 사나운 독수리에 채인 병아리 같았다. 가엾은 거. 아이의 목을 감아 쥔지 얼마나 흘렀을까 끔찍하게 길게 느껴지는 시간이 정적 속에 흘러갔다. 축 늘어진 아이를 들어 여자 곁에 뉘었다. 아이는 새털처럼 가벼웠다. 그 순간 교활한 생각이 스쳐갔다. 가능하면 내가 죽이지 않은 것처럼 위장하고 싶었다. 술청으로 나가 석유통을 가지고 왔다. 그러나 차마 여자와 아이의 몸에는 뿌릴 수가 없었다. 방안 여기저기에 석유를 뿌리고 불을 붙였다. 집도 절도 없이 떠도는 주제에 어디 숨을 곳인들 변변하랴. 나는 허름한 여인숙 방에 틀어 박혔다가 이틀 후 검거되었다. 아주 오래 전부터 생의 미련을 놓아버린 마당에 목숨에 대한 애착은 눈곱만치도 없었다. 여자와 어린아이까지 죽이고 또 방화에 사체 훼손까지 그뿐만이 아니었다. 탈영에 불명예제대 그리고 폭행 전과가 내 발목을 잡았다. 그것들이 한 고리에 묶였다. 그들은 나를 더 이상 이 세상에 살려둘 의미를 발견하지 못한 것 같았다. 사형이 언도되었다. 나 또한 그들의 생각과 다르지 않았고 더 이상 살아남기를 포기했다. 사형이 확정되었다.

12

형무소 깊숙한 곳에 갇혀 형 집행을 기다리고 있을 때 나는 마음을 다잡을 수가 없었다. 생에 대한 미련 때문은 결코 아니었을 것이다. 처음부터 그런 것은 없었다. 다만 목숨을 가진 것의 본능이었는지도 모르겠다. 하루가 시작되고 끝날 때마다 유예된 죽음이 나를 짓눌렀다. 그러나 형 집행이 늦춰짐에 따라 나의 의식은 점차 무뎌져 갔다.

다시금 평상심을 되찾기 시작했고 모든 것으로부터 차단한 채 마음이 굳어져 갔다. 어느 날 나는 무심코 감방 안에 굴러다니는 신문을 들여 다보고 있었다. 구인광고가 빼곡히 실려 있고 물건을 사고파는 기사 가 지면을 메우고 있었다. 거기에는 인간의 욕망을 위한 모든 것이 있 는 듯 했다. 꼼지락대며 사는 사람들의 모습이 떠올랐다. 티끌 자욱한 세상의 삶에 애착이나 미련은 없었다. 다만 연민인지 울분인지 모를 것이 순간적으로 떠올랐을 뿐이다. 평소에는 거들떠보지도 않았었는 데 그날따라 유난스레 이것저것 눈길이 갔다. 그때 내 시선을 잡아끄 는 기사가 있었다.

준수한 청년의 사진이 실려 있고 그 옆에 깨알 같은 글씨가 무서운 사실을 전하고 있었다. 아버지를 찾습니다. 지금 살아 계시다면 40후 반에서 50초반쯤 되셨을 것입니다. 저는 전쟁 직후 경기도 K시 인근 보육원에서 미국으로 입양되었고 현재 나이 25세. 이름은 로이드 킴. 신체적 특징은 귀 뒤에 새끼손톱만한 검은 점이 하나 있습니다. 나는 걷잡을 수 없이 떨리는 마음을 누르고 일단 신문을 덮었다. 확신은 할 수 없지만 희미하게 웃고 있는 사진 속의 청년은 어딘지 젊은 시절 나 의 모습과 닮아 있는 것 같았다. 미국에서 대학까지 마쳤다니 나와 같 은 삶을 산 것 같지는 않았다. 한 줄기 따뜻한 바람이 내 마음속을 스 치고 지나가는 것을 느낄 수 있었다. 비록 미국 시민으로 살고 있지만 자신의 뿌리를 알아야 현재의 삶도 의미를 가질 수 있다는 믿음을 양 부모가 끊임없이 심어 주었다고도 쓰여 있었다. 그 영향으로 대학을 졸업하자마자 해외 주둔 미군 교육 프로그램에 참여하게 되었고 주 한미군 교육을 위해 현재 한국에 머물고 있다는 기사를 글자 하나 빼 놓지 않고 두 번 세 번 읽었다. 믿어지지 않았다. 기사를 보면 미국 쪽

기관에는 입양 당시의 상황에 대한 기록이 비교적 상세하게 남아 있는 것 같았다. 기사 끝머리에 아버지께서 살아 계신다면 꼭 만나고 싶다는 절절한 마음을 전하고 있었다. 그 청년이 내 아들임은 거의 틀림없는 것 같았다. 그 아이가 살아있다는 것을 확인하기 위해 지금까지 구차한 목숨을 이어온 것 같았다. 그 아이가 저렇게 훌륭한 청년으로 자라나 주었다니…… 이제 회한 없이 이 세상을 떠날 수 있을 것 같았다. 죽는다하더라도 내 혼백은 구천을 떠도는 원혼은 되지 않을 것 같았다.

그 아이는 나와의 만남을 간절히 바라고 있었다. 그러나 나는 그 아이 앞에 나타나지 않으리라 다짐을 했다. 살인자의 모습으로 형 집행을 기다리는 확정수의 모습으로 그 아이의 앞에 나타날 수는 없었다. 나를 만남으로써 그 아이가 평생 안고 가야 할 고통을 내가 왜 그 아이한테 남기랴. 무슨 일이 있더라도 살인자의 아들이라는 더러운 유산을 남겨주고 싶지는 않았다. 그 아이의 마음에 내가 공산군과 싸우다가 어느 산골짜기에서 숨진 무명용사로 남아 있을 수만 있다면 더 이상 바랄 것이 없었다. 절대로 그 아이 앞에 나타나지 않으리라. 마음은 그렇게 다잡아먹으면서도 가슴 밑바닥에 고이는 서러움까지는 어찌할 수가 없었다. 나도 모르게 눈물이 볼을 타고 흘러내렸다. 나에게 아직도 눈물이라는 것이 남아 있었던가? 씁쓸한 웃음이 비집고 올라왔다. 이대로 그냥 가리라. 그것이 내가 그 아이를 위해서 해 줄 수 있는 마지막 선물일 것이다. 나는 그 아이의 사진을 정성스레 쓸어 내렸다.

13

　교도소에 수감된 후 생목숨을 스스로 끊을 수 없었기에 습관적으로 밥을 씹어 삼켰을 뿐이었다. 그러나 비록 사진으로나마 그 아이의 모습을 보고 기사로나마 그 아이의 목소리를 듣고 난 다음부터 가슴속 깊이 묻혀 이제는 소멸되었을 줄 알았던 고통이 다시금 모습을 드러내기 시작했다. 밥알은 모래를 씹는 것 같았고 밤마다 번뇌는 나의 잠을 저 멀리 쫓은 다음 접근을 못하게 했다. 정신이 칼끝같이 날이 서 밤을 밝히기가 예사였다. 어쩌다 새벽녘에 설핏 잠이 들었다가도 굵은 삼베줄이 내 목을 휘감는 흉몽에 소스라쳐 깨어나기 일쑤였다. 20년 넘게 멀어진 저쪽 조그마한 산사를 지키던 노스님께서는 모든 것이 마음에서 비롯된다고 하셨던가? 나는 마음속에 지옥 하나를 마련하고야 만 것 같았다.

　"형님, 어디 편찮으세요. 요즘 들어 안색도 안 좋고 통 드시지도 않고……"

　"안색이야 뭐, 죽을 날 받아 놓은 놈의 얼굴이 다 그렇지…… 사잣밥 먹는 주제에 희희낙락할 수야 있겠는가."

　"형님도 참 뭔 말씀을 그렇게 하신다요."

　나에게서 무언가 예사롭지 않은 낌새를 챘는지 최 씨가 끈질기게 말을 붙여왔다. 귀찮게 굴지 말라고 파르르 화를 내 그의 입을 막아버리곤 했었는데 결국 나는 품속에 간직하고 있던 신문을 그에게 던져주었다.

“이것이 뭐시다요.”

한참동안 신문을 뒤적거리더니 문제의 기사를 발견하고 눈빛을 반짝이며 다급한 어조로 입을 연다.

“아니, 그러면 이 청년이 형님께서 언젠가 말씀해 주신 그 아드님 맞습니까?”

“글세 확신은 할 수 없지만 내 생각에 아무래도 그 아이인 것 같아.”

“아이고, 그렇다면 뭘 망설이신다요. 당장에 만나보셔야지요.”

“내가 지금 어떻게 그 아이를 만날 수 있겠는가?”

“그래도 만나셔야지요. 암, 만나보셔야죠. 그러실 생각은 있으신거죠? 그러면 제가 한번 나서볼까요?”

“됐어, 지금 이 꼴로 그 아이 앞에 나타나 봐야 그 아이에게 득 될 게 하나도 없어. 평생 지워지지 않는 마음의 상처만 안겨주는 꼴일 텐데 비록 못난 애비지만 그 짓만은 할 수 없지.”

“아니지요. 그게 아니지요. 부모자식간의 인연은 하늘이 맺어 준 것인디 어떻게 인간 마음대로 천륜을 거스를 수 있것소. 그것이 아드님의 마음속에 더 큰 한을 심어줄 수도 있는 거 아닙니까? 지금 아드님께서 간절히 보고 싶어하는 것은 그 천륜에 묶인 아버지를 보고 싶어하는 것이지, 훌륭하게 출세한 사람을 보고자하는 것이 아니란 말입니다. 제 말 뭔 말인가 아시겠죠. 형님도 가심 속 옹골지게 맺힌 그 한은 풀어야지요.”

“후후…… 그래야 저승길이 가볍단 말이지.”

“아따, 형님답지 않게 요즘 들어 죽는다는 말을 왜 그렇게 풀풀 하신다요.”

“……”

최 씨는 천륜이라 그랬다. 그의 말에도 일리는 있었다. 난들 어찌 그 아이가 보고 싶지 않겠는가. 꿈길에서나마 단 한번이라도 좋으니 만나보게 해달라고 빈 것이 얼마였던가. 언제 내가 이 세상을 떠날지 모른다. 모르긴 해도 그다지 많은 시간이 남아 있을 것 같지는 않다. 어쩌면 당장 내일 새벽 형이 집행될 지도 모른다. 단 한번이라도 좋으니 만나볼까? 그것은 생각만 해도 걷잡을 수 없이 가슴이 뛰었다. 25년 전 그렇게 내 곁을 떠나버린 아들을 볼 수 있다니.

"어떻게 한다는 것이여?"

내 목소리가 가늘게 떨려 나왔다.

"아따, 어떻게 하긴요. 보안과장이 소장 오른팔인게 먼저 보안과장한테 말을 넣어야지요. 지가 보안과장하고는 한 고향 아닙니까. 염려 붙들어메드라고요. 이제 형님은 아드님 만나는 꿈만 꾸시면 됩니다."

최 씨의 장담대로 일은 일사천리로 진행되었다. 매스컴에 알려 이 감동적인 사건을 대대적으로 세상에 알려야 한다는 소장과 보안과장의 제안이 있었지만 나는 그들의 제안을 단호하게 거절했다. 만약 그럴 양이면 나는 절대로 그 아이를 보지 않을 생각이었다. 정말이지 그 아이가 사형수의 아들임을 세상에 알리고 싶지 않았다. 완강한 내 반대에 부딪치자 일단은 소장실에서 조용히 만나보기로 약속이 되었다. 최 씨를 통해 일이 진행되는 과정을 날마다 들을 수 있었다. 빠르면 이삼일 이내에 면회가 이루어질 수 있다는 통보가 있었다. 마음의 준비가 필요했다.

"463번, 면회."

나는 본능적으로 몸이 움츠려 들었다. 어제 저녁 통보를 받은 대로 분명 내 아들이 와서 나를 찾는 것이겠지만 간수는 꼭 사형집행 때처럼 나를 불렀다. 교도소 안에는 풍문처럼 떠도는 말이 있다. 아침 일찍 사형수를 불러내는 면회. 두 명의 간수가 사형수의 양옆구리를 끼고 복도를 걸어 나간다. 밖으로 나가 얼마를 걷다보면 면회장과 사형장의 갈림길에 다다르게 된다. 그 기로에 서면 사형수들은 본능적으로 면회장 쪽으로 발길을 떼어놓으려 한다. 그때 간수에 팔에 힘이 들어가면 사형수는 움찔 몸을 떨면서 하늘을 한 번 올려다본다고 한다. 그때 사형수의 눈에 보이는 것은 무엇일까?

"뭐하나, 463번 면회!"

간수의 목소리가 건조하게 울린다. 나는 우중충한 복도를 빠져나와 밖으로 나섰다. 하늘은 잔뜩 찌푸린 채 낮게 내려앉아 있었고 비를 머금은 눅눅한 바람이 불어와 내 옷자락을 풀석 들추고 지나간다. 운동장 한구석에서 뿌연 흙먼지가 자욱이 일어났다. 1사숨를 끼고 왼쪽으로 돌면 나타나는 이 층짜리 붉은 벽돌 건물이 관리동이다. 내 아들이 지금 저기에 와 있다. 현관에 들어서자 옅은 기름내가 코끝에 닿는다. 지금 나는 정결하게 닦인 약간 어둡고 기다란 복도를 지나고 있다. 좌우에 선 간수의 구두소리가 엇갈리며 유난히 또각거린다. 간수가 가볍게 노크한 뒤 문을 열고 들어서자 과장된 웃음을 띤 교도소장이 안락의자에서 일어서며 손까지 흔들어 보인다. 싱글 정장을 단정하게 차려 입은 청년이 따라 일어서며 천천히 뒤돌아선다. 거기에 젊은 시절의 내가 나를 쳐다보고 서 있다. 머뭇거리는 내 몸. 교도소장이 나에게 자리를 권한다. 그러나 나는 앞으로 걸어 나가지 못하고 그자리에 못이 박힌 듯 꼼짝할 수가 없다. 저 훤칠한 청년이 정녕 내 아들이란 말인가. 틀림없이 그렇다는 말인가. 아가야 어서 이리 오너라. 어디 한 번 보자. 그러나 내 혀는 굳은 채 한 마디도 토할 수가 없다.

청년이 나를 향해 천천히 걸어온다. 저런 가엾게도 아이 눈에 눈물이 그렁그렁 고여 있다. 금방이라도 흘러넘칠 것 같다. 그 아이도 내가 아버지임을 본능적으로 느끼는 것 같다. 갑자기 내 시야가 부옇게 흐려진다. 나를 향해서 걸어오던 그 아이의 모습은 마치 반투명유리 저편에 서 있는 것처럼 안타깝다. 그대로 사라져버릴 것만 같아 조바심이 쳐진다. '아들아…… 내 아들아.' 그때 내 손을 감싸 쥐는 따뜻한 손길이 느껴졌다.

"파더. 유아 마이 파더?"

부드러운 그 아이의 목소리가 귓가에 맴돈다.

"아엠 유어 선. …… 리멤버 미?"

"아이 미스 유, 파더."

통역을 맡은 사람이 그 아이의 말을 나에게 전해주고 있었다.

"제 아버지 맞으시죠? 제가 아버지의 아들이에요. 저를 기억하세요? 보고 싶었어요. 아버지."

폭력에 관한 연구

1

"아니, 김 선생님 그럼 그냥 아무 말도 못하고 당하고만 계셨다 이
런 말씀이십니까?"

내 책상에서 오른쪽으로 대각선 방향에 앉아 있던 최수영 선생은
어이가 없다는 듯이 나를 뻔히 쳐다보았다. 그의 작은 눈이 나를 향해
빠끔히 열려 있다. 입가에 엷은 미소가 어렸다 사라진다. 그의 말투로
볼 때 그 미소는 어느 정도의 경멸을 담고 있는 것 같았다. 나는 그가
우리의 대화를 귀담아 듣고 있다고는 전혀 생각하지 않았기 때문에
그의 말투나 표정은 둘째 치고 끼어듦 자체가 달갑지 않았다. 우리와
는 10살 이상 나이 차이가 있는데다가 출신대학도 다르고 우리 학교
에 부임한지 채 한 학기를 넘기지 않았기 때문에 직장동료로서 이렇
다 할 친분이 쌓인 상태도 아니었다. 이런저런 이유로 그의 말참견이

불쾌하기조차 했지만 그렇다고 표 나게 내색할 수도 없는 노릇이었다.

"예? 그럼 어떡합니까? 거기에 대고 같이 욕이라도 합니까?"

"욕할 것까지야 없지만 당연히 따졌어야죠. 왜 아무 잘못도 없이 욕을 먹습니까?"

"뭐라고 따져요? 당신 왜 나한테 욕하는 거야! 이렇게요? 그럼 그쪽에서 죄송합니다. 욕을 해서…… 이럽니까?"

"글쎄요. 그 사람들이 어떻게 나올지는 모르지만 일단 따질 것은 분명히 따져야 한다고 생각합니다."

그는 주먹까지 불끈 쥐면서 정색을 한다. 하얗고 깡마른 얼굴 위로 발그레 홍조가 돈다. 최 선생의 입장에서 보면 꼭 그럴 일도 아닌 것 같은데 필요 이상으로 과민하게 반응하고 있다는 생각이 들었다.

"글쎄요…… 아무 잘못도 없이 부당하게 곤욕을 치르는 사람이 우리 주변에 어디 한 둘입니까?"

"바로 선생님 같은 그런 생각이 우리 사회의 문제를 키운다고 생각합니다. 특히 폭력 문제는 더욱 그렇습니다. 학교에서 애들 사이에 발생하는 폭력만 해도 그래요. 얻어맞은 쪽에서 문제를 제기하면 어떻게 해서든지 해결의 실마리를 찾을 수도 있을 텐데 뭐가 무서워 그렇게들 쉬쉬하는지. 그러니까 학교폭력이 근절되기는커녕 독버섯처럼 번져나가는 것 아니겠습니까? 사회적으로 아무리 학교폭력 추방을 내걸고 난리를 쳐도 당사자들이 그렇게 나오는 한 폭력 없는 학교는 요원합니다. 성폭행도 그런 차원에서 접근해야 한다고 생각합니다. 수치스럽기도 하고 보복이 두렵기도 하겠지요. 그렇지만 적극적으로 신고를 하지 못하니까 그것이 약점이 되고 결과적으로 근절되지 않는 것 아닙니까. 어떻게 보면 피해 당사자의 소극적인 태도는 자신에 그치지 않고 제2, 제3의 또 다른 폭력을 방조하는 무책임한 행동으로도 볼 수 있다고 생각합니다. 그렇지 않습니까?"

빠르게 말을 이어가던 최 선생은 말을 마친 다음에도 한동안 흥분을 가라앉히지 못하는 눈치였다. 조목조목 따지고 드는 최 선생의 말에 잘못은 없다. 사회의 안전을 위해서 누구든 당연히 그렇게 해야 할 의무가 있다. 그렇게 하지 못한 나는 졸지에 우리 사회의 폭력 문제를 방조하는 무책임한 인간이 되어버린 느낌이 들었다. 앞장서서 문제를 만들지는 않더라도 나로 인해 만들어진 문제를 해결하기는커녕 오히려 잠복시키고 재생산시키고 있는 인간. 그건 그렇다고 치고 참 요즘 젊은 애들은 어쩌면 저렇게 나오는 대로 불쑥불쑥 말도 잘하는지…… 우리가 처음 일선 학교에 배정 받아 올 때만 해도 꿔다놓은 보릿자루처럼 교무실 구석자리에 앉아 있다가 누가 말을 붙여오면 겨우 대답이나 하는 정도였는데…… 옆자리에 앉아있던 동갑내기 정 선생이 눈을 꿈쩍거렸다. 그만두라는 신호일 것이다. 나도 더 이상 이 애송이와 입씨름을 하고 싶지는 않았다.

"아무튼 그런 놈들은 본때를 보여줘야 정신을 차린다니깐요. 모두들 쉬쉬하고 피하기만 하니까 점점 기가 살아서 제 세상처럼 설쳐댄다 이런 말입니다."

"그래, 최 선생 말이 백 번 옳아요. 그걸 누가 모르나. 내가 못나고 비겁해서 그렇지. 최 선생이 그런 경우를 당하게 되면 팔을 걷어붙이고 달려들어 아주 용감하게 본때를 보여줘요. 사회정의가 올바로 설 수 있게 말이죠."

나는 농담 반 진담 반으로 그렇게 말을 맺고 말았지만 그가 정말로 나와 비슷한 경우에 직면하게 된다면 어떻게 행동할 것인가? 그 점이 자못 궁금해졌다. 내 말에서 어떤 조롱기를 느꼈는지 그는 입술을 삐죽 내민 채 입을 다물었다. 세 사람 사이에 잠시 어색한 침묵이 흘렀다. 딱히 찾는 것도 없는 거 같은데 책상서랍을 열었다 닫았다 하던 최 선생은 때마침 5교시 시작을 알리는 종이 울리자 자리에서 튕기듯 일어서더니 교무실 한구석에 가지런히 꽂혀 있는 출석부를 빼들고 횡하니 나가버렸다. 앞서거니 뒤서거니 선생님들이 썰물처럼 빠져나갔다. 잠시 동안의 소란이 지나자 한 여름 오후의 정적이 나른하게 가라앉았다.

월요일 오후의 교무실은 언제나 무겁다. 넓지도 않은 공간 속에 30여 명의 교사들이 책상을 마주 한 채 두 줄로 길게 늘어앉아 있다. 문득문득 엄습하는 느낌이지만 맞은편에 앉아 있는 교사의 얼굴에서 피로에 찌든 나를 본다. 그리고 보면 우리는 저마다 조악하게 그려진 자화상을 하나씩 앞에 놓고 앉아 있는 셈이다. 그 곤혹스러움을 피하기 위해 우리는 책꽂이 위에 수북하게 잡동사니를 얹어 놓았다. 그리고는 너나 할 것 없이 그 뒤에 자신을 숨긴다. 꼭꼭 숨어라 머리카락 보일라. 직원회의 때마다 교감은 제발 책꽂이 위에 쌓아놓은 것들 좀 치우라고 잔소리를 늘어놓았지만 누구하나 그것을 치울 생각을 하지 않았다. 여름방학이 코앞으로 닥쳐온 시점이어서 더욱 그렇게 느껴졌겠지만 긴 휴식에 대한 기대와 활력 그리고 한 학기 동안 겹겹이 누적된 피로와 권태로움이 한 공간 속에 기묘하게 뒤섞여 있었다.

2

오랜만에 가족과 함께 나들이를 갔다가 돌아오는 길이었다. 과천 IC에서 올라와 평촌, 산본을 지날 때까지만 해도 외곽순환도로는 흡사 활주로처럼 시원스레 뚫려 있었다. 그러던 것이 시흥IC를 지나면서 주춤거리더니 장수를 지날 때는 거의 주차장을 방불할 정도로 정체가 극심해졌다. 가는 듯 서 있는 듯 지루한 반복 끝에 간신히 중동IC를 빠져 나왔다. 눈 주위로 자욱이 몰려드는 감미로운 피로감. 나는 그대로 잠들고 싶었지만 브레이크와 액셀을 기계적으로 밟아대고 있었다. 아내는 흡사 정물처럼 앞을 응시하고, 뒷좌석에 앉아 있는 두 아이는 습관처럼 끊임없이 장난을 쳐댄다. 램프를 타고 내려와 3차선에 서서 우회전하는 차들의 뒤꽁무니를 천천히 따라가고 있는데 아내가 불쑥 저녁을 해결하고 들어가자는 제안을 했다. 집에 들어가 봐야 마땅히 먹을 것도 없고 또 지금부터 씻고 다듬고 끓이고 데치고 해서 저녁상을 차릴 생각을 하니 끔찍했던 모양이다. 당연히 아이들도 환호성을 지르며 전폭적으로 찬성했다. 무겁게 가라앉아 있던 차안에 아연 활기가 돈다. 나도 반대할 이유가 없었다. 저녁 준비를 아내에게 맡기고 빈둥거릴 배짱이 내게는 없었다. 하다못해 콩나물이라도 다듬어야 할 것이고 그렇지 않으면 홍당무나 감자 따위를 벗겨야 할 것이다.

"엄마, 짜장면 먹으러 갈 거지요?"

유치원에 다니는 막내는 당연히 그럴 거라는 투로 입을 연다.

"아니, 나는 얼큰한 짬뽕."

초등학교 2학년 큰 아이가 제법 어른 흉내를 내며 동생 의견에 제동을 걸고 나선다.

"그럼 형아랑 나랑 짜장면 두 그릇이네 히히."

막내가 요즈음 한창 유행하는 사오정 흉내를 내며 헤헤 거린다. 평소에도 막내는 나이에 비해 제법 재치 있는 말로 심심치 않게 우리를 웃기곤 했다.

"알았다. 어쨌든 그리로 가 보자."

현대백화점 옆에 있는 중국집이 제법 음식이 깔끔하고 맛도 괜찮았기 때문에 우리는 외식할 일이 생기면 별 고민 없이 그리로 가곤 했었다. 현대백화점 쪽으로 가려면 1차선으로 붙어서 좌회전 신호를 받아야 한다. 다행히 2차선에는 차가 없었다. 1차선 쪽에는 상당한 거리를 두고 검정색 구형 그랜저가 다가오고 있었지만 내차가 끼어들기에는 아직 충분한 거리가 있다고 판단했다. 나는 좌측 깜빡이를 켜고 재빨리 핸들을 꺾었다. 2차선을 비껴 1차선으로 막 진입하려 할 때 검정색 그랜저가 꽤 가까운 거리까지 접근해 있었다. 그 차는 멈출 기미를 보이지 않았다. 그러나 만약 이때 끼어들지 못하면 1차선 진입은 불가능해진다. 그렇게 되면 내 차는 2차선과 3차선에 양다리를 걸치고 서 있는 꼴이 된다. 뒤차들로부터 줄줄이 욕먹을 일은 불 보듯 뻔하다. 어떻게 해서든지 끼어들기로 작정을 했다. 나는 일단 손을 들어 뒤차에 양해를 구한 다음 약간 무리해서 1차선 진입을 시도했다. 검정색 그랜저는 차체가 울컥거릴 정도로 급브레이크를 밟았다. 타이어가 아스팔트에 끌리는 소리가 짧게 들렸다. 하마터면 뒤차가 내 차 꽁무니를 들이받을 뻔했다. 나는 완전히 진입을 마친 다음 다시 한 번 손을 들어 미안하다는 신호를 보냈다. 그러나 검정색 그랜저는 헤드라이트를 번쩍이며 신경질적으로 경적까지 울려댔다. 거 성질 한 번 되게 급한 사람이구먼. 나는 약간 짜증이 일어났지만 별 수 없이 비상등을 깜박임으로써 다시 한 번 미안함과 고마움을 표했다. 그러나 뒤차의 시비는 그 정도로 끝나지 않았다. 잠시 후 검정색 그랜저의 운전석 창문이 스스르 내려가더니 퉁퉁한 얼굴에 머리를 바짝 치켜 깎은 남자가 목을 길게 빼고 소리를 질러 대는 것이었다.

"시방 뭐하는 거시여. 좆만한 게 끼어들고 지랄이여 씨발."

좆만하다는 것은 내 소형차를 두고 한 말인지 나를 두고 한 말인지 분간이 안 갔다. 나는 오른쪽으로 고개를 꺾어 뒤를 돌아다보았다. 뒤차 운전수와 눈이 마주쳤다. 아니 보다 더 정확히 말하자면 그가 끼고 있던 시커먼 썬글라스가 나를 향해 고정되어 있었다.

"뭘 봐, 씨발놈아."

운전수는 내게 거침없이 쌍욕을 해대는 것이 아닌가. 그의 욕설은 이제 정확히 나를 향하고 있었다. 얼떨결에 고개를 앞으로 돌린 나는 너무나 어이가 없었다. 순간적으로 멍해지는 느낌이었다. 운전을 하다보면 정말 얌체 같은 인간들을 볼 때가 간혹 있다. 그런 경험은 누구나 있을 것이다. 그럴 경우 상식선에서 대부분의 사람들은 어떻게 하는가? 참 운전도 지랄같이 한다고 투덜거릴 뿐이다. 아주 드문 경우지만 나도 쌍소리를 섞어가며 욕을 할 때가 있기는 있다. 그러나 그것은 어디까지나 입속에서 맴도는 소리 없는 독백이거나 기껏해야 상대방을 향해 인상을 한 번 긁어주는 것이 고작이다. 아무리 얌체 같은 사람한테라도 어떻게 대놓고 쌍욕을 할 수 있는가. 더군다나 비록 마음에 들지 않은 행동을 했다하더라도 손을 들어 한 두 번 까닥까닥

혼든다든지 비상등을 깜박거림으로써 미안하다는 표시를 해오면 조금 전까지의 고까운 감정이 스르르 풀어지는 것이 사실이다. 바빠서 그랬겠지. 그리고는 곧 잊어버린다. 그런 것들을 오래 기억할 정도로 머릿속이 한가하지 않다. 그러나 지금 뒤차 운전수는 나에게 대놓고 욕지거리를 해댄다. 다른 운전자들도 다 듣고 내 아내도 듣고 무엇보다도 내 어린아이들도 다 듣고 있는 상황에서 말이다. 이럴 때는 어떻게 해야 하는가. 이런 상황을 전혀 예상치 못했기 때문에 순간적으로 머리가 하얗게 비어 버리는 느낌이었다. 마치 컴퓨터에 입력되지 않은 자료를 불러냈을 때 모니터가 비어 버리는 것처럼 그랬다.

3

뒤돌아볼 때 나는 똑똑히 보았다. 새까맣게 썬팅 된 유리창. 그 차에 타고 있던 4명의 남자들을. 꽤 더운 날씨였음에도 불구하고 그들은 검정색 계통의 정장차림이었고 턱밑까지 바짝 넥타이를 졸라매고 있었다. 그리고 그 큰 구형 그랜저가 그득하게 채워질 정도로 하나같이 거구의 남자들이었다. 다운증후군에 걸린 사람들이 대개 비슷한 몸매와 얼굴 모양을 하고 있는 것과 마찬가지로 그들도 비슷한 몸매와 얼굴 모양을 하고 있었다. 나는 그들의 정체를 본능적으로 알아차릴 수 있었다. 나는 슬며시 고개를 앞으로 돌렸다. 그리고서는 멍하니 앞을 응시하고 있다가 백미러를 통해 다시 뒤차를 힐끔 쳐다보았다. 이번에는 조수석에 타고 있는 남자까지 합세를 해서 나에게 감자를 먹이며 낄낄거리는 것이 아닌가. 겁쟁이 새끼 찍소리도 못하고 자빠져 있는 저 꼬라지 좀 보라구. 그 소리가 내 귀에까지 선명히 들려오는 것 같았다. 옆에 타고 있는 아내도 뒷좌석에서 끊임없이 장난을 쳐대던 아이들도 본능적으로 상황을 인식한 눈치다. 아이들은 슬그머니 장난치기를 멈추었고 아내도 입을 다문 채 뚫어져라 붉은색 신호등만 바라보고 있었다. 백 미터 달리기 스타트 라인에 서 있는 육상선수 같았다. 전체적으로 아내의 모습은 별로 달라진 것이 없어 보였지만 옆얼굴은 긴장이 느껴질 정도로 팽팽하게 경직되어 있었다. 바로 옆 차선의 운전수도 힐끔거리며 나를 쳐다본다. 당신 오늘 더럽게 걸렸구만. 그의 눈빛이 그렇게 말하고 있었다.

어따대고 욕지거리야! 이 개새끼들아! 늬들 다 죽었다! 그러나 들끓는 분노는 목구멍을 넘어오지 못한 채 안으로 스며든다. 핸들을 잡은 손이 파르르 떨린다. 만약 이 가늘고 하얀 손에 6발 실탄이 장전된 리볼버 권총이 쥐어져 있다면…… 영화 더티하리에서 젊고 매력적인 형사 클린트 이스트우드가 흉악범들을 법의 심판에 맡기지 않고 범죄 현장에서 직접 사살하던 그 강력하고 아름다운 매그넘 44가 쥐어져 있다면…… 나는 천천히 차 문을 열고 내려 검정색 그랜저로 다가가 우아하게 양팔을 벌리고 나에게 욕을 해대던 그 운전수놈의 왼쪽 관자놀이를 정조준 할 것이다. 총구가 자신의 머리통을 향하고 있음에도 불구하고 운전수놈은 얼어붙은 듯 움직임이 없다. 손가락 하나 까딱하지 못한다. 나는 천천히 아주 천천히 방아쇠를 당길 것이다.

콧잔등만 보이도록 검은색 모자를 깊숙이 눌러쓴 육군 제2 훈련소 사격장 조교가 PRI로 탈진해 있던 우리에게 이렇게 속삭였다.

마―이 문디 자슥덜아. 이기 뭔 줄 아나. 이기 총알인줄 아나. 아이다. 이기는 니 부모, 형제의 목숨인기라. 알긋나. 니들이 먼저 적을 죽이지 몬하문. 니 부모, 형제가 죽게 된다. 알긋나. 사랑하는 부모, 형제의 대갈통에 바람구멍이 난다 이기다. 정신 똑바로 차리그라 알긋나…… 방아쇠를 당길 때는 안 있나. 니 애인 있지. 그자. 가마이 숨을 죽이고 그 가시내 분홍빛 젖꼭지 말이다. 봤지 그자. 그기를 니 둘째 손가락으로 이래 가마 누지른다 생각해 봐라. 이 문디 자슥아ㅡ. 그래 말해도 모리나. 하모 하모 그케 해라. 바로 그케……

가늠좌 십자선 위에 인민군 표적지가 얹혀있다. 보일 듯 말 듯 파르르 요동친다. 하나아 두울 세엣. 애인의 분홍빛 젖꼭지를 애무하듯 둘째 손가락에 가만히 힘을 넣는 것과 동시에 타ㅡ앙ㅡ금속성 파열음. 오른쪽 광대뼈와 어깨에 느껴지던 묵직한 통증. 비릿한 화약 냄새가 맵싸하게 코를 찔렀다. 눈부시게 파랗던 하늘. 샤악ㅡ샤악ㅡ샤악ㅡ결대로 차가운 대기를 쪼개는 총성의 잔음이 갈색 산등성을 타고 넘었다. 150 표적지가 천천히 뒤로 넘어가고 마른 먼지가 풀썩 일어났다. 나는 그때까지 가늠좌를 들여다보고 있었다. 적이 사라지고 난 가늠좌엔 눈부시게 파란 하늘만 가득했다. 유리창을 뚫고 들어간 총알은 그 놈의 뇌 속을 휘저어 놓을 것이다. 그리고 맞은 편 관자놀이께로 뚫고 나오겠지 그때 분수처럼 솟구치는 피와 뇌수는 차안을 검붉게 물들이겠지. 화악ㅡ진동하는 피비린내. 기겁을 해서 뛰쳐나오는 똑 같이 생긴 놈들의 머리통을 향해 나는 하나씩 조준 사격을 할 것이다. 그 맹렬한 충동에 내 손이 또 한 번 파르르 떨린다. 다 죽어버려라 이 쓰레기 같은 새끼들아……

4

그러나 그 순간 나는 더 이상 사태가 악화되지 않기만을 간절히 바랄 뿐이었다. 가령 한 놈이 차문을 열고 내 차로 다가온다면 어떻게 할 것인가. 빙글빙글 웃으며 유리창을 툭툭 치면서 본격적으로 시비를 걸어오면 어찌할 것인가.

"이 씹새, 꼬나보면 어쩔것이여. 한 번 해보겠다는 것이여. 시방."

벽을 상대로 욕을 할 것인가. 주먹질을 할 것인가. 다른 차에 타고 있는 사람들은 틀림없이 모른 채 할 것이다. 똥이 무서워서 피하나 더러워서 피하지. 이런 편리한 생각이 그들을 위해 준비되어 있다. 그러나 똥통 위에 엎어져 입 속으로 꾸역꾸역 똥물이 들어가고 있는 사람은 어찌 할 것인가. 경찰에 신고를 할 것인가. 뭐라고. 이 사람들이 나한테 욕을 했다고. 욕도 언어폭력이라고 말할 것인가. 웃기는 일이다. 대한민국에 그렇게 해서 출동할 경찰도 없겠지만. 설사 있다손 치더라도 욕했다고 저들에게 수갑을 채울 것인가. 증거가 있는가. 있을 수 없는 일이겠지만 경찰이 출동했다고 치자. 그들은 다른 사람들에게 물어볼 지도 모른다. 뒤차에 타고 있는 사람들이 앞차에 타고 있는 사람에게 욕을 했습니까? 그때 네 — 뒤차에 타고 있는 사람들이 분명히 욕을 했습니다. 내 귀로 똑똑히 들었습니다. 이렇게 증언할 사람이 있겠는가. 결단코 없을 것이다. 아마 나도 그렇게 하지 못할 테니까. 글쎄요. 차창을 닫고 있어서 잘 듣지 못했는데요. 그리고 그들은 서둘러 그 자리를 벗어나려고만 할 것이다. 내가 하고자 않는 일을 타인에게

원하지 마라. 공자님께서도 그렇게 가르치셨거늘…… 더군다나 검은 양복을 입고 있는 그들은 내 차 번호를 똑똑히 기억할 것이다. 그들이 내 차 번호를 가지고 나의 신상을 추적하는 일은 아주 손쉬운 일인지도 모른다. 내가 어디에 살고 있는지. 직장은 어딘지. 아이들은 어느 학교에 다니고 있는지. 기타 등등…… 나와 우리 가족에게 다가올 알 수 없는 불안의 그림자는 또 어떻게 할 것인가. 늦은 밤 전화소리에도 소스라치게 놀랄 것이고 아이들의 귀가가 조금만 늦어져도 초주검이 될 것이다. 그럴 때 마다 경찰을 부를 것인가? 경찰은 내 개인 경호원이 아니다. 이럴 때는 여기에 나 없습니다. 하고 죽은 듯이 엎드려 있는 것이 상책이다. 수모는 잠깐이다. 곤혹스러움 속에서도 시간은 흘러갈 것이다. 째깍째깍. 다행이 그놈들 중 차에서 내려 나에게 다가오는 놈은 아무도 없었다. 나는 다시금 살며시 고개를 들고 백미러를 들여다보았다. 아뿔싸 그때 둘째 아이와 시선이 딱 마주쳤다. 그 아이가 슬며시 눈길을 돌렸다. 아―참담함이여. 조금 전까지 내 존재를 송두리째 뒤흔들어놓던 그놈들은 이제 나 따위는 안중에도 없는 것 같다. 뭐가 그렇게도 우스운지 고개가 젖혀지도록 웃어제낀다. 그 큰 구형 그랜저가 들썩거린다. 나는 그들의 관심권에서 벗어났다는 사실에 우선 안도했다. 나는 그들과 시선이 마주치지 않도록 조심스럽게 시선을 거둬들였다. 드디어 신호가 바뀌었다. 좌측을 가리키는 녹색 화살표가 밝게 빛을 발한다. 내 앞차가 서서히 속력을 내기 시작했고 나는 그 차 뒤를 바짝 따라갔다. 뒤따르던 검정색 그랜저가 빵빵 두 번 경적을 울리며 크게 출렁이면서 차선을 바꿔 나를 앞지른다. 그것으로 끝이다. 나는 그래도 괜찮은 놈들을 만난 것 같다. 끝까지 뒤따라오면서 집적대면 어떻게 할 것인가? 나도 남잔데 그리고 아이들이 나

를 빤히 쳐다보고 있는데 항상 사내답게 씩씩하라고 다그치던 나를
그 아이들이 빤히 쳐다보고 있는데 나는 무엇이 사내다운 것이고 씩
씩한 것인지를 아이들에게 행동으로 보여줄 수 있는가? 없다. 결단코
나에게는 그럴 용기가 없다. 저만치 앞서 속도를 높이는 구형 그랜저
의 꽁무니를 바라보며 가만히 한숨을 내쉬었다. 나는 그 한숨 소리를
아내와 아이들이 듣지 않았기만을 바랄 뿐이었다.

5

　채 하루도 안 된 일이라 그런지 어제 저녁 일이 새삼스럽게 나를 짓
누른다. 정 선생은 나의 이런 기분을 눈치 챘는지 일어서면서 내 어깨
를 가볍게 툭툭 친다.
　"마음속에 담아두지마. 이런 거 저건 거 다 마음속에 담아두다간 병
생겨 이 사람아. 그렇게 밑지는 듯 사는 게 마음 편한 거야. 세상사 일
일이 다 어떻게 이기며 사나."
　"이기며 살 생각까지는 없어. 그렇기는 하지만 솔직히 가끔은 나의
무력감이 싫기도 해. 어제도 말이야 아이들 보기가 어찌나 참담하던
지…… 와이프야 뭐 이해하겠지. 우리에게 정의와 법이 현실적 폭력
앞에 얼마나 무기력한 것인지. 그리고 정의와 법이 얼마나 먼 거리에
떨어져 있는가를 말이야. 그런데 아이들은 그렇지 않거든 걔네들이
날마다 보는 만화영화는 말이야 언제든지 정의가 악당을 물리치는 것
으로 되어 있거든 아무리 강한 악당이라도 결코 정의를 이기지는 못
해. 정의는 어떠한 경우라도 악당을 두려워하지 않거든. 그런데 나는

그 악당들한테 찍소리도 못하고 말았단 말이야. 아이들 눈에 나는 비겁자로밖에 비쳐지지 않았을 거야. 걔네들이 지금의 내 모습을 이해하려면 앞으로 많은 시간이 필요하겠지. 언젠가 그 아이들도 나와 비슷한 모습으로 살아 갈 수밖에 없겠지만 말이야.”

“……”

정 선생은 내 옆에 서서 말없이 고개를 주억거리다가 교무실 뒤쪽에 비치되어 있는 커피포트로 걸어가 커피 두 잔을 뽑아가지고 돌아왔다. 점심 식사 후 교무실에 들어서는 선생마다 한 잔씩 뽑아 홀짝대었지만 평소 나는 담배진 냄새가 진동하는 원두커피를 썩 즐겨하지는 않았다. 도대체 무슨 맛에 저렇게들 마셔대나 궁금하기조차 했다. 커피는 아무래도 구수하면서도 달착지근한 다방 커피가 좋았다. 그러나 오늘은 정 선생이 건네준 커피를 흡사 한약 먹듯 후루룩 마셨다. 쌉싸름한 원두커피가 입안에 고인 씁쓸함을 어느 정도 걷어내는 것 같았다. 커피를 다 마신 정 선생은 남방셔츠 앞주머니에서 담배 한 개비를 꺼내 물고 불을 붙인다. 등받이에 길게 몸을 기대며 한 모금 깊게 들여 마신다. 낡은 의자의 스프링이 비명을 지른다. 목구멍을 지나 폐 속 깊이 들어간 연기는 다시 천천히 입과 코를 통해 밖으로 빠져나온다. 언제 보아도 정 선생의 담배 피우는 모습은 뭐랄까. 여유와 격조가 있어 보인다. 담배를 피우지 못하는 나도 번번이 유혹을 느낄 정도다. 뭐가 되었든 가슴속에 응어리 진 것을 뿌얀 담배연기 속에 섞어 토해낼 수 있을 것 같았다. 그는 두세 번 그 동작을 반복한다.

“자네가 현실적인 폭력 앞에 무기력했던 것에 대해 괴로워하는 거 말이야. 나는 충분히 이해한다구. 이해할 수 있어. 정도의 차이가 있을 뿐 누구에게든 그런 경험이 있거든……”

정 선생은 깊은 생각에 잠기는 눈치였다. 눈빛이 아련해 지면서 다시 한 번 담배연기를 깊이 빨아들인다.

"내가 군대 복이 없었는지 하고많은 부대 다 놔두고 창설부대로 배치가 되었는데 말이야…… 훈련소에서 작대기 하나 달고 도착한 곳이 어떤 창설 포병부대였는데 동기놈과 단둘이 그곳에 딱 도착했는데 키만한 따블백을 들고 내리기가 무섭게 우리를 실어다 준 트럭은 꽁무니에 자욱하게 흙먼지를 매달고 사라지고…… 기가 막히더라고. 거 왜 밀가루 포대 같은 것을 국방색으로 물들여 입은 런닝셔츠 있잖아. 그것들을 입고 벌겋게 황토가 드러나도록 깎아 뭉갠 계곡 속에서 군인들이 떼를 지어 바글대고 있는데 무슨 강제 노동수용소 같기도 하고 끔찍하더라고. 그때가 한여름이었는데 등골이 서늘해지는 게 이젠 죽었구나 싶더라니까……"

그의 눈이 가늘게 감기는 게 30년이 다 되어가는 저쪽을 회상하는 눈치였다. 새삼스레 그때의 막막함이 되살아나는지 문득 그늘이 드리워진다. 나는 입을 다문 채 그의 다음 말을 기다렸다.

"사실 뭐 노동 그 자체는 힘들지 않았어. 군대 말로 까라면 깠지 별수 없지 않은가. 정작 힘든 것은 낮이 아니라 밤이었다구. 낮에는 죽어라 곡괭이만 휘둘러대면 그만이었는데 잠자기 직전의 일석 점호는 정말이지 쫄따구들한테는 견딜 수 없는 시련의 시간이었거든. 일석 점호 때마다 툭하면 당하던 원산폭격…… 잠자기가 그렇게 힘든 것인지는 예전에 미처 몰랐었지."

"……"

"그 산속 모기가 얼마나 지독했는 줄 아나. 점호를 받으려고 침상 3선에 정렬해 서 있으면 바로 모기들이 달라붙기 시작하는데…… 천하

없는 장사도 움찔거리게 되어 있다구. 그러면 뭐라는 줄 알아, 편리한 말 있잖아. 군기가 빠졌다는 말. 모기가 물면 따갑고 가려운 것은 당연한 거잖아. 그래서 움직이면 군기가 빠져서 그렇다는 거야. 그러면서 박으라는 거지. 그것도 최대한 재빠르게, 그때 손을 짚고 무릎을 꿇고 꾸물대면 죽는 거야. 그냥 서 있는 자세에서 거의 앞으로 고꾸라지듯 머리를 침상에 박고 두 다리를 벌려 뻣뻣하게 뻗고 두 손은 엉덩이 뒤로 뒷짐을 지고 그 자세로 한 30분씩 버티는 거야. 10분쯤 지나면 머리로 피가 몰려 멍해지지 귀속에서는 사이렌 같은 소리가 들리고 자네 그거 아나?"

"그럼 몰라, 이 사람아. 대한민국 군대는 자네만 갔다 온 줄 아나?"

"머릿속이 멍한 상태에서 눈을 뜨면 내 관물들이 나를 서글프게 내려다보고 있는 거야. 찍소리 못하고 30분가량 지나면 다리가 후들거리기 시작하고 목이 뻣뻣해 지고 말이야. 그러다가 자기도 모르게 풀썩 옆으로 넘어지는데 그러면 나이 어린 내무반장놈이 군화를 신은 채 침상으로 뛰어 올라와서는 엉덩이며 허벅지를 사정없이 걷어차는 거야. 이렇게 말이야……"

정 선생이 다리를 쭉 뻗어 내지르는 시늉을 한다. 그때 5교시 종료를 알리는 종이 울리고 수업에 들어갔던 선생님들이 다시 우르르 교무실로 들어서고 있었다. 종소리를 따라 우르르 몰려나갔다가 다시 몰려들어왔다 하는 것이 숨바꼭질이라도 하는 것 같아 나도 모르게 쿡하고 웃음이 나왔다. 그러나 어른들의 숨바꼭질에는 환호성이 없다. 저들은 무엇을 피해 끊임없이 몸을 숨기는 것일까? 언제 들어왔는지 지친 기색이 역력한 최 선생이 자기 책상 앞에 털석 주저앉는다. 한 여름임에도 냉방은 고사하고 소리만 요란한 구닥다리 선풍기 두 대가 힘겹게 돌아가는 찜통같은 교실에서 50분 동안 쉼 없이 떠들고 나면 아무리 팔팔한 사람도 맥이 쭉 빠질 정도로 지치게 되어 있다. 아이들의 반은 졸고 있다. 아예 책상에 엎드려 낮게 코까지 고는 놈들도 있다. 대부분의 경우 모른 척 한다. 물론 아이들의 고단한 일상을 모르는 바 아니지만 아이들한테까지 무시당하고 있다는 생각에 씁쓸함이 입안에 고인다. 뱉어내도 뱉어내도 밑바닥에 고여 있는 씁쓸함. 이제는 내 혓바닥 밑에 들러붙어 떨어질 생각을 않는다. 잠깐 말을 끊었던 정 선생이 다시 말을 잇는다.

"그때는 그게 수몬지 뭔지도 몰랐어. 어서 빨리 그 순간이 지나고 잠을 잘 수 있었으면 하는 생각뿐이었다구. 먹구 자구 싸구 다시 먹구 자구 싸구 인간이지만 인간이랄 수 없는 시간이 그렇게 지나갔지. 그런데 요즘 특별한 이유도 없이 그때 일들이 문득문득 떠올라. 그러면 그때 내가 당했던 일들이 새삼스럽게 못 견딜 정도로 치욕스럽게 느껴져. 그 부당한 일들에 대해 전혀 저항할 엄두조차 낼 수 없었거든. 그냥 받아들일 수밖에 없었던 수모가 무의식 저 밑바닥에 고여 있다가 나도 모르게 불쑥불쑥 올라오는 것 같애. 그러면 그 나이 어린 내 무반장의 얼굴까지 선명하게 떠오른다고. 그래서 말인데 나는 육체적이든 정신적이든 타인에게 수모를 주는 행위를 범죄행위로 생각해. 당하는 사람에게 그것은 씻을 수 없는 상처를 남기게 되거든. 폭력은 후유증이 무서운 거야……"

잠자코 듣고 있던 최 선생이 담배 한 대를 피워 문다. 원칙적으로 학교는 건물 전체가 금연구역으로 되어 있다. 그래서 교실은 말할 것도 없고 교무실에서도 담배를 피우지 못하게 되어 있다. 그러나 담배 필 때마다 운동장으로 나가는 것도 번거롭고 해서 비흡연자들의 묵인하게 여선생 자리에서 멀리 떨어진 곳에서 골초들이 삼삼오오 모여 들어 담배를 피워댔다. 최 선생의 담배 피우는 모습은 정 선생과는 어딘지 다르다. 여유와 품위가 없다. 담배를 빨아들이는 모양도 그렇고 몸속으로 들어갔던 연기가 밖으로 빠져나오는 시간도 정 선생에 비해 훨씬 짧은 것 같다. 그리고 끊임없이 재떨이에 담배를 털어대는 경박스러움까지. 사실 대한민국 남자들에게 군대 얘기는 진부한 것이지만 계속 경청하게 하는 매력도 만만치 않다. 정 선생의 말이 계속되고 있다.

6

"겁대가리 없는 새끼, 거기 서 새끼야."

씹어 뱉는 듯한 목소리가 내무반 한 구석에서 들려온다. 5촉짜리 취침등이 켜 있는 내무반 안은 물체의 식별이 용이하지 않은 정도로 어두웠다.

"천하의 쫄다구 새끼가 자빠져 자다가 신고도 없이 니 마음대로 나가. 너 지금 탈영하냐?"

나를 향해 천천히 다가오는 누군가가 내 앞에서 딱 멈추었다. 키가 나보다 10여 센티는 족히 작은 것 같았다. 최주형 하사. 그의 까무잡잡한 얼굴이 취침등 아래에서 목탁처럼 반들거렸다.

"아닙니다."

"불침번이 좆이냐?"

"……"

"좆만한 새끼가 뭐라 그러니까 꼽냐? 군대 좆같지 그치? 사회에서
는 상대거리도 안 되는 새끼가 설치니까 좆같지 그치?"

"아닙니다."

"아니기는 씹새. 니 얼굴에 그렇게 써 있는데 뭐가 아니야 씹새야."

"아닙니다."

"나가려면 불침번한테 말을 하고 허락을 받은 후에 나가야 할 게
아니냐고 이 씹새야?"

"오줌이 마려워서요. 최 하사님이 보이지 않으시고……"

"이 씹새끼 말하는 것 좀 보소. 지금 니가 나를 근무이탈자로 만드
냐?"

"아닙니다. 그게 아니라…… 제가 못 봤다는 거죠."

맹세컨대 그는 보이지 않았다. 아무리 취침등 아래라고는 하지만
군기가 들대로 들어있는 이등병에게 그쯤은 당연히 보이게 되어 있
다. 그는 분명 침상 어딘가에 거꾸러져 자고 있었음에 틀림없었다. 불
침번이 무엇이라는 것은 훈련소에서 귀에 딱지가 앉을 만큼 들었다.
자리에 누운 채 탱탱히 불어나는 방광을 주리틀 듯 틀어막고 불침번
을 찾았던 것이다. 아무리 찾아도 보이지 않았다. 이대로 살짝 나갔다
금방 들어오면 괜찮겠지 싶었던 것이다. 최 하사는 부시럭거리는 소
리에 놀라 깨었을 것이다.

"너 오늘 낮에 면회 온 새끼지. 군대 온지 얼마 됐다고 벌써부터 면
회오고 지랄이냐 씹새야. 어, 이 새끼 시계까지 찼네."

얼마 전 휴가를 나가는 고참에게 집 전화번호를 적어주면서 부모
님께 면회를 와 주십사 하고 부탁했던 것이다. 오늘 오후 부모님께서
면회를 오시면서 약간의 돈과 손목시계를 전해주고 가셨다.

"벌써부터 시계를 보려구? 너 군대생활 얼마 남았냐? 그런 썩어빠진 정신으로 군대생활 하다가는 골로 가기 딱 알맞다구. 이 씨발놈아."

그는 다짜고짜 두 손바닥으로 내 가슴께를 때리기 시작했다. 왜소했지만 그의 손끝은 의외로 매웠다. 나는 거의 무방비상태로 서 있다가 침상으로 그대로 넘어졌다.

"일어나 이 씨발놈아."

그 소란 속에 몇몇은 잠이 깼는지 꿈틀거리기도 했다. 그러나 누구하나 아는 체를 하지 않았다. 때리면 넘어지고 다시 오뚝이처럼 일어나고 또 때리고 그러기를 거의 30여 분. 그의 손바닥이 내 가슴에 닿을 때마다 쇠망치로 때리는 듯 통증이 몰려왔다. 요의는 어디론가 사라지고 없었다.

"자빠져 자 씹새야……"

나는 찍 소리도 못하고 빠져나왔던 모포 속으로 기어들어갔다. 눈물이 주르르 흘러 떨어졌다. 맞은 데가 아파서라기보다는 목구멍까지 치받고 올라오는 치욕스러움 때문이었다. 얼마 후 기상나팔이 울릴 것이고 조조 구보를 나갔다와서 영내를 청소하고 조식을 먹고 나면 또 긴긴 하루가 나를 기다릴 것이다.

7

아이들의 학습 의욕이 눈에 띄게 저하되어 있는 상태에서 무의미하게 느껴지는 야간 자율학습까지 끝났다. 긴긴 하루가 막을 내린 것이다. 몇몇 아이들은 야자 시간을 아예 휴식시간 정도로 생각하고 있는 것 같다. 학원이며 과외며 본격적인 밤공부를 위해 잠으로 시간을 때우는 아이들도 간간이 눈에 띈다. 그러나 나는 그들을 제지할 아무런 명분도 이유도 없다. 글자 그대로 자율 아닌가. 각자가 알아서 할 뿐이다. 최소한 타인에게 피해를 주지 않는다면 그들이 어떻게 시간을 보내든 상관하지 않는다. 3학년 교실이 몰려있는 신관 4층에는 4시간 동안 침묵과 소란스러움이 몇 차례 규칙적으로 반복되었다. 그 사이 나도 교무실과 교실 사이를 그저 무의미하게 왕복할 뿐이었다. 조도가 떨어지는 어둑한 복도를 지나갈 때 내 발걸음은 마치 테엽을 감은 자동인형처럼 움직였다. 아이들을 귀가시키고 교무실에 들러 퇴근 준비를 마치고 나자 10시가 넘었다. 월요일은 한 주의 시작이라는 부담도 있고 해서 술 생각이 별로 없었던 것이 사실이지만 오늘은 여름방학을 얼마 남겨두지 않은 시점이기도 해서 그런지 여느 월요일과는 달리 마음이 많이 풀어졌다. 그 점에서 나와 정 선생은 의기가 투합되었다. 꼭 그렇게 정해 놓은 것은 아니지만 술값은 서로가 번갈아 가며 냈다. 두 번을 거푸 내거나 거푸 얻어먹는 일은 좀체 없었다. 술값이래봤자 4, 5만원이 고작이었지만.

"김 선생 내가 말이야. 얼마 전에 '공공의 적'이라는 영화를 봤는데…… 거기에 형사 한 명이 나오는데, 그렇지 주인공이지, 아주 단순하고 저돌적인 면이 있는 친구라구. 어떻게 보면 무식하다고 할 수도 있을 정도루 말이야. 위에서 하도 쿠사리를 먹으니까 홧김에 사표를 쓰는데 호기 있게 죽을 사자를 떡하니 쓰더라구. 그래놓구서는 표자는 아무리 머리를 굴려도 아는 한자가 없으니까 그대로 한글로 표라고 써넣는 친구야 어때 이 정도면 알만하지."

쾌 마셨는지 정 선생의 혀가 약간씩 꼬부라지기 시작했다. 그러나 그럴수록 나를 쳐다보는 그의 충혈 된 눈빛만은 이상한 열기로 채워지고 있었다. 처음에는 서로 따라주고 마시고 하더니 어느 순간부터 자작으로 술을 마신다. 자연히 술 마시는 속도는 점점 빨라지기 시작했다. 그의 술 마시는 버릇은 독특한 구석이 있었다. 언제나 술잔에 찰찰 넘치도록 소주를 따라 딱 반만 마시고 식탁 위에 내려놓는 버릇이 있었다.

"그런데 말이야. 그 친구 연기 잘하데…… 누구냐 하면 박하사탕에서 주인공으로 나왔던 친구 있잖아. 그래, 그래, 점점 다가오는 기관차 앞에서 나 돌아갈래를 절규하던 친구말야. 거기에서도 형사로 잠깐 나오더니 여기서도 또 형사로 나오더라구. 그 친구 박하사탕에서는 호리호리한 체격이었잖아. 그런데 여기서는 제법 통통해 보이더라니까. 어느 신문에서 보니까 그 영화를 찍기 위해 몸무게를 10키로 이상 억지로 불렸다고 하더라구."

영화를 싫어하는 편은 아니지만 그 영화를 보지 못한 나는 이쯤에서 슬슬 짜증이 나기 시작했다. 그가 횡설수설하는 것 같기도 하고 무엇 때문에 이 상황에서 영화 얘기를 지루하게 늘어놓고 있는 것인지 도무지 알 수가 없었다.

"자네 언제부터 그렇게 영화에 관심이 많았어. 배우가 영화를 찍기 위해 살을 뺐으면 어떻고 찌우면 어떻구 말이야. 뭔 상관이야."

이열치열이라며 들어온 막창구이집이었다. 지글지글 달아오르는 연탄불 위로 끈적한 돼지 창자 기름이 떨어져 내릴 때마다 화르륵 불꽃이 일어났다. 이야기를 막 시작하려는데 내가 초를 쳐 김이 샜는지 정 선생은 입을 꾹 다문 채 막창을 젓가락으로 이리저리 뒤적거린다. 그중 노릇노릇 잘 구워진 놈을 하나 집어 소금 기름에 꾹 찍어 입에 넣고 우적거린다. 입속에서 이리저리 옮겨가며 씹어대다가 삼킬 때 쯤 반쯤 남은 소주잔을 천천히 기우리더니 끝에 쪽 소리를 낸다. 그리고 는 빈 잔을 호기 있게 철판 위에 딱 소리가 나도록 내려놓는다.

"내가 뭐 지금 연예계 뒷이야기나 하고 있는 줄 아나. 그 영화에서 나는 이 시대의 강자를 보았단 말이야. 진정한 강자를. 우리처럼 뱃속 에 똥덩어리와 불만만 잔뜩 차가지고 만날 뒤에서 궁시렁 대는 비겁 하고 무기력한 겁쟁이가 아니라 현장에서 확실하게 문제를 해결하는 영웅 말이야. 맞아, 그는 이 시대의 영웅이라고 할 수 있지. 그 영황가 관객들로부터 그렇게 폭발적인 호응을 얻을 수 있었던 것도 바로 그 런 이유가 아닌가 생각해. 현대를 살아가는 우리 모두에게 특히 남자 들에게 결여되어 있는 폭력적 영웅성 말이야. 우리가 겉으로는 비난 하고 매도하지만 우리 내면에는 그것에 대한 강렬한 동경이 있거든 ...."

"뭐에 대한 동경?"

"......"

그가 충혈 된 눈으로 나를 뚫어질 듯 쳐다본다. 나는 그의 말을 충 분히 알아들었지만 일부러 어깃장을 쳤던 것이다. 그는 빈 잔에 새로 소주를 따라 단숨에 입 속에 털어 넣으며 양미간을 찌푸린다. 소주가 써서라기보다는 뭔가에 대한 주체할 수 없는 짜증처럼 보였다.

"몰라서 물어. 자네가 어제 저녁 그 모욕감 속에서 갈망했던 것 말 이야."

"뭐를 갈망해? 내가."

"솔직해 지라구. 자네가 그 상황에서 뭐를 간절히 바랬겠나. 어서 빨리 그 상황이 끝나기만을 바라지는 않았을 것 아닌가 말이야. 정말이지 할 수만 있다면 그놈들을 모조리 처죽여버리고 싶지 않았나 말이야."

"……"

"그것은 당연해. 수컷으로서의 본능이야 그것은. 자네 혼자서 그런 일을 당했다면 감수할 수도 있었겠지. 그런데 옆에는 자네가 보호해야 할 아내와 아이들이 있지 않았나 말이야. 그들 앞에서 자네의 모습은 밥풀이 더덕더덕 말라붙은 수세미처럼 구겨져 하수구에 콱 처박힌 꼴 아니었나 말이야. 안 그래?"

"……또 그 얘기야? 이제 그만 두자. 그래, 그건 그렇다구 쳐. 근데 뭐가 영웅성이야. 또 다른 폭력일 뿐이지. 폭력에 대한 폭력적 응징은 폭력의 재생산에 불과해. 자네 그 친구한테 단단히 반한 모양이구만."

순간 정 선생의 눈동자가 반짝 빛난다. 이야기보따리를 풀어놓기 전에 입가에 웃음이 감돈다.

"반했지. 아주 홀딱 반했다구. 한 번 들어볼텐가? 자네도 한번 상상해봐 속이 다 후련해 질테니까. 강력계 형산데 마누라는 죽었는지 어디로 도망을 쳤는지 없구. 어린 딸을 데리고 노모와 함께 사는데 말이야. 노모한테 매일 지청구를 듣고 사는 친구야. 니가 깡패냐 형사냐 하면서 말이야. 우리나라 영화에 나오는 형사들의 모습이라는 게 대개 그렇잖아. 양아치 같거나 건달 같거나 아니면 뭔가 모자라는 친구 같거나 말이야. 그런데 강철중이는 그렇지 않아 비록 껄렁해 보이기는 하지만 나름대로 사명감도 투철하구…… 각설하고 그 영화에 목욕탕 장면이 나오는데 말이야. 온몸에 퍼르스름한 용을 휘감은 덩치 큰 놈 하나가 사우나에서 어슬렁 어슬렁 걸어 나와 샤워를 하는데 고래고래 노래를 부르는 거야. 입에 담을 수 없는 쌍소리를 섞어가면서…… 우리 같으면 어떻게 하겠나? 그런 상황이라면 말이야. 모르긴 해도 백이면 백 못들은 척 찍소리 못하고 있든가 슬그머니 나가버리든가 둘 중의 하나겠지. 똥이 무서워서 피하나 더러워서 피하지 하면서 말이야. 당연히 그러겠지. 그래야 만수무강에 지장이 없을 테니까 말이야. 그런데 우리의 영웅 강 형사는 물론 그렇게 하지 않았어. 우리의 기대를 저버리지 않았다구. 탕 속에 몸을 담근 채 느긋한 목소리로 말이야 그 덩치 큰 놈한테 뭐랬는 줄 알아. 아주 차분한 어조로 야 —조용히 좀 해라. 그러니까 그 덩치 큰 놈이 험악한 얼굴을 들이대면서 뭐시 어째 너 죽고 싶냐 이러더라고. 그러니까 우리의 강철중이가 공공의 장소에서는 조용히 해라. 이러고 옥신각신 하는데 그 덩치가 목욕탕에서 쓰는 고무대야를 쥐고 천천히 주인공에게 다가서는 거야. 그 덩치가 재빨리 선방을 날리려는데 그보다 먼저 강철중의 주먹이 그 놈의 아구창에 그대로 꽂혀버리더라구 뒤야 뻔하지…… 흠씬 두들겨 맞은 그 덩치 큰놈이 고분고분 강 형사의 등을 밀어주고…… 그 순간 강철중이는 더 이상 별 볼일 없는 무식하고 가난해 빠진 말단 형사가 아니라 우리들의 영웅이 된단 말이야. 고약하고 더러운 문제를 자신의 힘으로 현장에서 바로 해결해 버리는 슈퍼맨. 만약에 말이야 강철중이가 엊저녁의 자네였다면 어떻게 했을까?”

“……”

정 선생은 나를 빤히 쳐다보다가 탁자 위에 놓여있는 담배곽을 집어 든다. 다시 시선을 나한테 못 박은 채 그는 익숙한 솜씨로 담배 한 대를 뽑아 입에 물고 질겅질겅 씹다가 불을 붙인다. 생담배 타는 푸르스름한 연기가 그의 깡마른 볼을 타고 오른다. 매운 연기가 눈으로 들어갔는지 한 쪽 눈을 찡그린다.

"내가 영화감독이었다면 이렇게 만들었을 거야. 귀찮아 죽겠다는 표정을 지으며 바로 차문을 열고 나가서는 뚜벅뚜벅 뒤차로 걸어가 운전석 문을 벌컥 열어젖히고는 이렇게 말했을 거야. 이 처죽일 놈들아 선량한 시민에게 그렇게 인상을 쓰면서 욕을 해대면 안 되지 왜냐 여기는 공공의 장소니까. 이러면 그 덩치들이 어이가 없어하며 차에서 하나 둘씩 내려 밟아 버리려 했겠지. 그러면 우리의 강철중이는 아시안게임 은메달리스트의 솜씨로 주먹을 그 놈들의 턱과 명치에 박아 넣었을 거야. 그 놈들은 길바닥에 널부러지고 말이야 후후후……"

그는 어설픈 솜씨로 주먹을 휘두른다. 파란 정맥이 도드라진 하얗고 가느다란 팔이 애처롭게 허공을 가른다. 정 선생의 내면에 폭력에 대한 증오와 동경이 동시에 잠재해 있다는 생각이 불쑥 들었다. 우리 같은 소시민에게 시도 때도 없이 다가오는 폭력적 상황은 이루 헤아릴 수 없을 정도로 다양하고 빈번하다. 그때마다 그 상황에 바로 반응하지 못하고 속으로 삭이던 울분들이 조금씩 터져 나오는 것 같았다. 겉으로 연약하고 양순해 보이는 그의 내면에 폭력에 대한 열망이 저토록 시퍼렇게 도사리고 있었다는 것은 의외였다. 그의 열망에 전염되었기 때문인지 나도 서서히 말문이 터져가고 있었다.

8

"영화이야기가 나와서 말인데 우리나라 영화에서 비춰지는 폭력은 그것이 정의의 편에 서있건 악당의 편에 서 있건 말이야 폭력의 뒤끝이 너무나 많이 생략되어 있는 것 같은 공통점이 있는 것 같애. 얼마 전에 '달마야 놀자'라는 영화 있었잖아. 영화 좋아하는 자네는 당연히 봤겠구만. 어디서 재미있다는 말을 들었는지 아이들이 빌려온 비디오를 봤는데 말이야. 사고를 친 악당놈들이 한적한 절간으로 숨어든다 말이야. 거기에서 중들과 옥신각신 하면서도 정이 든다 말이야. 그런데 문제는 그 다음부터야. 악당놈들이 그 절에 숨어있다는 것을 알고 그 보다 더 많은 수의 악당놈들이 찾아오거든. 그 사이에 끼어있는 복잡한 사연은 다 생략하고 어쨌든 한 때는 동지적 관계에 있던 두 악당 그룹 사이에 그야말로 죽느냐 사느냐 사생결단의 싸움이 벌어지거든. 물론 수에서 밀리는 먼저 들어온 악당놈들이 수세에 몰리게 되는데 그때 스님들이 합세해서 뒤늦게 찾아온 악당놈들을 그야말로 떡이 되도록 두들겨 패는데 그 다음은 없어. 아주 깨끗해. 화면이 확 바뀌고 먼저 들어온 악당놈들이 개과천선해서 절을 떠나는 장면으로 영화가 끝나거든. 그 큰 싸움의 뒤끝이 그렇게 깨끗할 수 있는거냐고. 현실은 전혀 그렇지가 않잖어. 이가 부러지고 갈비뼈가 부러지고 살벌한 싸움판에서 재수 없는 놈은 더러 죽기도 하겠지. 그리고 그 큰 절에 사람이 없냐구. 깡패하고 중밖에 없냐 말이야. 관광객도 있을 것이고 신도도 있을 것이고 말이야. 그 싸움을 목격한 누군가가 신고를 하고 경찰이 출동해 그들을 체포하고 진단서를 떼고 고소하고 협박하고 보복하고 말이야. 이루 말할 수 없이 복잡하고 살벌한 과정이 차곡차곡 기다리고 있지 않냐 말이야. 그런데 영화에서는 그 과정이 일체 생략되어 있어. 뒤끝이 그렇게 단순하고 깨끗할 수가 없단 말이지. 거기에는 이기고 지는 것밖에는 없어. 지극히 복잡한 폭력의 과정이 지극히 단순화되어 있다구. 아마 모르긴 해도 이러한 현상은 서부영화로부터 시작되었을 거라고 생각해. 마을 한 가운데 두 총잡이가 서서 결투를 하잖아. 하나는 정의의 사도, 하나는 흉악한 악당. 누구든 먼저 총을 뽑은 자가 이기게 되어 있어. 십 중 십 정의의 사도가 이기도록 되어 있지. 결투의 뒤끝은 없어. 승자는 쓸쓸한 뒷모습을 남긴 채 석양 속으로 사라지고. 마을 한 가운데 쓰러져 있는 패자의 시체는 누군가가 묻어주고 말이야. 어차피 무법자의 시대라 그런지는 몰라도 말이야.”

폭력의 뒤끝이 그렇게 깨끗할 수만 있다면 폭력에 대한 유혹을 이기기는 힘들거라는 내용의 말을 한동안 더 늘어놓았다.

“그래? 그러면 자네는 나보다 훨씬 더하네. 나는 아예 그런 생각조차 품어본 적이 없어. 나는 비폭력주의자라고.”

“비폭력주의자 좋아하시네. 그러면서 강철중을 숭배하나?”

나는 정 선생의 비폭력주의자라는 말에 그만 발끈하고 성을 내고 말았다. 전혀 그럴 상황이 아니었는데 약간 과도하게 마신 술 탓으로 돌리기에는 뭔가 석연치 않은 구석이 있었다.

“의식상에서는 비폭력주의자라는 말이지. 내 무의식 속에 무엇이 부글대며서 꿈틀거리고 있는지는 나도 모르지.”

이야기가 열기를 띠어가는 것과 비례해서 불속에서 지글거리는 막창과 소주가 후끈 열기를 돋군다. 그렇게 느끼는 것은 나뿐만이 아니라 정 선생도 마찬가지인 것 같았다. 우리는 의기투합해서 서둘러 소주자리를 파하고 맥주집들이 몰려있는 번화가로 진출하기로 했다. 내일은 비록 화요일이지만 방학이 코앞으로 다가와 있었고 학기말 시험도 끝이 나고 성적처리까지 끝난 상태였기 때문에 마음은 풀어질대로 풀어져 있었다. 여름방학까지의 일주일은 그야말로 개점휴업이다. 시원한 맥주로 입가심을 하자는 말이 정 선생과 내 입에서 거의 동시

에 흘러나왔다. 소주로 어지간히 채워진 속에 차가운 맥주까지 들어
가자 몽롱해진 우리는 마이크를 잡고 노래도 두어 곡씩 불렀다. 약간
나이가 들어 보이는 아가씨 둘이 다가와 은근히 추파를 던지기도 했
지만 여학교에 몸담은 후부터는 이런데서 만나는 여자들이 예사롭게
보이지 않았다. 아예 선을 그어버리고 외면하는 것이 상책이라는 생
각이 들었다. 12시 좀 못 미쳐 우리는 맥주홀을 나섰다. 지금 곧바로
집에 들어가 찬물 한 바가지 뒤집어쓰고 잠이 들어야 내일 아침 파김
치 같은 몸이나마 이끌고 출근할 수 있을 것이다. 다행히 내일은 수업
이 3시간밖에 없다. 그것도 오후에 몰려 있다. 그 정도야 거꾸로 매달
아도 견딜 수 있다. 우리는 나란히 아직도 식을 줄 모르고 흥청대는
유흥가를 빠져나가기 시작했다. 비를 머금은 눅눅한 바람이 내 얼굴
을 간지른다.

9

"뭐시여 시방. 사람 말이 말 같지 않다 이거여. 사람이 뭐라고 물어
보면 대답이 있어야 할거 아니여. 씨벌."
처음에는 누군가가 우리한테 시비를 걸어오는 줄 알았다. 시비에
휘말릴 이유가 하나도 없는 거 같은데. 이건 또 뭔가 하는 난감한 심
정으로 그러나 지금은 은근히 오른 술기운과 나 혼자가 아니라는 객
기로 무장하고 소리 나는 쪽을 쳐다보았다. 5, 6 미터쯤 앞에 소위 삐
끼라는 호객꾼 한 명이 삿대질까지 해대며 누군가를 향해 고함을 지
르고 있었다. 그 삐끼는 기껏해야 10대 후반쯤으로밖에는 안 돼 보였

다. 고등학교를 다니고 있거나 아니면 자퇴를 했을지도 모르겠다. 삐끼가 삿대질을 하는 쪽으로는 호리호리한 몸매의 남자가 천천히 걸음을 옮기고 있었다. 삐끼는 그 남자를 향해 소리를 지르고 있었다. 약간 큰 키, 긴 팔 남방셔츠를 두어 번 걸어 입은 소매 끝으로 삐죽이 빠져나와 있는 가느다란 손목이 흔들거리고 있었다. 소란 속에서도 그는 뒤도 돌아보지 않고 천천히 발걸음을 떼어놓았다.

"뭐여, 왜 그러는 거시여."

새파란 애송이 몇 명이 그 삐끼 옆으로 우르르 모여들었다.

"저 썹새가 사람 말이 말 같지 않은가 들은 척도 않고 가네. 그냥 가만히 가면 말도 안 해 나보구 히죽 쪼개구 가더라구. 누가 너보고 웃졌냐 씨발놈아. 야―삐끼나 하고 있으니까 눈깔에 뵈는 게 없냐―"

그 삐끼놈은 조금 전보다 더 기승을 부리고 있다. 핏대를 올리며 소리를 질러댄다. 안 봤어도 뻔히 알 것 같았다. 삐끼 한 놈이 약간 취해 보이는 남자한테 접근했을 것이다. 애들 끝내준다고 한 잔 꺾고 가라고 꼬셨겠지. 아씨 얘들 써비스 끝내줘요. 화끈하당게요. 맘에 안 들른 얼마든지 교환해두 된다니까요. 내 책임진당게요 아씨. 하면서 달라붙었겠지 이럴 때 술 생각이 없으면 들은 척 만 척 그냥 지나치는 것이 예사다. 그러면 끈질기게 추근대며 쫓아오던 삐끼도 떨어져 나가기 마련이다. 그런데 저 사람은 그러기가 미안했던지 삐끼를 보고 한 번 히죽 웃어줬던 모양이다. 그런데 삐끼놈이 뭐에 심사가 뒤틀렸는지 그의 웃음이 아니꼽게 느껴졌던 것 같다. 그래도 그렇지 대로상에서 대놓고 사람에게 욕을 하다니. 죽일 놈. 저만치 걸어가던 남자가 몸을 돌려 삐끼를 쳐다보았다. 어린놈들에게 그렇게 욕을 먹었건만 얼굴에는 분노의 흔적이 없었다. 뭐든지 다 이해한다는 얼굴이었다.

옅은 미소마저 떠돌았다.

"뭘 쳐다봐 씨벌놈아."

그 소란통에 사람들이 하나 둘 모여들었다. 그러나 그들은 하나같이 침묵하고 있을 뿐이다. 그들도 그 남자가 어린놈들에게 억울하게 당하고 있다는 사실을 잘 알고 있을 것이다. 그러나 어느 누구도 나서지 않는다. 나이도 어린놈이 왜 지나가는 사람에게 시비를 거느냐고 따끔하게 나무라는 사람이 없다. 남자의 얼굴에서 웃음기가 걷혔다. 얼굴이 약간 일그러진다. 그리고는 잠시 주춤거렸지만 그대로 돌아선다. 그는 약간 걸음을 빨리해 인파 속으로 스며든다. 나는 그때 그의 얼굴을 똑똑히 보았다. 술이 확 깨는 기분이었다. 낯익은 얼굴. 정 선생도 그 얼굴을 보았을 것이다. 나와 정 선생은 한동안 아무 말도 못하고 서로를 쳐다볼 뿐이었다. 웃음도 찡그림도 아닌 무엇인가가 잠시 머물러 있던 얼굴. '아니 김 선생님 그럼 아무 말도 못하고 당하고만 계셨다는 겁니까?' 그의 눈빛이 불안스레 허둥대고 있었다. 호리호리한 몸매가 흐느적대며 인파 속으로 섞여 들어갔다. 나는 한동안 그를 삼켜버린 인파로부터 눈을 떼지 못했다. 요염한 네온 불빛이 어디론가 향해 가는 군중들 위로 칙칙하게 뿌려지고 있었다.

오이도烏耳島

1

모교에서 부전공연수가 시작되기 이틀 전, 나는 강의 준비는 고사하고 손가락 하나 까딱하기 싫을 정도로 심한 무력감에 시달리고 있었다. 그것은 도저히 헤어날 수 없는 늪 같은 것이었다.

며칠째 계속된 추위 때문에 밖으로 나가지 못한 아이들이 좁은 집 안에서 끊임없이 장난을 쳤다. 그 소리가 바늘 끝 같은 신경을 긁어댔고 파르르 화를 낸 끝에 매까지 들게 되었을 때, 이래서는 안 되겠다 싶은 생각이 들었다. 어떻게 하든 나를 추슬러야만 했다. 그전에도 종종 주체할 수 없을 정도로 짜증이 몰려오고 무력감에 빠질 때가 있었는데, 그럴 때면 모든 생각을 중지한 채 손에 잡히는 대로 소설을 읽는 버릇이 있었다. 물론 매번 그런 것은 아니었지만 어쩌다 운이 좋으면 나를 빨아들일 듯한 이야기를 만나게 되고 집중해서 그것을 따라

가다 보면 산만하게 흩어져 있던 것들이 하나씩 하나씩 제자리로 돌아오는 느낌이 들곤 했었다.

아내는 삐죽대는 아이들을 몰고 밖으로 나갔다. 나는 책장에 가지런히 꽂혀 있는 책들을 훑어 가다가 소설집 한 권을 빼들었다. 그리고 차례대로 작품을 읽어 내려갔다. 별 특징 없는 평범한 이야기들이 두세 편 이어졌다. 그러던 중 깜짝 놀랐다. 낯익은 지명. 네 번째 소설 속에 '오이도'가 실명으로 들어 있었다. 나는 작가에게 단순한 호감을 넘어 같은 비밀을 간직한 동지애 비슷한 것을 느꼈다. 그리고 이야기 속으로 빠져 들어갔다.

소설은, 주인공이 15년 전 우연히 가본 오이도를 어린 아들과 함께 다시 찾아가는 장면으로 시작되고 있었다. 주인공의 기억 속에 오이도 가는 길은 작은 간이역과 은빛 갈대 그리고 낡은 소금창고로 남아 있었다. 주인공은 그 길이 얼마나 처참하게 변해버렸는지 전혀 모르는 채 되짚어가고 있었다. 그러나 나는 소설 속 주인공과 같은 처지는 아니었다. 적어도 나는 그 섬으로 가는 길이 어떻게 변해 버렸는지 이미 알고 있었다. 그러나 소설 속에 치밀하게 묘사되어 있는 망가져버린 섬의 속살은 나를 더 이상 머뭇거리도록 내버려두지 않았다. 한번은 꼭 가봐야지. 가서 내 눈으로 확인해 봐야지. 그러나 정작 무엇을, 왜 확인해 보려는 것인지 그것은 나도 정확히 몰랐다. 어쨌든 그곳은 나의 20살 천여 일이 고스란히 묻혀 있는 곳이 아닌가. 이제는 되돌아갈 수 없는 나의 젊은 시절.

2

"시간 됐습니다. 그만 내시죠."

명색이 시험감독인 내가 숫제 사정을 하고 있다. 지난 여름방학부터 나에게 주어졌던 부전공 연수 32시간이 모두 끝나가고 있다. 고등학교에서 국어 이외의 교과목을 담당하고 있는 선생님들을 대상으로 국어 교사의 자격을 부여하기 위한 보수 교육 과정의 하나다. 이런 교육행정에 대해 내가 어떤 생각을 갖고 있는가? 하는 것은 전혀 중요하지 않다. 솔직히 말해 나는 대학 시간 강사료와는 비교도 되지 않는, 16시간 강의를 마치고 받게 될 100만원 가까운 돈에 관심이 있을 뿐이다.

그러나 지금 이 강의실에서 시험에 열중하고 있는 교사들은 방학임에도 불구하고 하루 8시간씩 꼬박 두 달을 이 일에 매달려오지 않았는가? 그러므로 나는 완벽한 답안을 위해 종료시간을 넘기고 있는 이들을 참고 기다려 줘야 할 의무감마저 느낀다. 강의실 뒤편으로 걸어가 별 생각 없이 어슬렁거리다가 올려다 본 하늘은 무채색을 띤 채 낮게 내려앉아있다. 2시 10분. 종료시간에서 무려 10분이나 지났다.

"안 내시면 그냥 가겠습니다."

제출된 답안지를 교탁에 탁탁 두드리자 여기저기 의자 끌리는 소리가 나면서 멋쩍은 웃음을 머금은 몇몇 선생님들이 시험지를 들고 뛰어 나왔다.

"손에 쥘 것 같아요."

닷새 동안 항상 맨 앞자리에 앉아 고개를 끄덕이며 강의를 경청하던 조수경 선생. 그녀가 발그레 상기된 채 답안지를 내밀었다. 빼곡히 채워진 깨알 같은 글씨가 얼핏 눈에 들어왔다. 나는 답안지 40장을 확인하여 봉투에 넣고 약간 지친 듯한 교사들을 향해 똑바로 섰다.

"그 동안 수고 많으셨습니다……"

나는 마지막 시간을 위해 준비해 온 근사한 말들을 목구멍 속으로 구겨 넣으며 서둘러 강의실을 나섰다. 오늘은 꼭 가봐야지…… 소한 小寒 추위의 말미에서 서성거리고 있는 오늘 아침, 나는 그곳에 가봐야 한다는 기이한 의무감 때문에 외투 속에 목도리를 두르고 장갑까지 낀 채 집을 나섰다. 학과사무실에 들러 그것들을 주섬주섬 집어들었다.

"선생님, 아까 말씀드린 서류 늦어도 15일까지는 꼭 제출해주셔야 합니다."

내가 학과사무실을 나서려 할 때 조교가 또 한 번 다짐을 한다. 내가 같은 학과 까마득한 선배라는 사실을 모를 리 없건만 그녀는 언제나 나를 깍듯이 선생님이라고 불렀다. 묘한 거리감이 내 등을 떼민다. 새삼스럽게 신원진술서라니 뭐하자는 수작인가? 시간강사가 무슨 대단한 자리라고……

사범대학 건물을 빠져 나오면서 딱히 무엇을 향한 것인지 모를 분노가 스멀거렸다. 그것은 분명 짜증이나 귀찮음을 넘어선 분노에 더 가까운 것이었다. 아침을 어중간히 먹고 나온데다가 시험시간마저 갑자기 변경되는 바람에 나는 여태 점심을 거르고 있었다. 은근한 허기가 배앓이처럼 몰려온다. 학교식당은 문을 닫은 지 오래고, 그렇다고 일부러 후문까지 걸어나가 때늦은 점심을 먹기도 귀찮아 그대로 차에 올랐다. 가는 길에 적당히 때우면 되겠지. 나는 시동을 걸면서 습관적으로 연료계기부터 살폈다. 기름이 한 눈금 정도 남아 있다. 이 정도면 충분하겠지. 나는 1년 동안 일주일에 두 번, 모교에서 오전 강의를 마치고 시화에 있는 H산업대로 출강했기 때문에 이제 시화로 가는 길은 눈감고도 갈 수 있을 정도로 익숙하다.

차는 제2경인고속도로를 달리다가 서창IC에서 영동고속도로로 접어들었다. 시속 110Km. 쾌적한 속도에 잠깐 평온을 느낀다. 이제 2~3Km 쯤 더 직진하다가 월곶IC로 내려서면 된다. 나는 습관적으로 라디오를 켰다. 기다렸다는 듯 잡다한 소리들이 꾸역꾸역 밀려나왔다. 다시 라디오를 껐다. 월곶IC를 빠져나오자 '오이도 해양관광단지 5Km'라고 씌어진 녹색 입간판이 눈에 들어왔다. 이따금 흙먼지가 부옇게 시야를 가린다. 어디서 요기나 하고 갈까. 시간이 꽤 걸릴지도 모르는데. 그러나 차창 밖으로 멀끔한 신축 아파트만 지루하게 이어질 뿐 딱히 차를 세울 만한 곳이 눈에 띄지 않았다. 꼭 1년 전 이 해안도로를 달리면서 막막했던 기억이 새삼 되살아났다.

3

"한 교수, 날세."

작년 1월 초 나는 은사인 김 교수님으로부터 전화를 받았다. 그때 선뜻 목소리의 주인을 알아차리지 못하고 누구십니까? 라고 되묻는다면 그것은 이만저만한 실례가 아니다. 그렇게 되면 전화를 건 사람에게 자신이 누구인가를 밝혀야하는 번거로움을 끼칠 수밖에 없으니 말이다. 그러나 나는 그의 나직하면서도 어딘지 시니컬한 목소리를 대뜸 알아들음으로써 결례를 면할 수 있었다.

"네, 선생님 접니다. 그동안 안녕하셨습니까?"

"응, 그저 그렇지…… 다름이 아니고 자네 내일 시간 있나?"

이때도 '왜 그러십니까?' 하면서 말을 늘어놓으면 안 된다. 무조건 '예'라고 간단명료하게 대답해야한다.

"예."

"그러면 내일 나한테 좀 들르지 –."

"학교로 말씀입니까? 언제쯤 찾아뵐까요?"

"예, 괜찮습니다. 그럼 내일 2시 연구실에서 뵙겠습니다. 안녕히 계십시오."

나는 김 교수의 추천으로 시화에 있는 H산업대에 출강하게 되었다. 구로공단에 위치한 H산업대 입시관리본부에 이력서를 제출하고 실무자로부터 면접을 겸한 간단한 강의 지침을 전달받았다. 그리고 그 자리에서 아주 조악하게 그려진 약도 한 장을 건네받았다. 거기에는 학교 위치가 시흥시 정왕동이라고 적혀 있었다. 나에게 시흥이라는 지명은 낯설지 않았다. 벌써 몇 년째 출강하고 있던 안산 시내에서 시흥 방향을 알려주는 도로표지판을 여러 번 본 적이 있었다. 어떻게 가면 되겠지…… 나는 학교위치에 대해 더 이상 캐묻지 않았다. 그 후 다시 1달 남짓 흘러갔다. 춥고 지루한 겨울방학이 끝을 보이면서 정확한 학교 위치를 알아둬야 할 것 같은 생각이 들었다.

며칠 뒤, 나는 조악하게 그려진 약도만 달랑 들고 집을 나섰다. 제2경인고속도로를 타고 가다가 시화IC를 빠져 나오면서부터는 약간 긴장이 되었다. 시원스레 뚫린 길을 따라 황량한 겨울 들판이 부옇게 누위 있었다. 곧게 뻗어 있는 해안도로 오른편으로 낮은 둔덕이 이어지고 철조망이 그 둔덕을 따라 지루하게 쫓아오고 있었다. 혹시 학교 안내판이라도 눈에 띌까 싶어 열심히 두리번거리던 내 시야로 야트막한 산 하나가 불쑥 들어왔다. 막연한 낯섦 속에서 발견한 낯익음. 나는 본능적으로 반가웠고 안도감마저 느껴졌다.

전체적으로는 둥그스름한 모양이었는데 절반은 누런빛을 띤 바위였고 절반은 소나무로 뒤덮인 특이한 모양을 하고 있었다. 20여 년 전 눈만 뜨면 바라봐야했던 그 야산과 너무도 닮아 있었다. '돌출이' 주민들은 그 산을 그렇게 불렀다. 그렇다면 저 앞에 보이는 저것이 오이도란 말인가? 아니야 그럴 리 없어. 그렇다면 이쯤은 바닷물이 찰랑찰랑 채워진 염전이어야 하는데, 그리고 그 염전 위로는 가르마 같은 하얀 길이 끝없이 이어져 있어야 하는데, 그러나 활주로처럼 뻗어있는 8차선 해안도로와 도열해 있는 아파트 숲은 나에게 너무도 낯선 풍경이었다.

그렇지만 그것은 틀림없는 돌출이었고 오이도였다. 그 섬을 20년 만에 갑자기 맞닥뜨린 느낌. 그것을 뭐라고 해야 할까? 그래, 이렇게 말할 수 있을 것 같다. 긴 시간이 흘러갔지만 아직도 잊혀지지 않은 채 자맥질하는, 한때 마음속 깊이 짝사랑했던 여자아이와 어느 길모퉁이에서 우연히 마주친 서먹함 같은 것. 변해버린 그녀에게 선뜻 다가설 수 있겠는가. 모르긴 해도 슬쩍 시선을 돌리고 말 것이다. 돌출이와 오이도를 다시 보았을 때의 내 심정이 딱 그랬다.

얼마 후 H산업대에서 강의가 시작되었고 강의실 너머 아득히, 피빛 노을 속으로 돌출이와 오이도가 잠겨갔다. 그 섬에 꼭 가보리라 조바심치면서도 끝내 일 년을 넘기고 말았다.

4

　8차선으로 곧게 뻗은 해안도로를 따라 끈질기게 쫓아오던 아파트
가 뚝 끊어지자 야트막한 둔덕이 가로놓이고 그 둔덕 너머로 크고 작
은 공장이 밀집해 있었다. '오이도 이주단지 조성공사'라고 씌어진 입
간판을 중심으로 건설회사의 표지판들이 난립해 있었다. 방조제공사
로 차량통행이 불가하오니 양해해달라는 안내문이 길을 막았다. 바
리케이트가 도로를 차단한 채 빨간색 모자를 깊숙이 눌러쓴 사람이
느릿느릿 양손을 내젓고 있었다. 아무래도 더 이상의 직진은 불가능
할 것 같다. 나는 오른쪽으로 뚫려 있는 가파른 비포장길로 차를 몰
았다. 울퉁불퉁한 길을 따라 100여 미터쯤 올라갔을 때 심하게 부서진
집들이 하나 둘 나타나기 시작했다. 나중에 안 사실이지만 그것은 한
두 집이 부서진 것이 아니라 아예 마을 전체가 철거 중에 있었던 것
이다.

　나는 일단 적당한 곳에 차를 세우고 차창을 내렸다. 차가운 공기가
후덥지근하게 덥혀진 차 속으로 밀려들었다. 3시가 가까워오고 있었
다. 꾸물거리던 회색빛 하늘은 이제 먹구름으로 낮게 덮이고 바람마
저 설렁인다. 눈이라도 올 것 같다. 한동안 잊고 있던 허기가 다시 엄
습했다. 나는 무엇인가 먹을 것을 찾아 차에서 내렸다.

　20여 년 전 버스 종점이었던 공터는 이제 바퀴자국 조차 찾을 수 없
다. 그때만 해도 카키색 타일을 붙여 꽤 멋을 부린 2층 건물이 번듯했
었는데, 지금 이층은 여기저기 유리창이 깨진 채 아예 텅 비어있고,

일층도 비디오 대여점과 전자오락실이 먼지를 켜켜이 뒤집어 쓴 채 방치돼 있었다. 건물 중앙에 자리 잡은 슈퍼만이 유일하게 인기척이 느껴졌다. 호빵을 쪄서 파는 둥근 알루미늄 찜통에선 가느다랗게 김이 오르고 그 옆에 쓰레기통과 빗자루가 나란히 놓여있었다. 그러나 선뜻 그쪽으로 발길이 떨어지지는 않았다. 그곳에 가봐야 며칠째 팔리지 않은 호빵에다 밍밍한 우유가 고작일 텐데 생각만 해도 속이 느글거렸다.

나는 두리번거리다가 뒤쪽에 보이는 시화다방으로 걸음을 옮겼다. 우선 따끈한 커피를 한 잔 마시고 싶었다. 운이 좋다면 들기름 두른 계란 후라이 정도는 얻어먹을 수 있을 지도 모른다. 기대를 걸고 검게 썬팅된 유리문을 당겼으나 예상치도 못했던 냉기가 훅 끼쳐왔다. 그곳에는 빨갛게 달아오른 톱밥난로도 없었고 시골다방의 으레 그렇고 그런 모습들도 없었다. 예컨대 김 부자의 '부모님전상서' 같은 감칠맛 나는 뽕짝이 한고비를 넘고 있다든지, 살집 좋은 그럼으로써 더욱 헤퍼 보이는 한물간 레지가 짝짝 소리를 내며 껌을 씹고 있다든지, 그래야 어딘지 격에 맞을 텐데 그러나 이 다방에는 어디에도 그와 같은 저속한 활기가 없었다. 아니 통째 텅 비어 있었다. 문 여는 소리에 놀랐는지 구석 테이블 밑에서 덩치 큰 쥐 한 마리가 기어 나와 나를 일별하고는 느릿느릿 안쪽으로 사라졌다.

"이런, 씨―"

나는 못 볼 것을 본 것 같은 불쾌감에 미어져라 문을 닫아버리고 있는 힘껏 마른침을 돋아 길바닥에 뱉었다. 그러나 눅눅한 불쾌감은 혀에 달라붙어 좀체 떨어지지 않는다.

"어, 드러 별꼴을 다 보겠네."

마음 같아서는 쫓아 들어가 나를 무시하는 듯한 그놈의 늙은 쥐새끼를 한 방에 요절내고 싶었지만 그것은 쥐를 무서워하는 나로서는 어림도 없는 일이었다. 하는 수 없이 그래도 인기척이 느껴지는 슈퍼 쪽으로 발길을 돌렸다.

"꽤 쌀쌀하네…… 그런데 동네가 왜 이렇게 썰렁합니까?"

나는 가게로 들어서면서 안쪽에 웅크리고 앉아 있는 깡마른 사내에게 괜히 너스레를 떨어보았다. 그렇지 않으면 여기서도 김은 올랐지만 뻣뻣할 것 같은 호빵과 밍밍한 우유 한 팩을 마시고는 곧바로 쫓겨날지도 모른다는 생각이 들었기 때문이다.

"모두들 떠나서 그렇겠죠."

"어디로 떠났습니까?"

"글쎄요, 발길 닿는 데로 갔겠죠."

사내는 심드렁한 말투로 응대해 왔다. 나는 낯선 사람과 이야기 할 때 그의 말만 들어도 곧잘 고향을 알아맞추곤 했었는데 이 사내의 말투로는 좀처럼 고향을 짐작할 수가 없었다. 서울말씨도 아니고, 전라도억양과 강원도어투가 간간이 느껴지기는 하는데 그렇다고 그쪽 토박이 같지도 않았다. 이 슈퍼도 쥐가 어슬렁거리던 시화다방에 비해 별로 나을 것도 없어 보였다. 천정에 힘겹게 매달려있는 형광등이 남루한 진열대 위로 희끄무레한 빛을 뿌리고 있다.

"담배 있습니까?"

나는 무엇인가를 사야 한다는 조바심에 평소 잘 피우지도 않는 담배를 찾았다.

"뭘로 드릴까요?"

주인이 마지못해 물었다. 나는 술자리 같은 데서 담배 생각이 날 때마다 한 개비씩 얻어 피웠기 때문에 요즘 무슨 담배가 얼마에 팔리고 있는지 조차 몰랐다.

"아무거나 하나 주세요. 죄송하지만 불도 좀 주시고요."

주인은 술집이나 음식점에서 흔히 나눠주는 액체 가스라이터를 담배와 함께 건네주었다. 나는 가게 한구석에 놓여 있는 의자를 슬그머니 끌어다 앉으며 담배에 불을 붙였다. 주인은 왼쪽 다리를 약간씩 끄는 걸음으로 천천히 걸어가 가게 문을 조금 열었다.

"담배 안 피우시는군요. 죄송합니다."

"상관없습니다. 태우세요."

"고맙습니다. 그런데 혹시 간단하게 먹을 만한 게 없을까요?"

"글쎄요, 집사람이 있었으면 라면이라도 끓여드릴 텐데 지금은 혼자뿐이라서……"

주인은 말끝을 흐렸다. 그나마 간신히 이어지던 말이 끊어지자 다시 어색한 침묵이 둘 사이를 막아섰다. 나는 어떻게든 놓쳐버린 말꼬리를 잡으려고 조바심 쳤다.

"여기 사신지 얼마나 되십니까?"

"저요."

사내는 이건 또 뭐야―하는 눈빛으로 나를 물끄러미 쳐다보았다. 그는 미적거리다가 마지못해 입을 열었다.

"글쎄요. 10년이 조금 넘나……"

"그러시다면 오이도가 이렇게 되기 전 모습에 대해 좀 아시겠네요."

"글쎄요. 언제 적 말씀인지는 잘 모르겠습니다만, 내가 여기 처음 들어올 때만해도 지금 같지는 않았지요."

"그때는 어땠었는데요?"

"촌구석이 다 그렇지 뭐 특별할 게 있나요."

주인 사내의 심드렁한 표정에서 더 이상 말을 잇고 싶지 않은 심정이 노골적으로 드러났다. 나는 몇 모금 뻐끔대던 담배를 비벼 껐다. 잠시 후 주인은 담배연기가 다 빠졌다고 생각했는지 다리를 끌듯이 걸어가 출입문을 닫았다. 부옇게 흐려있는 유리문 위에 손자국이 어지럽다. 아무래도 그만 일어나야 할 것 같았다. 그러나 여기를 나서면 쉽사리 사람을 만날 수 없을 것 같은 생각에 나는 선뜻 자리를 털고 일어나지 못한 채 창밖을 물끄러미 내다보고 있었다. 건너편에 털보식당이라고 쓰여진 간판이 켜켜이 먼지를 뒤집어 쓴 채 비스듬히 걸려 있었다.

"이 근방에서는 저 집 음식이 먹을 만 했었는데……"

군대에 있는 동안 가끔씩 친구나 가족이 면회 왔을 때 털보식당에서 먹던 매운탕 생각이 나서 혼잣말처럼 중얼거렸다.

"이 동네를 잘 아세요?"

주인은 도대체 뭐하는 놈인가 하는 듯한 표정을 감추지 않은 채 나를 지그시 바라보았다.

"예, 제가 여기에서 군대생활을 했습니다."

"아 ― 군대요 ― 여기서요?"

보일듯 말듯 고개를 주억거리면서 뒤를 끄는 것이 그렇게 들어서 그런지 지금까지의 어눌하고 무엇에도 관심이 없는 것 같던 사내의 목소리에 미지근하게나마 생기가 도는 것도 같았다. 나는 드디어 말꼬리를 잡은 느낌이 들었고 이것을 놓쳐서는 안 된다는 생각에 갑자기 수다스러워지기 시작했다.

"훈련소 마치고 칠팔 년 시월부터 제대하던 팔공 년 십이월까지 죽

여기 있었습니다."

　나는 그가 묻지도 않은 내용을 필요 이상으로 길게 늘어놓았다. 말을 해놓고 보니 벌써 그렇게 되었나 하는 생각이 들었다. 내 나이 20대 초반이었으니까 지금 내가 강의실에서 마주치는 학생 정도였던 시절이다.

　"그래요? 그렇게까지 보이지 않는데요. 나보다 한참 아래로 보았는데…… 내가 칠육 년 십일월 군번이니까 별 차이 없군요."

　특별한 경우를 빼놓고 대한민국 남자들은 군대 얘기만 나오면 눈빛이 아련해진다. 더구나 이제 막 젊음이 지나가고 있는 나이, 힘겹게 인생 40 고개를 넘고 있는 남자들은 되돌아갈 수 없는 자신의 젊은 시절에 대한 그리움이랄까 회한 같은 것들이 눈 주위로 자욱이 몰려드는 것을 똑똑히 볼 수 있다.

　"어디서 근무 하셨습니까?"

　"저요?"

　이 사내는 단둘이 이야기를 하고 있는데도 '저요'라는 말을 습관적으로 사용하는 버릇이 있는 것 같았다.

　"예."

　"강원도 산골짜기에서 운전병으로 삼 년 기름밥 먹었죠."

　사내는 어느새 의자를 끌어다 놓고 내 앞에 엉거주춤 내려앉고 있었다.

　"김제가 제 고향인데 가평 야수교에서 뺑이치는 동안 진짜 겨울 추위가 어떤 건지 실감했습니다."

　"아, 그러세요. 저는 수송병과는 아니었지만 한 내무반에서 운전병들과 거의 먹고 자고 했던 적이 있었죠. 부동액마저 꽝꽝 얼어붙는 한 겨울에는 정말 고생들이 이만저만 아니던데……”

나는 약간씩 들뜨고 있었다. 고향이라고 찾아왔다가 문전박대 당하기 직전 나를 알아보는 일가 아주머니를 만난 것 같은 기분이었다.

“저기 맥주 뒤 병하고 뭐 씹을 만한 거 있으면 좀 주시죠. 컵도 주시고요. 차 때문에 많이는 못하겠고 맥주 한 병 쯤이야 뭐 괜찮겠죠.”

“예, 그렇게 하시죠.”

사내의 눈빛도 반짝 생기를 띤다. 냉장고 속에 있던 것도 아닌데 온기라고는 거의 없는 실내라 그런지 컵에 채워지는 노란 액체가 보기 좋게 거품을 피워 올렸다.

“자, 한 잔하시죠.”

“예, 잘 먹겠습니다.”

쌉싸름한 맥주가 기분 좋게 목젖을 타고 흘러내렸다. 빈속이라 그런지 톡 쏘는 맛이 보통 때 마시던 것과는 느낌이 사뭇 달랐다. 나는 배고픈 김에 땅콩을 서너 개씩 집어 껍질을 까기 무섭게 입속에 털어넣었다. 그러나 언제적 땅콩인지 껍질도 잘 까지지 않을뿐더러 맛도 영 시원치 않았다. 그러나 나는 내색치 않고 텁텁해진 입 속을 차가운 맥주로 헹궈냈다.

“바로 이 건물이 차부였지요? 차표를 이 옆 가게에서 팔았었는데.”

“맞습니다. 제가 여기에 처음 들어왔을 때만해도 그랬었죠. 그러니까 그때 이백 세대 정도였으니까 한집에 다섯 명만 쳐도 줄잡아 천 명 쯤 사는 꽤 포실한 동네였지요. 오가는 사람으로 차부도 북적대는 게 사람 사는 동네 같았죠.”

“어떻게 세대수까지 기억하고 계십니까? 이장이라도 맡아보셨습니까?”

"뜨내기가 이장은요 무슨, 그때만 해도 이 마을 사람들은 모두 어촌계에 가입했었지요. 그때 기억이 더러 남아 있는 거죠. 여기에 계셨다니까 잘 아시겠지만 당시 마을사람들의 주 수입원이 조개 아니었습니까? 저도 결혼 후 여기 저기 떠돌며 살았었는데 언제부턴가 하는 일마다 시원치 않고 빚도 좀 있고 살기가 팍팍했었죠. 우연히 오이도 조개 채취가 쏠쏠하다는 얘기를 듣고 고생은 되겠지만 돈 좀 만져볼까 해서 들어 왔었죠……"

주인 사내는 말끝을 흐리며 거품이 꺼진 맥주를 단숨에 들이켰다. 나는 사내의 빈 컵에 다시 맥주를 따랐다. 그랬었다. 하루에 한두 번씩 썰물 때가 되면 마을 사람들은 긴 줄을 지어 갯벌로 나가곤 했었다. 갯벌 한가운데로 소달구지와 경운기까지 끌고 들어가던 모습이 지금도 눈에 선하다. 칼바람 부는 겨울날 그들이 일렬로 늘어서서 검은 갯벌로 걸어 들어가는 모습을 보고 있노라면 인간의 삶이란 것이 얼마나 엄숙한 것인지를 새삼 느낄 수 있었다. 사리가 아침나절에 걸리면 허옇게 살얼음 잡힌 갯벌과 이제 막 퍼지기 시작하는 햇살을 받아 녹기 시작하는 부분이 흑백으로 선명히 대비되는 그 한가운데를 400여 명 가까운 사람들이 일렬로 걸어 들어가기도 했는데 그 모습은 엄숙함을 넘어 비장해 보이기까지 했었다.

그때 나는 판에 박힌 군 생활에서 오는 권태로움과 정체감 그리고 제대 이후의 불확실성 때문에 곧잘 우울해 지기도 했고, 지금 생각하면 유치하기 짝이 없지만 간혹 존재 자체에 대한 깊은 회의에 빠져들곤 했었는데 웬만한 노인부터 어린아이들까지 따라붙던 행렬은 나에게 강렬한 인상을 남기기에 충분했었다. 어떻게 하든 삶에 자신을 잡아매려 안간힘을 쓰던 그 기다란 인간띠를 보는 순간 나는 걷잡을 수 없이 무엇인가가 북받쳐 올라왔고 홀로 근무 중인 포상에서 눈물을 찔끔거린 적도 한두 번이 아니었다. 어쩌면 그때 흘린 눈물이 7년째로 접어든 시간강사 생활로부터의 일탈욕구를 죽은 듯이 견디게 하는 지도 모르겠다. 잘된 것인지 아닌지 지금의 내 모습에 대해서는 아직 어떤 결론도 내릴 수 없다. 그러나 무엇이 되었든 자신 앞에 돌아온 삶은 최선을 다해 살아내야 한다는 믿음만큼은 그때 굳어진 것으로 보아야 할 것 같다.

"그래요. 그 조개를 푸대자루 가득 넣어 지게에 지고 나오는 사람들. 여자들은 썰매 비슷하게 만든 널판지 위에 자루를 두세 개씩 얹어 밀고 나오기도 하고 아이들은 양동이에 담아 머리에 이기도 하고 그랬었죠. 그 조개 이름이 뭐였더라?"

"동죽이라고 하죠. 이 근방에서 가장 흔한 조갭니다."

"맞아요, 동죽이죠. 주인장께서도 그 일을 하셨겠네요?"

"어디 저뿐입니까. 처음에는 쏠쏠히 돈이 되는 재미에 집안 식구 모두가 악착같이 매달렸었죠."

주인이 밑바닥에 조금 남은 내 잔에 새로 맥주를 따랐다. 눈 깜짝할 사이에 맥주 두 병이 바닥을 보였다. 이렇게 마시면 안 되는데 하는 생각은 있었지만 빈속에 들어간 맥주의 톡 쏘는 맛이 나를 유혹하고 있었다.

"지금은 어촌계가 완전히 없어진 상탠가요?"

"그런 셈이죠. 한창 조개가 나올 땐 옹진수협 출장소가 나와 있었지요. 저 앞에 보이는 하얀색 이층건물이 그겁니다만 지금은 갯벌에서 전혀 소출이 없으니까 다 철수하고 간판만 저렇게 덜렁 남아 있습니다."

나는 어촌계 간판과 나란히 걸린 오이도 발전 협의회라고 적힌 현판을 물끄러미 내다보았다. 새로 단 것도 썰렁해 보이기는 마찬가지였다.

"아저씨, 소주 한 병하고 담배 한 갑 주세요."

그때 생전 손님이 없을 것 같던 가게에 꼬마손님이 찾아왔다.

"너의 아빠 오늘도 일 안 가셨니?"

"네."

주인 사내는 소주 한 병과 담배 한 갑을 검은색 비닐봉지에 넣어 아이에게 건네주었다. 아이는 손에 꼭 쥐고 있던 천 원짜리 두 장을 주인에게 주고 거스름돈을 받아 호주머니에 넣고 나를 빤히 쳐다보다가 나갔다.

"그 사람 오늘은 꽤 오래 참았군. 뒤 시간 후면 또 한바탕 난리가 나겠구만."

"왜, 무슨 일이 있습니까?"

"뭐 별일은 아니고 아까 그 아이 아빠가 주사가 좀 심한 편이죠. 평소에는 그지없이 얌전한 사람인데 소주 뒤 병 마시고 나면 지 마누라를 개 패듯 하니……"

"아직도 떠나지 않고 남아 있는 사람들도 꽤 있나보죠?"

"많지는 않고 좀 있습니다."

"그 사람들은 왜 안 떠나고 있습니까? 돈 문젭니까?"

"결국은 그런 셈이죠. 사실은 안 떠나는 게 아니라 못 떠난다고 봐야겠죠. 토지수용령이 내려진 게 언젠데 아직까지 이 모양이니……"

"주민들을 이주시키고 여기에다 무엇을 한답니까?"

"뭐, 해양관광단지를 만든다는 말도 있고, 공단이 들어온다는 말도 있고…… 자세한 내용이야 알 수 있나요. 그저 소문뿐이지요.”

주인 사내의 얼굴에 옅은 홍조가 돈다. 나는 두 번째 담배를 입에 물었다. 사내가 자기 앞에 있는 라이터를 집어주었다. 나는 불을 붙여 이번에는 깊이 한 모금 들이마셨다가 뱉어냈다. 어찔하다.

“저 앞에 국민학교가 하나 있었죠?”

나는 미간을 좁히며 기억을 더듬었으나 가물거리기만 할 뿐 학교 이름이 좀처럼 기억의 주머니를 빠져나오지 못했다.

“옥토국민학교요?”

“아, 옥토 맞아요. 옥토였죠. 옥토끼가 생각나는 아주 예쁜 이름이 었는데, 오면서 보니까 헐리고 없던데 그럼 이 동네 아이들은 어디로 다닙니까?”

“사실 몇 남지도 않았지만…… 저기 신도시 안에 있는 학교로 다니 지요. 그나마 섬으로 들어오는 발길이 뚝 끊기니까 버스노선마저 폐 쇄되고 아이들이 솔찮은 거리를 걸어 다니죠. 우리 집 막내 놈도 공부 는 둘째 치고 학교 다니는 일이 큰일입니다. 학교라고 갔다 오면 가방 던져놓고 휭하니 나가면 저녁 먹을 때나 겨우 기어들어오죠. 한 잔 더 하시겠습니까?”

“아니, 저는 됐고 주인장께서 한잔 더 하시죠.”

나는 사내가 쥐고 있는 술병을 빼앗다시피 그의 컵에 맥주를 가득 따랐다.

“어이구, 됐습니다. 됐습니다.”

그는 손사래를 쳤지만 내심 술을 반기고 있음이 역력했다.

“뭐 손님도 별로 없는데 한 잔 하시면 어떻습니까.”

“그건 그렇지만 집사람이 술이라면 워낙 질색을 해서요…… 이 놈

118

의 다리 몽댕이도 다 술 때문에 이 꼴이 됐죠."

사내는 오른쪽 발목을 손으로 꾹꾹 눌렀다. 그가 다리를 끌듯이 걷던 모습이 떠올랐다.

"다치셨습니까? 어쩌다 그러셨습니까?"

주인 사내가 히죽 웃었다.

"따지고 보면 다 제 탓이죠. 뭐, 남 원망할 것도 없어요…… 여기 방조제공사가 본격화되면서 개펄에서 차차 소득이 줄어들자 돈푼깨나 있던 축들은 재빨리 여길 떠나기 시작했고 그러면서 어촌계도 철수했는데 모아놓은 것 없는 우리 같은 축들이 문제였죠. 그때 마을사람들이 솔찮이 방조제 현장에서 노가다를 했었는데 덤프트럭으로 실어온 돌을 등짐져서 바다에 던지는 일이었죠. 어쩔 수 없이 나도 그 일을 했는데 워낙 약골이라 점심 먹고 나면 손발에 힘이 쭉 빠지는 게 누울 자리만 보이고 도무지 힘을 쓸 수가 있어야죠. 술기운에 겨우겨우 몸을 움직였는데 하루는 술이 좀 과했는지 알딸딸한게…… 바닷물로 돌을 던진다는 게 그만 발목에 떨어뜨려 여기가 으스러졌죠."

주인은 바짓가랑이를 걷어 올려 아직도 수술자국이 흉하게 남아있는 발목 근처를 꾹꾹 눌렀다.

"회사 측에서는 인부들이 점심에 술을 한다는 사실을 알고 있었지만 사고도 없는데다가 작업성과도 괜찮은 편이라 알고도 모른 척 했었죠. 그런데 일단 사고가 터지니까 작업 중에 술 마신 것을 꼬투리 잡아 보상비는 한 푼도 주지 않고 일 차 수술비만 겨우 대줬죠. 그것도 어찌나 생색을 내던지 더러워서……"

새삼스레 그 때 일들이 떠오르는지 웃음이 걷힌 사내 얼굴에 그늘이 덮혔다.

"그러니 어쩝니까. 평생 병신으로 살 수도 없고, 없는 살림에 이 차 수술까지 하고 간신히 다리 몽댕이는 건졌는데 처음엔 영락없이 병신 되는 줄 알았죠. 지금도 병신보다 별로 나을 것도 없지만…… 흐흐흐."

사내는 입 끝을 묘하게 말아 올리다가 자조 섞인 웃음으로 말끝을 흐렸다. 나는 머리만 끄덕일 뿐 사내의 불행에 대해 섣불리 위로의 말을 찾을 수 없었다. 잠시 어색한 침묵이 흘렀다.

"근데 아주머니께서는 어디 가셨습니까?"

나는 무거운 화제에서 벗어날 겸 벌써 한 시간 가까이 인기척 없는 안쪽을 바라보며 물었다.

"퇴원하고 나서 가진 걸 죄다 정리해 보니 달랑 이 가게거리만 남지 뭡니까. 이 꼴로 밖에 나가 벌어먹을 수도 없고 그때부터 여기에 눌러앉았는데 수입도 시원치 않고 하는 수 없이 집사람이 신도시로 파출부를 다니고 있습니다."

"네, 그러십니까. 자제분들은 다 어디 갔습니까?"

"애들이요? 상고 졸업한 큰놈은 서울 형님 댁에 얹혀 그럭저럭 지 밥벌이는 하는 눈치고, 둘째 놈이 공부를 썩 잘해요. 지금 부천에 있는 고등학교에 다니고 있는데 요즘은 버스마저 끊어져 통학할 수가 없으니까 지간에는 돈 적게 드는 자취를 하겠다고 어찌나 조르던지…… 그러나 계집애도 아니고 사내놈을 어떻게 자췰시킵니까. 까딱하면 몸 베리지요. 그래서 학교 근처에 하숙을 시키고 있는데, 무슨 일이 있더라도 고놈만큼은 좋은 대학엘 보낼 겁니다. 공부를 썩 잘 하거든요."

낯선 사람한테 자식 자랑을 늘어놓는 것이 쑥스러웠는지 사내는

120

단숨에 잔을 비웠다.

"그런데 손님께서는 뭘 하시는 분이신지……"

그러나 그것은 이미 탐색하는 투가 아니었다.

"저요."

나도 어느새 사내의 말투를 닮아가고 있었다.

"선생입니다."

"아, 그러세요. 방학 때라 시간을 내신게로군요."

"예, 저기 H산업대라고 있지 않습니까. 거기서 국어를 가르치고 있습니다."

"그러시면 선생님이 아니라 교수님이시군요."

"교수는요, 무슨…… 강삽니다."

주인 사내는 이번에는 자기가 한 잔 사겠다며 진열장에서 먼지를 뽀얗게 덮어쓰고 있는 맥주 두 병을 들고 왔다.

"아닙니다. 차를 가지고 왔기 때문에 더 마실 수가 없습니다."

"아참, 그러셨죠. 그러시다면 더 권해 드릴 수도 없고 혼자 마시기도 그렇고 어쩐다. 모처럼 얘기 친구도 만나고 술맛이 돌았는데 어쩐다…… 참, 아까 시장하다고 그러셨죠. 제가 라면 하나 끓여 드릴까요? 집사람이 일을 다니니까 제가 곧잘 끓여 먹습니다. 잠시만 기다리세요. 물 얹어놓고 오겠습니다."

"아닙니다. 이제 그만 가 봐야죠."

"저도 마침 출출하던 참이고, 뭐 힘들 것 있습니까. 수저하나만 더 놓으면 되는 걸요."

"……"

나는 몹시 배가 고팠기 때문에 더 이상 사양하지 않았다. 사내가 내실 쪽으로 들어간 다음 나는 출입문으로 다가갔다. 어쩌면 이렇게 나다니는 사람 하나 없을까. 마치 유령마을에 들어와 있는 듯한 느낌마저 들었다. 주인 사내가 내실 쪽에서 나오는 기척에 돌아섰다.

"괜한 폐를 끼치는 것 같습니다."

"아닙니다. 잠시만 기다리세요."

사내는 과자부스러기 옆에 놓여있는 종이 박스에서 라면 두 개를 꺼내 들고 다시 안으로 들어갔다. 설핏 땅거미가 내리고 스산한 겨울 바람에 허섭쓰레기들이 뒹구는 옛 차부의 널따란 공터를 보고 있자니 문득 세상 끝에 와 있는 듯한 느낌이 들었다. 유리창에 식구들의 얼굴이 스치듯 떠올랐다. 얼마나 시간이 흘렀을까. 내실 쪽으로부터 라면 익는 구수한 냄새가 퍼져 나왔다. 잠시 후 주인 사내가 푸짐하게 김이 오르는 냄비와 그릇 몇 개를 큰 쟁반에 얹어 약간씩 절면서 걸어 나왔다.

"여기다 놓으시죠."

나는 황급히 테이블 위에 놓여 있던 빈 맥주병과 유리컵 그리고 땅콩 봉지 등을 한쪽으로 치우고 쟁반을 마주 잡았다.

"앉으세요. 저는 라면으로 점심을 때울 때가 많습니다만 손님 입맛에 맞으실려나 모르겠습니다."

주인 사내는 먼저 주발에 고슬고슬하게 잘 삶아진 라면발을 퍼 담은 후 대파를 숭숭 썰어 넣고 계란까지 풀어 넣은 걸쭉한 국물을 조심스럽게 따랐다.

"드셔보세요. 시장이 반찬이라는데 잡수실 만 할 겁니다."

"예, 잘 먹겠습니다."

나는 라면에 잘 익은 김장 김치를 얹어 후루룩 한 입 가득 물었다.

물론 배도 고팠지만 매콤하고 개운한 김치 맛이 구수한 라면과 어울려 별미였다. 우리는 잠시 말을 잊은 채 라면 먹기에 열중했다.

5

나는 지금도 가끔, 라면을 먹을 때면 군대 생활을 같이 했던 한 고참이 떠올라 고소를 금할 수 없다. 화성이 고향이라던 최광수 병장. 평소에는 싱거울 정도로 사람이 좋았고 큰 키와 긴 얼굴에 걸맞게 약간은 게으른 그런 사람이었다. 그러나 라면을 먹을 때만큼은 돌변했다. 정확히 말하자면 라면을 다 먹고 나서 국물만 남으면 사람이 치사할 정도로 표변했다.

겨울 새벽 2시간의 포상근무를 마치고 나면 얼굴은 말할 것도 없고 몸 전체가 뻣뻣하게 얼어붙어 그야말로 동태가 되어 버리곤 했다. 그 상태에서 근무교대를 하고 따뜻한 내무반에 들어와 끓여먹는 라면 맛을 무엇에 비할 수 있을까. 날마다 반복되던 야간보초. 달빛마저 얼어붙은 새벽 네 시. 포상 근무를 마친 우리는 차디차게 얼어버린 몸을 부르르 떨면서 앞서거니 뒤서거니 내무반으로 들어섰다. 시키지도 않았는데 신참이 반합에 물을 담아 벌겋게 달아오른 난로 위에 얹어 놓았다. 지지직 소리를 내며 물은 곧 끓기 시작했고 우리는 라면이 익는 동안 덜거덕거리며 무거운 장비를 풀었다. 드디어 라면이 익고 우리는 둘러앉아 그야말로 전우애로 똘똘 뭉쳐 순식간에 라면 4개를 먹어 치웠다. 문제의 국물만 남았다. 그때 최 병장은 가타부타 말없이 반합을 들고 밖으로 나갔다.

잠시 잊고 있던 냉기가 내무반 안으로 쏴아—밀려들었다. 한참 후에 그는 빈 반합을 흔들며 들어왔다. 우리는 그가 밖에서 무슨 짓을 했는지 너무나 잘 알고 있었기 때문에 빙글빙글 웃기만 할 뿐 각자 모포 속으로 들어가 꿀 같은 새벽잠을 청하고 있었다. 그러나 전입 온지 얼마 되지 않은 신참에겐 최 병장의 그런 행동이 퍽 기이하게 비춰졌던 모양이었다.

"최 병장님 라면 국물을 왜 버리세요. 그게 얼마나 맛있는 건데……"

신참은 최 병장이 라면 국물을 버렸다고 생각했는지 아쉬움과 불만이 반반씩 섞인 목소리로 투덜거렸다.

"마, 버리기는 그 아깐 걸 왜 버리냐."

"버리지 않으셨어요?"

"마, 자고로 라면 국물은 춘 데서 후후 불면서 먹어야 제 맛이야 마. 이 반합 내일 아침에 깨끗이 씻어놔라. 얼릉 자."

그때 두 사람의 심각한 얼굴은 차라리 한 편의 코미디였다. 라면 국물을 놓고 다 큰 남자 두 명이 벌이는 블랙 코미디. 라면 국물에 대한 최 병장의 집착은 그 후에도 변함이 없었다. 지금 생각하면 어처구니도 없고 치사하기 짝이 없는 일이지만 다 합쳐야 스무 명도 채 안 되는 내무반원이 그까짓 라면 국물 때문에 집합도 여러 번 당했고 심지어 한두 차례 얻어맞기까지 했다. 이유는 고참이 먹을 라면 국물에 겁대가리 없이 쫄다구 새끼가 입을 댔다는 것이었다. 한마디로 군기가 빠져서 고참을 우습게 안다는 거였다. 그리고 나면 우리들은 빠진 군기를 채워야만 했다.

원산폭격을 하고 있는 내 눈에 유난히도 반짝이는 별들이 쏟아지듯 들어왔다. '시간이여 구보하라, 청춘이여 반보로……' 그 시절 우

리들 마음속에 빛나게 자리 잡은 희망이었다. 그러나 젊디젊은 우리
는 그 모든 굴욕을 잘도 견뎌 냈었다. 하도 오래 전 일이라 이제는 그
들의 이름도 얼굴도 희미해 졌지만 말이다.

"무슨 생각을 그렇게 하십니까? 국물 식습니다. 라면은 이 국물이
진짜지요."

"아, 예. 그럼요."

나는 진심으로 주인의 말에 동의했다.

"그런데 혹시 라면 국물을 어떻게 먹는 것이 최곤 줄 아십니까?"

무슨 영문인지 몰라 멀뚱이 쳐다보는 주인 사내에게 나는 자신있게
말했다.

"라면 국물은 춘 데서 후후 불면서 먹는 게 젤이죠."

나는 대접을 든 채 가게 문을 열고 밖으로 나서고 싶었다. 그리고
아직도 김이 낮게 서리는 걸쭉한 라면 국물을 후후 불면서 마셔보고
싶었다. 최 병장의 기다란 얼굴을 생각하면서…… 그러나 지금은 그
럴 수 없는 일이고, 나는 음미하듯 라면 국물을 천천히 마셨다. 제법
온기가 도는 게 가게 안은 사람 사는 곳 같았다. 테이블 위에는 방금
먹은 라면 그릇과 빈 맥주병 땅콩 껍질 등이 어지럽게 널려있었다.

"괜히 설거지거리만 잔뜩 만들어 드린 것 같습니다."

주인 사내는 별 말없이 빙긋이 웃었다. 불콰한 얼굴에 포만감마저
어려 처음 보았을 때의 강파른 인상과는 사뭇 딴판이었다. 나는 담배
한 개비를 입에 물고 불을 붙였다. 나를 따라 주인 사내도 슬그머니
담배갑을 집더니 담배 한대를 뽑아 입에 물었다.

"담배 태우십니까? 아까는 안 핀다고 하시더니……"

"제가 언제 안 핀다고 했습니까. 피우지 않았을 뿐이지요."

그렇게 말하는 사내의 얼굴에 얼핏 장난기마저 어렸다.

"아, 그런가요."

나는 소리 내어 웃으면서 사내의 담배에 불을 붙여 주었다. 우리는 담배연기를 맛있게 빨아들였다.

"옛날 오이도 들어오는 길이 참 좋았었죠. 도일리에서 군자역까지 야트막하게 이어지는 산길, 특히 여름밤이면 군자역부터 오이도까지 톡 쏘는 소금내를 맡으며 염전 길을 따라 걷는 맛이 기가 막혔는데…… 이제 외지인은 이 근방에 염전이 있었다는 사실조차 알 길이 없겠습니다. 제가 훈련소 마치고 오이도로 투입되던 때가 시월 말이었는데 포차 적재함에 타고 들어오던 그 청명한 가을길이 어찌나 아름답던지 솔직히 말해 그 때 처음 보았기 때문에 그것이 염전인지 뭔지도 몰랐었죠. 무식한 놈이라는 고참의 핀잔 끝에 그것이 염전이란 걸 비로소 알았죠. 넓디넓은 염전에 찰랑찰랑 담겨 있는 물위로 세상이 그대로 비추고, 우리는 어디론가 한없이 가는데 아주 세상 밖으로 나가는 것 같았지요. 시간이 멈춘 것 같았고 내가 군인 신분으로 근무지에 투입되는 건지 청명한 가을날 어디론가 소풍을 가는 건지 모를 지경이었죠. 염전에 물을 넣는 수차 있지 않습니까."

"물레방아처럼 생긴 거 말씀인가요?"

"예, 맞아요. 그 수차 위에 긴 장대를 짚고 서서 밟아 돌리는 사람들. 기다란 고무래로 염전의 소금을 거둬들이는 사람들. 멀리 보이는 그 느릿느릿한 움직임이 마치 꿈을 꾸는 것 같았었는데……"

깜빡 회상에 잠겨 있던 나는 가게 안으로 사람이 들어서는 것도 모르고 있었다.

"라면 두 봉지만 줘."

등 뒤에서 약간 가라앉은 탁한 목소리가 들려왔고 나는 얼떨결에
뒤를 돌아보았다. 빛바랜 하늘색 츄리닝 위에 황토색 낡은 외투를 걸
친 노인 한 분이 서 있었다.

"이 씨, 낮부터 웬 술타령이야?"

"술타령은요. 무슨. 손님 자시는데 한 잔 얻어 마셨지요."

"이 촌구석에 무신 손님. 이 겨울에."

노인은 퀭한 눈으로 나를 지그시 내려다보았다. 나는 그냥 앉아 있
기가 뭐해 엉거주춤 일어섰다.

"안녕하십니까."

적당한 말이 생각나지 않아 대충 얼버무리고 무의식중에 꾸벅 고
개까지 숙여 보였다. 그러나 노인은 내 인사를 받는 둥 마는 둥. 뚱한
눈빛으로 다시 한 번 나를 쳐다보고는 라면 봉지를 받아 들었다.

"구경 잘 하고 가시오."

"예, 어르신."

나는 무의식중에 또 허리를 굽혀 인사를 했다. 고개를 들었을 때 노
인은 이미 돌아선 채 가게 문을 열고 있었다. 나는 주인 사내를 멀뚱
히 쳐다볼 수밖에 없었다. 탁하는 소리와 함께 문이 닫히고 구부정한
노인이 허청허청 걸음을 떼어놓았다. 짧은 순간이지만 무안했다. 주
인은 나의 그런 기분을 눈치 챘는지 자리에 앉자마자 노인에 대한 이
야기를 꺼내놓기 시작했다.

"저 양반 겉으로는 퍽 늙어 보이지만 사실은 육십 중반밖에 안 됐
어요. 요 몇 년 새 폭삭 늙었지요. 자식들이 뿔뿔이 외지에 나가있는
데 내색은 않지만 모두들 형편이 빠듯한 것 같아요. 할머니께서 작년
겨울 눈길에서 넘어졌는데 엉치뼈에 쇠를 박는 큰 수술을 하고는 뒤

끝이 영 좋지 않아 요즘은 바깥출입도 제대로 못하는 형편이죠. 수술을 하지 않으면 부서진 뼈가 살 속에서 썩는다는 바람에 자식들이 겨우 겨우 수술을 시켜놓았으니 자식 볼 면목도 없고 또 두 노인네가 한꺼번에 얹힐 만한 데도 없고 그렇다고 저 나이에 따로따로 생이별을 할 수도 없으니 대책 없이 그냥 있는 거죠……”

주인 사내는 탁자 위에 놓여있는 담배를 피워 물면서 표정이 어두워졌다. 나는 잠자코 다음 말을 기다렸다.

“저도 들은 얘기지만 저 노인네가 한창 때는 힘 좋고 놀기도 썩 잘했답니다. 염부로도 일하고 식구마다 뻘에 나가 벌고 섬에서는 살만한 축에 들었답니다. 그러던 것이 바다가 방조제로 막히고부터는 조개도 시원치 않고 염부 일도 없어지고 그래 자식들이 그 동안 모아놓은 돈을 가지고 대처로 나가 장사라고 벌렸는데 평생 뻘에만 엎드려 살아온 사람들에게 장사가 어디 쉽습니까. 손 탁탁 털고 하루 벌어 하루 먹는 신세가 됐나 봐요. 그래도 저 양반 참 대단해요. 절대 내색하지 않아요. 웬만하면 왕년에 놀던 가락으루다가 술도 꽤 마시고 취했다하면 왕년의 금송아지를 찾으면서 신세타령이 늘어질 만한데 말이죠……”

조금 전 그 노인의 퀭한 눈빛이 떠올랐다. 폐기된 기차처럼 탁하게 가라앉은 목소리. 나는 다시 한 번 노인을 만나보고 싶었다.

“그 노인장께서는 지금 어디 사십니까?”

“바다 쪽 동네에 사는데 그곳은 사람들이 거의 다 떠나고 정말 몇 집 안 남았습니다. 밤에는 꼭 유령마을 같다니까요. 으시시한 게……”

“바다로 넘어가는 길은 섬 가운데 고갯길 그거 하나밖에 없지요?”

"왜 따라가 보시게요?"

"예."

나는 서둘러 가게를 나서려다가 지갑에서 만 원짜리 두 장을 꺼내 사내에게 쥐어주었다.

"오랜 시간 폐 많았습니다. 참 여태 성함도 몰랐네요. 전 한민수라고 합니다."

"예, 이현몹니다. 이 돈은 도로 넣으시죠. 저도 오랜만에 얘기 친구 만나서 즐거웠고 술 한 잔 같이 했는데 당연히 여기 사는 제가 내야죠."

"아닙니다. 아주머니 돌아오시면 장사는 안하고 낮술만 자셨다고 한 소리 들으실텐데 장사하신 증거는 있어야 하지 않겠습니까."

사내는 소리 없이 빙긋 웃었다.

"정 그러시다면 받겠습니다. 다시 꼭 놀러오세요. 그땐 제가 한 잔 사죠."

"예, 다음에는 여름에 오겠습니다. 오이도는 뭐니뭐니해도 여름이 좋죠. 그때는 술 좀 마시고 저 너머 모래밭 그늘에서 한 잠 늘어지게 자고 갈랍니다."

6

나는 가게를 나와 노인이 넘어가고 있을 고갯길을 향해 걸음을 재촉했다. 20년 만에 와보는 곳이지만 동네 골목길은 아직 눈에 익었다. 그러나 그때의 포실한 맛은 어디에도 남아 있지 않았다. 얼마 가지 않아 저만치 노인의 구부정한 뒷모습이 보였다. 원체 나다니는 사람이 없다 보니 노인을 찾기란 생각보다 훨씬 쉬웠다. 나는 가까이 뛰어가 조금 큰 목소리로 노인을 불렀다.

"어르신!"

노인은 걸음을 멈추고 돌아섰다. 고갯길을 올라선지 노인은 하얀 입김을 밭게 토하고 있었다. 물끄러미 나를 바라볼 뿐 말이 없었다. 나는 노인 옆으로 다가가 머뭇거리듯 입을 열었다.

"좀 오래 전입니다만, 실은 제가 여기 있는 부대에서 근무한 적이 있었습니다."

노인은 보일듯 말듯 고개를 끄덕이며 입을 열었다.

"아까는 초면에 실례했소. 불쾌했다면 용서하시구료."

"아닙니다. 별말씀을요."

노인은 다시 걸음을 떼어놓으며 물었다.

"언제쯤 여기 계셨더랬소?"

"이십 년 좀 넘었습니다."

"이십 년이라 그렇다면 칠십 년대 말쯤이겠구먼."

"예, 그렇습니다."

그때 나는 분명히 보았다. 퀭하니 풀려있던 노인의 눈에 순간적으로 반짝 생기가 도는 것을. 어쩌면 노인은 20여 년 전 자신의 모습을 떠올려 보는 지도 모른다는 생각이 들었다. 40대 중반의 한창 나이, 무서울 것 없었다던 그 시절.

"그렇다면 그때 오며가며 선생과 마주쳤을지도 모르겠구료. 나는 거의 평생을 여기에서 살았으니까."

"어르신께서는 언제부터 여기서 사셨습니까?"

"뭐 평생이나 마찬가지지요. 일사 후퇴 때 해주를 떠나 부모님과 함께 여기에 들어온 것이 벌써 오십 년 가까이 되어가는구면. 그땐 나도 새파란 소년이었는데……"

그렇다면 이 노인은 20년 전이 아니라 어쩌면 아슴프레 50년 전을 더듬고 있는지도 모른다는 생각이 들었다.

"오이도에 월남한 분들이 많이 사셨던 것 같은데. 뭐 특별한 이유라도 있었습니까? 부대 주변에 무덤이 꽤 많았었는데 지금 기억으로는 함경도 분들의 묘가 그중 많았던 것 같습니다만."

"뭐 함경도뿐이겠소. 해방이 되고 삼팔선이 그어지고 전쟁이 터지고 하던 그 난리통에 저마다 사연을 안고 떠돌았는데 어쩌다가 예까지 흘러든게지 뭐 특별한 이유가 있었던 것은 아니었을 게요."

어느덧 노인과 나는 언덕마루에 다다랐다. 솔밭횟집, 소라횟집이라고 적힌 음식점 입간판이 마른 잡초 속에 꽂혀있었지만 이미 사람을 부를 만한 힘은 없어 보였다. 내가 근무하던 부대도 관계자 이외에 접근을 금한다는 살벌한 팻말을 붙이고 철조망으로 둘러싸인 채 낯선 모습으로 변해 있었다. 여기에 서면 일망무제로 탁 트인 갯벌과 멀리 군자역까지 닿아있던 드넓은 염전이 한눈에 들어왔었는데……

"어르신, 바다가 방조제로 막힌 것도 아쉽지만 그 아름답던 군자염전이 흔적도 없이 사라진 것이 더 안타깝습니다. 아까 가게 주인에게 들으니 어르신께선 염전에서 직접 일도 하셨다고 하던데……"

"이 씨가 그럽디까? 그 사람, 손님 앉혀놓고 얘깃거리가 퍽 궁했던 모양이구면. 쓸데없는 소리를 다하고 그게 언제 적 일이라고."

노인은 말은 그렇게 하면서도 그 시절을 회상하는 일이 싫지 않은 눈치였다. 호주머니를 주섬주섬 뒤지더니 피우다 넣어둔 담배꽁초를 꺼내 입에 물었다. 노인은 투박한 손으로 바람을 막으며 불을 붙였다. 입에서 퍼져나가는 구수한 연기가 바람결에 흩어졌다.

"저쪽에 꽤 커다란 저수지가 하나 있었지."

노인은 염전의 흔적조차 말끔히 사라져 버린 공단의 한 지역을 가리키면서 눈을 가늘게 모은 채 혼잣말처럼 중얼거렸다.

"그건 저도 기억이 납니다. 갈대에 둘러싸인 게 규모가 꽤 컸었지요. 그 저수지가 염전과 무슨 관련이 있습니까?"

"있고 말고…… 소금을 만들려면 일단 바닷물을 그 저수지에 가둬야 하니까. 밀물 때 갑문을 열어 바닷물을 가득 담았다가 썰물 때 문을 닫거든 그렇게 해서 가둬진 물을 한동안 놔두면 바닷물이 증발하면서 염도가 올라가게 되는데 그 때 수차를 돌려 물을 염전으로 퍼담는 게지요."

"그러면 저 바닷물을 그대로 소금으로 만들었단 말씀입니까?"

"그랬지. 팔십 년대 초반까지만 해도 이 일대의 바다가 아주 맑아 그 바닷물로 식염을 만들곤 했었는데……"

나는 공단지역에 자욱하게 퍼져있는 매연을 바라보았다. 개발과 보존에 대해서는 섣불리 속단할 수 없는 문제가 있지만, 그 깨끗하고 아름답던 땅과 바다를 이렇게까지 훼손시키면서 만들어놓은 것들이 과연 인간의 삶을 얼마나 풍요롭게 할 것인가?에 대해서는 의문이 생기지 않을 수 없었다.

"어르신, 제가 군대생활 할 때만 하더라도 포상에서 근무를 서고 있으면 뻘에 나갔던 사람들이 들어오면서 낙지를 양동이에 반 넘게 퍼주곤 했었습니다. 덕분에 심심치 않게 소주에 낙지 회식을 했었는데 지금도 그 기억이 생생합니다."

"그랬겠지. 어촌계에서는 동죽만 취급했을 뿐 가외로 잡히는 낙지나 대맛 같은 것들은 주민들이 그대로 먹든지 가까운 외지에 내다 팔기도 했었지요. 그 시절 섬사람들은 부자는 아니었지만 자식들 공부시키면서 그럭저럭 살만했었지. 하루 두 차례 어촌계 앞은 흡사 파시波市처럼 시끌벅적한 게 사람 사는 거 같았는데……"

맞다. 그 시절 오이도는 삶의 한가운데 있었다. 외출 나갔다가 귀대 시간에 맞춰 부대로 들어올 때면 아직도 해가 뉘엿뉘엿 걸려 있는 염전 뚝방 길을 버스를 타고 들어와야 했는데 그 길을 따라 염부들의 사택이 줄지어 있었다. 얇은 철판에 새카만 콜타르를 칠해 지붕을 얹은 그런 허름한 집들이었지만 지붕 위에 빨아서 널어놓은 하얀 운동화들이 유난히도 눈부셨다. 그 때는 고달픔 속에서도 내일을 준비하는 억센 삶이 있었다. 그러나 이제 오이도는 사람들이 만들어내는 싱싱한 삶이 사라진 채 적막한 무인도로 변해가고 있었다.

"어르신, 그때는 뻘 위에 긴 막대기를 박고 그 사이에 그물을 연결한 것도 많이 있었는데 그건 뭐였었나요?"

"말짱이라고 하는데 일종의 정치망 같은 거지요. 그 그물에 꽃게나 망둥어 숭어 등이 곧 많이 잡히곤 했었지. 그걸 가지고 있던 사람들은 이 근방에서 유지로 통했었는데……"

노인의 입에서 담배연기가 구수하게 퍼져나갔다. 어느덧 제법 땅거미가 깔리기 시작했다.

"어르신, 이 오이도 바람이 어디 보통 바람입니까. 겨울밤 포상에서 근무를 설 때면 얼굴이 뻣뻣하게 얼어 나중에는 숫제 감각이 다 없었죠. 저희 소대장이 급한 대로 한 가지 방법을 생각해 냈는데 초소막을 짓기로 했죠. 네모반듯하게 구덩이를 파고 기둥 네 개를 세워 비닐로 둘러치고 짚단으로 지붕을 엮는 식이었죠. 아쉬운대로 비바람이라도 막아보자는 생각이었죠. 그런데 마땅한 기둥감이 어디 있어야죠. 그래 궁리 끝에 저 아래 쌓아놓은 그 말짱 말입니다. 그것을 밤중에 내려가 옮겨오기로 했죠."

"옮겨온다. 거 재미있는 말이군."

"예, 그때는 훔친다고 하지 않고 다들 옮긴다고 그랬죠. 어차피 나라 지키는 일에 쓸 건데, 당장 자재는 없고 어떻게 하겠습니까. 옮겨오는 수밖에요. 밤에 내려가 두 명씩 달라붙어 들어 옮기는데 생각보다 엄청 무겁던데요."

"여부가 있나, 굵기야 얼마 안 되지만 그 길이가 얼만데. 물에 오래 박혀 있던 것들은 썩기 전에 차례로 뽑아 버리는데, 아마 버리려고 쌓아둔 것을 옮겨왔나 보구먼."

"그게 버리려고 쌓아둔 것이었습니까? 저희는 그런 줄도 모르고 낮에는 눈에 띌까봐 위장망으로 덮어두었다가 밤새워 다닥다닥 붙어있는 따개비를 낫으로 밀어내고 페인트까지 말끔히 칠했습니다. 그래봤자 눈가리고 아웅이었지만요."

"허허허……"

노인은 얼굴에 깊게 주름을 파며 호탕하게 웃었다. 젊은 시절의 한량기를 짐작해 볼 수 있는 낮지만 거침없는 웃음소리다.

"날도 어두워지는데 제가 댁까지 모셔다 드리겠습니다."

"아니, 다 왔으니 이만 돌아가보시구료. 저녁이라도 대접하고 싶지만 라면이 전부라서……"

노인의 말투에는 어딘지 결연한 데가 있었다. 범접할 수 없는 무엇인가가 느껴졌다. 마땅히 존중해야 할 것 같은 생각이 들었다.

"예, 어르신 그러시다면 이만 돌아가 보겠습니다. 안녕히 계십시오."

내가 허리 굽혀 인사를 하고 몇 발짝 떼어놓는데 노인이 머뭇거리는 듯한 목소리로 나를 불러 세웠다.

"저, 초면에 이런 말하는 것이 어떨지 모르겠소만…… 아까 가게에서 처음 보았을 때부터 그 뭐랄까 얼굴에 수심이 있어 보이던데, 내가 잘못 본 것인지도 모르겠소만."

"……"

"내 지금까지 살아오면서 선생만한 나이도 거처 왔고 또 사람은 세월이 가르치는 법이거든…… 볼 꼴 못 볼 꼴 많이도 겪으면서 예까지 왔는데 주제넘었다면 용서하시구료."

"아닙니다. 바로 보셨습니다. 요즘 좀 답답하기도 하고…… 그래서 발길 따라 여기까지 와 봤습니다."

"무식한 촌 늙은이가 뭘 알겠소마는 자꾸만 지나간 것들을 되돌아보지 마시오. 그게 다 부질없는게구…… 선생이 20년의 세월을 거슬러 이 구석까지 찾아온 이유는 모르긴 해도 지나간 시절이 그리워서겠지. 안 그렇소? 그러나 누구도 시간을 거슬러 되돌아 갈 수는 없는 거 아니겠소. 이렇게 말하는 나도 문득문득 혈기왕성했던 그 시절이 그립지 않은 것은 아니지만 만약 그렇다면 거짓말일 게야. 그러나 살다보니 다 부질없더라 이 말이요. 힘을 내시구려."

나에게 다가온 노인이 손바닥으로 내 등을 쓸어내리듯 툭툭 쳤다. 억세게 살아온 세월이 그대로 전해져 오는 묵직한 손이었다.

"예, 어르신. 고맙습니다. 안녕히 계십시오."

"그럼 살펴 가시구려."

말을 마친 노인은 매정하리 만치 빠르게 골목길로 접어들고 있었
다.

7

나도 더 이상 머뭇거리지 않고 발길을 돌렸다. 뻘 위로 어둠이 빠르
게 내리고 있었다. 그 어둠 속에 바다 한 가운데로 곧게 뻗어나간 방
조제가 희끄무레 누워있었다. 히끗히끗 무엇인가가 뺨을 간지른다.
눈발이다. 하루 종일 꾸물대더니 드디어 눈이 오시려나 보다. 지금은
성깃하지만 잠시 후면 어둠 속을 뽀얗게 메우리라. 오이도의 눈은 언
제나 그랬다. 조급해진 나는 길을 되짚어 뛰기 시작했다. 얼굴에 부딪
히는 눈발이 점점 많아짐을 느낄 수 있었다. 고갯마루에 서서 턱에 찬
숨을 돌리고 있는데 저 아래 불빛 몇 개가 아슴아슴 내려다보였다. 지
금쯤이면 일 나갔던 가겟집 아주머니가 돌아와 저녁을 짓고, 온종일
쏘다니던 막내아들이 손발을 씻고 있을지도 모르겠다. 나는 제법 눈
이 깔린 고갯길을 조심조심 내려섰다.

차 속은 입김이 새어나올 정도로 차가워져있었다. 서둘러 시동을
걸고 전조등을 켰다. 일직선으로 뻗어나간 빛줄기 속에 눈발이 어지
럽게 엉켰다. 나는 최대한 속도를 줄여 비탈길을 내려가기 시작했다.
눈이 허옇게 덮인 넓은 포도에 올라서자 새삼 피로가 몰려왔다. 자—
이제 집으로 가자. 나는 조심스럽게 가속 페달을 밟아 속도를 높였다.
가게 주인에게는 여름에 다시 오마고 했지만 아마 그 약속은 지켜지
지 않을 지도 모른다. 내 기억 속에 자리 잡고 있던 오이도는 이미 사

라지고 없었다. 풍림제지 시화공장이라고 적힌 높다란 굴뚝에선 수
증기인지 연기인지 모를 하얀 기체가 눈발 날리는 검은 장막 너머로
울컥울컥 토해지고 있었다.

자작나무

1

사십 초반쯤으로 보이는 깡마른 사내가 회전의자를 뒤로 젖히며 기지개를 켠다. 쇠 긁히는 소리가 귀에 거슬린다. 그가 입고 있는 베이지색 점퍼 소매에 엷은 때가 묻어 있다. 입 속이 훤히 드려다 보이도록 하품을 하고 나서 손가락을 모아 한동안 눈두덩을 누르고 있다. 잠시 후 손바닥으로 얼굴을 비비고 났을 때 눈꼬리에 언뜻 물기가 비친다. 거뭇한 눈가엔 피로가 자욱이 몰려있다. 그는 움푹 팬 오른쪽 볼에 주먹을 대고 나를 물끄러미 응시한다.

4월이 가까워 오지만 날씨는 좀처럼 풀릴 기미를 보이지 않는다. 형사계 사무실은 한기가 느껴질 정도로 썰렁하다. 충성, 봉사, 명예 검은 글씨가 흰 액자에 담겨 흡사 상장(喪章)처럼 벽에 걸려 있다. 나를 취조하고 있는 형사를 포함해 3명의 직원이 사무실을 지키고 있다. 30

대 초반쯤으로 보이는 젊은 형사가 두꺼운 서류철을 훌훌 넘기고 있다. 뒤통수를 보인 채 옆 의자에 발을 얹어 놓은 늙수그레한 형사가 신문을 뒤적거린다.

"어이, 최 형사. 아직 멀었나. 별일 없으면 그만 나가자고."

그가 신문을 접어 책상 위로 던지며 젊은 형사에게 말을 건넨다.

"박 형사님, 요즘 큰 거 하나 해결하고 나더니 한가하신 모양이에요?"

"큰 거는 무신 잡범들 몇 잡아넣은 거 가지고…… 우리한테 한가한 시간이 어딨나. 여편네하고 일을 벌이다가도 사건이 터졌다 하면 꼭 서방놈한테 들킨 난봉꾼처럼 들구 뛰어야 하는 신센데…… 청춘옥에 가서 소주나 한 잔 하자구. 지난번 일루다 할 말도 있고 말이야."

술 생각이 없는지 아니면 박 형사와 어울릴 생각이 없는지 젊은 형사는 들은숭 만숭 딴청을 부린다.

"김 형사님, 현행범에 증거물까지 고스란히 수거했는데 조서 꾸며서 바로 송치해버리시죠."

그렇다. 어젯밤 나는 현행범으로 체포되었다. 출동한 경찰이 수갑을 채울 때 내 손은 피투성이였고 등산용 칼이 그 놈의 등허리에 박혀 있었다. 자백이고 증거물 확보고 아예 필요 없었다. 사건현장에서 내가 만약 칼을 휘두르며 저항을 했더라면 경찰이 쏜 총에 사살되었을지도 모를 일이었다. 경찰서로 압송된 후 나는 유치장에 처박혔다. 당직형사는 다 잡은 고기라는 듯 느긋한 눈빛이었다. 아무 생각도 떠오르지 않았고 다만 견디기 힘들 정도로 잠이 쏟아질 뿐이었다. 마룻바닥의 섬뜩한 냉기가 온 몸으로 퍼졌다. 웅얼거리는 말소리가 끊어질 듯 이어졌고 그 다음은 아무 것도 기억나지 않았다.

2

"가족은?"

"…… 누님이 한 분 계십니다."

"아니, 본인 가족."

형사의 말끝이 살짝 들린다.

"누님이 한 분 계십니다."

"직계가족, 당신 처자식 말이야!"

"누님 한 분밖에 없습니다."

"결혼하지 않았나?"

"……"

오슬오슬 온몸을 파고드는 한기에 어렴풋이 눈이 떠지고 나는 마룻바닥에 태아처럼 웅크린 채 누워 있었다. 얼마동안 그 자세로 누워 있던 것일까? 머리를 괴고 있던 오른팔이 마비된 듯 감각이 없었다. 그렇게 또 하루가 밝아오고 있었다.

담당형사는 이름, 주민등록번호, 본적, 출생지, 현주소 등 쉬운 질문을 기계적으로 물었고 나도 기계적으로 대답했다. 그럴 때마다 자판 두드리는 소리가 규칙적으로 들렸다. 꽤 숙달된 솜씨다. 그는 가끔씩 말을 끊고 물끄러미 나를 쳐다보았다. 160센티를 간신히 넘는 키에 50키로밖에 안 되는 왜소한 내가 수갑을 찬 채 의자에 구겨져 앉아 있으니 형사 눈에 잘 띄지 않을 지도 모른다. 그는 화장실에 가려는지 젊은 형사에게 나를 인계하고 휘청휘청 사무실 밖으로 나간다. 나는 고개를 떨구고 있다가 흘낏 창밖을 내다보았다. 옅은 봄볕이 내리쬐는 고즈넉한 풍경. 밋밋한 산기슭에 자작나무가 군락을 이루고 있다. 하얀 숲 위로 몇 마리 새들이 낮게 선회하고 있다.

내가 세상 물정을 어느 정도 알게 된 다음에야 그것들이 모두 아버지의 것이 아니고 우리가 지독한 가난뱅이라는 사실을 알았지만, 그때 만해도 그 거무스름한 땅도 힘센 누렁이도 모두 우리 것인 줄로만 알았다. 이른 봄 집에 홀로 남겨진 나는 부엌에 차려놓은 점심을 먹는 둥 마는 둥 아버지가 일하는 들로 나갔다. 우리 집에서 야트막한 산모퉁이를 돌아 신작로를 따라 어린 걸음으로 한참을 가야 하는 동구 밖. 흐릿한 하늘아래 일렬로 늘어선 미루나무가 바람결에 흔들리는 하얀 길을 따라 나는 타박타박 걷고 또 걸었다. 텅 빈 길 위엔 끌리는 듯한 내 발자국 소리만 있었다. 앞 뒤 어디에고 사람 하나 보이지 않는 긴 신작로 길.

이려ㅡㅡ 이 눔 소. 이려ㅡㅡ 그러면 덩치 큰 누렁이는 아버지 말을 알아들었다는 듯 고개를 끄덕이고 큰 눈을 꿈적이며 힘차게 땅을 밟았다. 딸랑딸랑 쇠방울 소리가 경쾌하게 울리고 그때마다 탐스러운 검은흙이 양쪽으로 쩍쩍 갈라졌다. 가끔 풀 끊어지는 소리가 들리기도 했다. 쟁기를 잡고 누렁이를 따라가는 아버지는 오른쪽으로 심하게 뒤뚱거렸다. 아, 그기는 말이다. 니 아부지가 어렸을 적에 심하게 열병을 앓으셨는데 그담부터 다리를 절게 되셨다 아이가. 엄마가 한숨을 내쉬며 말했다. 아ㅡ 인석아, 춘데 와 거기 앉았노. 퍼뜩 집에 드가라. 밭둑에 오도카니 앉아 있는 나를 향해 이따금씩 소리치는 아버지. 싫다ㅡ. 내는 집에 안 갈끼다. 나는 아버지가 일을 다 마칠 때까지

밭둑에 오도카니 앉아 있었다. 집에 가 봐야 엄마도 누나도 없었다. 엄마와 누나도 어딘가에 가서 해가 기운 다음에나 돌아오곤 했었다. 가난했지만 그때가 내 인생에서 가장 좋았던 때라는 사실은 의심의 여지가 없다. 그해 늦가을부터 누나와 나에게 흙바람 부는 모진 세월이 기다리고 있었다. 그리고 그 바람은 한 번도 멈춘 적이 없었다. 일을 끝낸 아버지의 투박한 손을 잡고 누렁이를 앞세우고 집으로 돌아가는 길. 야트막한 산기슭에 수백 그루의 하얀 나무들이 서로 의지하듯 모여 서 있었다. 아부지 저게 무신 나무고. 어린 눈에도 하얀 줄기에 키가 훌쩍 큰 나무들이 너무나 의젓해 보였다. 어디ㅡ. 아버지는 내 손가락이 가리키는 쪽을 쳐다보았다. 자작나무 아이가.

3

“어떻게 하루 새에 2명이나 죽일 생각을 했지……”

그것은 듣기에 따라서는 나한테 묻는 것이 아니라 혼자 중얼거리는 소리처럼 들릴 정도로 힘이 없었다. 나는 잠자코 있었다.

“내 말이 안 들리나?”

최소한의 예의를 갖추어 진행되던 취조였는데 낮게 깔린 형사의 목소리에 찬기가 서린다.

“당신은 현행범으로 체포된 몸이니까 아예 꼼수부릴 생각은 하지 말라구. 순순히 부는 게 피차 좋아.”

꼼수라니 나는 전혀 그럴 생각이 없다. 지금까지 살아온 것도 힘에 겹고 이제 이쯤에서 그만 끝내고 싶은데 꼼수라니 차라리 그 자리에서 죽어버릴 것을, 그랬더라면 좋았을 것을.

"두 명을 죽일 생각은 없었습니다. 아니 처음부터 사람을 죽일 생각은 없었습니다. 이건 사실입니다. 나중에 그 술집 놈을 죽여 버려야겠다는 생각이 들었지만……"

그것은 내 죄를 가볍게 하기 위한 변명이 아니었다. 그러고 싶은 생각은 정말이지 눈곱만치도 없었다. 나는 사실을 말하고 있을 뿐이었다.

"어쨌든 말이야. 그렇다면 개농장의 일꾼은 딴사람이 죽였나? 당신이 죽였잖아. 생각이야 어째든 결과적으로 당신이 두 명 다 죽였잖아. 내 말이 틀려?"

"맞습니다. 지가 죽였습니다. 그때 김가 놈이 그 말만 하지 않았어도……"

"김가라면 죽은 개농장 일꾼?"

"……"

나는 말없이 고개를 주억거렸다.

"그 사람이 뭐라 그랬길래?"

"……"

"엉!"

손바닥으로 가볍게 책상을 치는 형사의 목소리에 짜증이 몰려든다.

"그 놈이 그랬죠…… 병신 새끼 육갑떨고 자빠졌다고……"

라면을 안주 삼아 소주 서너 병 까고 나서 냄비며 소주병을 방 한 켠에 밀쳐두고 시작된 화투판이었다. 건강원에 딸린 개농장에 붙어먹는 주제에 무슨 돈들이 있겠는가. 그러나 돈의 많고 적음이 문제되지 않았다. 판이 돌고 푼돈이나마 왔다갔다하면서 낄낄대던 웃음 속에 간간이 가시가 돋쳤고 거기에는 나이고 뭐고 없었다.

"영감, 꾸물대지 말고 싸게 싸게 돌려 부러……"

돈을 잃고 있던 김가는 스무 살 가까이 연상인 유 씨에게 말을 함부로 뱉기 시작했다. 그러나 패를 잡고 있던 유 씨도 그런 것은 아예 개의치 않는 듯 불 꺼진 담배를 질겅질겅 씹으며 실실 웃음을 흘릴 뿐이었다. 그렇게 다시 몇 차례 패가 더 돌아갔다. 손을 탁탁 턴 김가의 말은 이제 도를 넘고 있었다.

"이놈의 영감탱이가 일은 안허고 밤낮 섯다만 했나. 좆은 서지도 않는 것이 화투발은 잘도 세우네. 니기미 씨벌."

"이 놈아 니 놈더러 세워달라고 않을 테니까 걱정을 말아라. 그래도 돈푼이나 생겼다하면 기집에 술에 녹아나는 니놈 것보다는 아직 백배는 쓸 만한 것이다. 엠병할 놈."

"니기미, 말이면 단 줄 알어. 나이 대접 해 줬드니 늙은 게 뵈는 게 없나."

"이 자식아, 니놈이 나이 대접 해 준 게 뭐 있냐? 천하에 호로자식."

유 씨가 말끝을 흐리자 잡아먹을 듯 노리던 김가가 발끈 일어서며 방구석에 밀쳐둔 애꿎은 냄비를 발길로 걷어찼다. 식은 국물과 팅팅 불은 면발이 보기 흉하게 벽을 타고 흘러내렸다. 그것으로는 분이 풀리지 않았는지 김가는 그때까지 히물히물 웃고 있던 유 씨의 가슴팍을 오지게 내질렀다. 순식간에 벌어진 일이었다. 무방비 상태로 있던 유 씨는 마른 짚단 쓰러지듯 벽에 머리를 부딪치며 나뒹굴었다. 나는 황급히 유 씨를 안아 일으켰다. 기가 막혔는지 아니면 머리를 벽에 부딪힌 충격 때문인지 유 씨는 나를 멍하니 쳐다 볼뿐이었다.

"자네 무슨 짓인가? 노인네한테."

"웃기고 자빠졌네. 비영신 새끼. 그 늙은 게 니 애비라도 되냐?"

김가 놈은 10여 살이 위인 나에게 거침없이 하대를 한다. 평소에도 나에게 반말지거리는 보통이고 수틀리면 쌍욕도 예사였다. 하지만 위아래를 가릴 만큼 배워먹은 놈도 아니고 어차피 지나 내나 뜨내기 인생들이 다 그렇지 하고 못들은 척 지내왔었다. 그런데 그날 밤은 달랐다. 빈속에 들어부은 소주 때문인지 이상하게 호기로와지면서 김가 놈의 말이 내 비위를 있는 대로 긁어 놓았다. 그것이 화근이었다. 그쯤에서 돌아섰어야 했는데……

"자네 무슨 말을 그렇게 막 하나?"

"니기미 자네, 자네 하지마. 니가 내 장모라도 되냐? 어디서 굴러먹던 뼉다귀가 누구한테 꼰대짓이야. 비영신 새끼가 육갑떨고 자빠졌네."

나는 그 말을 그대로 들어 넘길 수가 없었다.

병신 새끼가 육갑 떨고 자빠졌네 ━━

병신 새끼가 육갑 떨고 자빠졌네 ━━

그 말은 비가 부슬대던 그 날 밤 땅바닥에 팽개쳐진 아버지 등위에 무수히 내리 꽂히던 비수였다. 아─ 한마디가 더 있었다. 씨를 말릴 빨갱이노무시키. 그 말은 어린 시절 쫓기 듯 고향을 등진 우리 남매에게 평생을 따라다닌 저주와도 같은 낙인이었다. 오랜 세월 누르고 눌러온 설움이 한순간 터지면서 나는 도저히 내 자신을 억제할 수가 없었다. 입에서는 신음 소리가 새어나왔고 손이 부들부들 떨렸다. 방바닥을 훑어보았다. 쌀가마를 쌓아놓은 구석에 나뒹굴고 있는 소주병이 언뜻 눈에 들어왔다. 병을 거꾸로 잡고 벽을 때리자 퍽 소리와 함께 유리 조각이 사방으로 튄다. 얼굴에 따가운 통증이 스치고 지나간다.

"이 눔 시끼. 다시 한 번 아가릴 놀려봐라. 뭐시 으쩻따꼬?"

나는 흉측하게 날을 세운 유리병을 김가 놈의 얼굴에 겨눈 채 한 발 재겨 딛으며 씹어뱉듯 낮게 으르렁거렸다. 예기치 못한 내 기세에 질렸는지 김가 놈은 주춤주춤 뒤로 물러서며 손을 내저었다.

"뭐야, 뭐, 박 씨 응 왜이래 지금 뭐 하는 거야?"

나는 그때 그의 얼굴에 스치는 공포를 똑똑히 볼 수 있었다. 나는 그런 얼굴을 너무도 또렷이 기억하고 있었다. 와들 이러십니꺼. 제발사, 살려주이소. 그러나 그 다급한 목소리는 어둠 속에서 어지럽게 퍼져나가는 개 짖는 소리에 파묻히고 말았다.

"다시 한 번 아가릴 놀려 봐. 병신새끼 육갑떤다고 말이야. 죽일 눔!"

주춤주춤 뒷걸음치던 김가 놈이 약간의 틈을 발견하고 미닫이 쪽으로 튀었고 문짝이 떨어져 나가면서 밖으로 굴러 떨어졌다. 정말 웬만했다면 필사적으로 도망치는 김가를 더 이상 쫓지는 않았을 것이다. 사실 그럴 이유도 없었다. 업신여김과 욕설이 내 인생에서 어제 오늘 일이었던가? 그러나 그 날만큼은 달랐다. 저항할 수 없는 잔인함이 나를 유혹하며 충충한 밑바닥으로부터 비집고 올라왔고 그 잔인함을 즐기듯 킬킬대는 또 다른 내가 도망치는 김가를 뒤쫓도록 집요하게 내 등을 떼미는 것이었다. 그래 죽여, 죽여버리라구…… 김가를 쫓아 허둥대던 내가 균형을 잃고 문지방에 걸려 나뒹굴었을 때 손에 쥐고 있던 소주병이 깨지면서 오른쪽 손바닥을 깊게 파고들었다. 아—섬뜩한 통증이 몰려들었다. 그러나 그것은 찌르는 듯한 통증만큼이나 야릇한 쾌감을 동반하고 있었다. 나는 쥐고 있던 유리조각을 어둠 속으로 뿌렸다. 손바닥은 피로 범벅이 되고 비릿한 내음이 코를 찔렀다. 언뜻 벽에 걸려 있는 낫이 눈에 들어왔다. 숙소 뒤편 겨우내 뒤엉켜있던 잡초를 쳐내기 위해 바로 그날 아침 날을 갈아 놓은 것이었다. 낫들이 어둠 속에서 새파란 독기를 내뿜고 있었다. 나는 그 낫을 움켜쥐고 김가 놈을 뒤쫓기 시작했다. 손잡이가 상처에 닿자 통증이 저릿저릿 오른쪽 팔을 타고 올라왔다. 김가는 얼마 앞서 구르듯 도망치고 있었다. 허둥대는 양에 비해서 멀리 가지는 못했다. 죽음의 공포가 그의 발목을 붙잡고 늘어졌는지도 모르지. 유 씨가 나를 부르는 소리가 다급하게 들려왔고 개들이 일제히 짖어대기 시작했다. 컹컹컹……… 어둠을 뚫고 불길하게 울려 퍼지는 소리. 싸늘한 대기 속으로 허연 입김이 숨 가쁘게 뿜어져 나왔다. 초봄의 야기로 풀잎에 물기가 번졌고 신발도 못 신고 달아나던 김가 놈은 미끄러운 경사면을 밟고 그대로 나뒹굴었다.

"겨우 여기서 꼬꾸라지냐? 죽일 놈의 시키. 더 토껴 봐."

김가는 두려움에 찬 시선으로 나를 응시했다.

"박 씨 대체 왜 이러는 거야. 내가 잘못 했수. 앞으로 다시는 그러지 않겠수. 제발 그것 좀 치우슈."

지가 잘못했심더. 한 번만 살려 주이소. 살려 주이소. 그러나 아버지를 에워싸고 있던 그들은 아버지의 절규를 들은 척도 하지 않았다.

"차라, 이제 와서 니놈이 잘못했다카문 죽은 사람들이 살아 돌아오나. 아이다. 니놈이 죽으면 된다 카이. 그라문 구천을 떠도는 원혼들도 한을 풀고 제 길을 갈끼다. 썩을 눔."

"아닙니더. 지는 그놈아들이 시키는 대로 했을 뿐입니더. 그라고 지는 한 명도 죽이지 않았심더. 지는 망만 봤심더. 맹세합니더. 지는 죽이지 않았심더. 지발 살려 주이소."

무릎을 꿇고 두 손을 모은 아버지의 옆구리를 누군가 찍듯이 내질렀다.

“아가리 닥치라. 이 비영신새끼야. 꼴뚜기가 뛰니까 망둥어도 뛰나. 붉은 완장 차고 죽창 들고 설칠 때가 좋았제. 그자. 들엎드려 땅이나 파묵지 팔자에도 없는 빨갱이 짓을 왜 했노. 씨를 말릴 빨갱이노무시 키들.”

아버지는 축축한 흙바닥을 긁어대며 필사적으로 목숨을 구걸했다. 그러나 그들의 눈은 살기로 번뜩일 뿐이었다. 그들 중 한 사내가 팔을 높이 치켜드는 것이 보였고 번쩍, 횃불에 반사된 날카로운 낫날이 내 눈을 찔렀다. 뒤이어 섬뜩한 비명소리가 초가을의 밤공기를 갈갈이 찢어놓았다. 나는 여러 사람들이 추어대는 기괴한 춤을 눈 하나 깜짝하지 않고 모두 지켜보았다. 공포가 나를 옭아매 눈을 감을 수조차 없었다. 그들이 어지러운 발자국 소리를 남긴 채 몰려간 후 아버지는 추적대는 빗속에 피걸레처럼 널부러져 있었다. 잠시 후 엄마와 누나가 울부짖으며 아버지에게 매달렸고 어린 나는 무서움에 짓눌려 비질비질 눈물만 흘릴 뿐이었다.

아버지의 주검은 쉬쉬하며 어딘가에 묻혔다. 그리고 우리 세 식구는 그 곳을 떠나야만 했다. 그때 엄마는 동생을 배고 있었다. 불룩한 엄마 배를 볼 때마다 나는 예쁜 동생이 태어나길 얼마나 바랐던가. 지금 생각해 보면 그것은 하혈이었다. 엄마는 무섭도록 많은 피를 쏟았고 치마는 온통 피범벅이었다. 어린 나는 구역질을 참을 수가 없었다. 그러나 누나는 이를 악문 채 구역질을 참았고 엄마의 이마에 맺힌 땀을 닦아냈다. 엄마의 눈가에 번질번질 물기가 번졌다. 엄마는 며칠 동안 버려진 농가에 죽은 듯이 누워 있었다. 누나와 나는 서서히 죽어가는 엄마를 바라볼 뿐이었다. 그 시절 한 촌부의 유산과 죽음은 하찮은 일이었는지도 모르겠다. 죽음은 어디에나 흔하디흔하게 널려 있

었다. 태어나지도 못한 내 동생과 함께 엄마는 그렇게 우리 곁을 떠나
갔다.

"박 씨, 살려줘－"

김가는 애처롭게 나에게 매달렸다. 사실 죽일 것까지는 없었다. 그
때 왜 내가 그의 가슴팍을 향해 낫을 내리 찍었는지 알 수 없다. 예리
하게 벼린 낫날이 김가의 몸에 닿자 무엇엔가 폭 파묻히는 느낌이었
다. 아마 그때까지 그가 입고 있던 두툼한 겨울용 스웨터 때문이었는
지도 모르겠다. 문득 낫날이 털실에 감겨버릴지도 모른다는 조바심
이 일었다. 낫 끝이 심장을 관통하지는 않은 것 같았다. 그렇다면 급
소를 피한 상복부 어디쯤을 파고들었겠지. 그 놈이 벌떡 일어나 낫을
빼앗아 내 심장을 향해 내리꽂는 환영이 스쳤다. 안 돼－. 다시 낫을
들어 올리려 할 때 김가 놈은 두 손으로 낫날을 감아 쥔 채 필사적으
로 저항했다. 그때 손바닥을 타고 오르는 느낌. 그것은 스웨터 위를
찍었을 때의 구질구질한 느낌과는 사뭇 달랐다. 묘한 쾌감이 전율처
럼 오른쪽 팔을 훑고 올라왔다. 무엇인가 슥－ 하고 아주 보드라운 것
을 파고드는 느낌. 잘 드는 칼로 메밀묵을 베는 느낌이랄까. 나는 다
시 낫을 치켜들었다.

"이 봐, 박 씨 정신차려…… 그거 이리 주게."

바로 옆으로 다가온 유 씨가 간절한 눈빛으로 나를 쳐다보며 주춤
주춤 손을 내밀었다. 그러나 이미 모든 것이 끝나 있었다. 축 늘어진
김가의 몸에서 쿨럭쿨럭 피가 솟아올랐고 마른 풀 위에 꺼멓게 엉기
기 시작했다.

"저리가, 확 죽여버리기 전에."

유 씨는 내 기세에 눌려 감히 더 다가오지 못하고 비척비척 물러나

기 시작했다. 빨리 이곳을 떠나야 한다는 생각이 스쳤다.

"돈 가진 거 다 내놔."

유 씨는 바지 주머니에서 주섬주섬 돈을 꺼내기 시작했다. 꼬깃하게 구겨진 만 원짜리 서너 장과 반으로 접혀진 두툼한 천 원짜리 꾸러미가 내 손바닥 위에 놓여졌다. 김가 놈한테 딴 돈인지도 모르겠다. 나는 그것을 되는대로 주머니에 쑤셔 넣고 그때까지 손에 쥐고 있던 낫을 멀리 숲으로 던졌다. 피 묻은 낫은 음흉한 소리를 지르며 까만 허공을 갈랐다.

4

"그리구 바로 이리 왔나?"

"아닙니다. 그때는 농장으로부터 멀어져야 한다는 생각밖에 없었습니다. K시에 살고 있는 술집 주인 놈을 죽여버려야겠다는 생각을 할 겨를이 없었습니다. 어느 정도 마음이 가라앉은 다음에나 떠올랐지요."

"그럼 농장을 빠져나와 어디로 갔지?"

담당형사는 모니터를 응시하던 시선을 들어 나를 쳐다본다. 그 눈에는 아무런 감정도 들어있지 않았다. 권태로움과 피로가 자욱이 엉긴 차디차게 가라앉은 시선이 물끄러미 나를 응시할 뿐이다. 그 무심한 눈빛이 나를 편하게 만든다. 젊은 형사에게 술 한 잔 하자며 추근대던 늙은 형사는 퇴근을 했는지 보이지 않는다. 젊은 형사는 훼방꾼이 없어져 홀가분한 표정이다. 그는 김 형사와 내가 주고받는 말에 더 이상 신경 쓰지 않고 자신의 일에 몰두하고 있다.

　나는 무작정 농장을 빠져 나왔다. 큰길까지 내려가면 어디든 외지로 나가는 버스가 있겠지. 김가는 정말 죽었을까. 내가 심장을 겨냥하고 내리 찍었을 때 낫 끝에 무언가 뭉클한 것이 닿는 느낌이었다. 심장이 아니더라도 낫 끝이 폐에 닿았다면 엄청난 출혈로 그는 즉사했을 것이다. 한동안 몸을 꿈지럭대던 것을 보면 급소는 피한 것 같기도 했다. 그렇다 해도 쿨럭쿨럭 손가락 사이로 비어져 나오는 출혈 때문에 어차피 살기는 힘들 것이다. 내가 떠나고 난 다음 놀란 유 씨가 경찰에 신고부터 했을 것이고 불원간에 형사들이 들이닥칠 것이다. 나는 조급해 지기 시작했다. 한시라도 빨리 이곳을 벗어나야 한다. 그런데 어디로 갈 것인가. 제천 근방에 누나가 살고 있다는 소식을 풍문으로 듣기는 했지만 피 묻은 손을 들고 누나에게 갈 수는 없다. 누나의 바스러진 얼굴이 떠올랐다. 누나로부터 멀어져야 한다. 그것이 누나를 위해 지금 내가 할 수 있는 유일한 일이다. 뛰다시피 얼마를 내려갔을 때 차 한 대가 전조등을 번쩍이며 흉포한 짐승처럼 다가와 카르릉거리며 내 앞에 멈춰 섰다.

　“수원갑니까?”

　“타세요.”

　운전수가 졸리운 듯한 눈으로 나를 흘낏 쳐다본다. 어둑한 버스 안에는 10여 명의 승객이 띄엄띄엄 자리를 잡고 앉아 있었다. 그들은 모두 고개를 숙인 채 차가 흔들리는 대로 출렁이고 있었다. 그들은 내가 방금 사람을 죽이고 차에 올랐다는 사실을 꿈에도 모른 채 자신의 삶의 무게에 짓눌려 어디론가 가고 있을 뿐이다. 언뜻 수원으로 들어가면 안 될 것 같은 생각이 들었다. 아직 그럴리야 없겠지만 왠지 큰 도시에는 벌써 경찰의 검거망이 뻗쳐 있을 것 같은 불안감이 스쳤다. 일단 오산 근처에서 내려 한적한 시골로 숨어 들어가는 것이 좋을 듯 싶었다. 하나 둘 씩 승객이 내리고 버스 안에 서너 명쯤 남았을 때 기사가 나를 돌아다보았다.

"수원 어디까지 가십니까?"

버스를 탈 때보다 훨씬 선명하게 운전수의 얼굴이 시야에 들어왔다. 지금 저 사람도 내 얼굴을 유심히 보고 있을 것이다. 가만 보자, 예 이 사람 맞습니다. 글쎄 틀림없다니까요. 어젯밤 막차를 타고 수원까지 들어가 북문 근처에서 내렸습니다. 그는 사진을 들이대는 경찰에게 나의 인상착의까지 소상히 진술할지도 모른다.

"아니 저, 병점에서 내려 주세요."

나는 일단 병점에서 내려 어천 쪽으로 빠질 생각이었다. 밤길이라 어떨지 모르지만 걷기로 했다. 경찰은 먼저 송탄을 지나는 시외버스에 탐문의 손을 뻗칠지도 모른다. 가능하다면 최대한 시간을 벌고 싶었다. 언제까지 숨어 다닐 수 있으리라는 생각은 없었다. 그러고 싶지도 않았다. 그러나 바로 붙잡히기는 싫었다. 그렇게 되면 너무나 억울할 것 같다는 생각이 들었다. 무엇인가 꼭 해야 할 일이 남아 있을 것 같았다. 포장도로였지만 낡은 버스는 몹시 덜컹거렸다. 승객이 거의 없어 더 흔들리는 것 같았다. 나는 병점에서 내렸다. 한적한 시골마을은 인적이 끊기고 몇 안 되는 상점마저 불이 꺼져 을씨년스럽기 짝이 없었다. 상호도 없이 여인숙이라고만 쓰여진 아크릴 간판이 거리 저편에서 푸르스름하게 빛나고 있었다.

"방 있습니까?"

잠시 후 쪽문을 열고 늙수그레한 여자가 빠끔히 내다본다.

"주무시고 가시게…… 혼자예요?"

"예."

여자는 작은 눈을 굴리며 나를 재빠르게 훑어보고는 입을 열었다.

"하룻밤 묵는데 만 오천 원이유."

나는 바지 주머니에서 꼬깃꼬깃한 만 원짜리 두 장을 꺼내어 쪽문 안으로 밀어 넣었다.

"따라오슈."

잠시 후 늙수그레한 여자가 거스름돈을 건네주고 앞장섰다. 나는 그녀를 따라 삐걱대는 복도를 걸어갔다.

"여기유."

그녀가 베니어판으로 만든 조악한 문을 열어주며 불을 켰다. 한참을 껌벅대다가 탁—하는 소리와 함께 형광등이 어렵사리 빛을 발한다. 곰팡내와 그 외에 여러 가지 냄새가 고여서 삭은 듯한 역한 냄새가 우중충한 불빛과 함께 훅 끼쳐왔다.

"밤이 긴데 혼자 지내려면 적적하시겠수…… 참한 색시하나 불러드릴까?"

나는 그녀를 쳐다보며 싱긋이 웃었다. 내 웃음에서 거절의 뜻을 읽었는지 아니면 내 행색을 보고 빈털털이라 직감했는지 그녀는 두 번 다시 권하지 않고 돌아섰다. 여인숙에는 손님이 거의 들지 않은 것 같았다. 두어 개의 방에서 희미한 불빛이 새어 나오고 있을 뿐이었다. 문을 닫고 한동안 방 가운데 우두커니 서 있었다. 낡은 형광등은 창백한 빛을 방 구석구석 떨구고 있다. TV는 고사하고 달력하나 걸려있지 않은 방. 나를 둘러싸고 있는 네 개의 벽은 때에 절어 암회색을 띠고 있었다. 개농장의 방보다 더 초라한 방. 농장의 방은 담배연기와 술 냄새 그리고 고린내에 찌든 채, 거친 말과 욕지거리가 난무했지만 그래도 이렇게까지 적막하지는 않았다. 김가는 어찌되었을까. 틀림 없이 죽었겠지. 나는 앉은뱅이책상 위에 누더기처럼 얹혀있는 이부 자리를 내려 방바닥에 폈다. 생각보다 방바닥은 따끈했다. 옷을 입은 채 요 밑으로 기어 들어갔다. 이제 어떻게 해야 하나—. 천정에 힘겹 게 매달려 있는 형광등이 빙글빙글 맴을 돈다.

나보다 5살 위인 누나와 쫓기 듯 떠나온 고향. 12살밖에 되지 않았 지만 그래도 누나는 무엇과도 바꿀 수 없는 나의 든든한 의지였다. 눈 을 감자 누나의 손을 꼭 잡은 채 떠돌았던 길이 눈앞에 펼쳐졌다. 눈 보라치는 겨울 들판, 거지 떼 같은 전쟁고아들의 행렬, 배고픔과 매질 밖에 기억나지 않는 고아원, 그 지옥 같은 터널을 타박거리며 빠져 나 오던 기나긴 이야기. 이러다가 정말 죽는 게 아닌가 머리끝이 곤두서 는 섬뜩한 공포가 엄습하던 순간이 한 두 번이 아니었다. 누나…… 이 못난 놈을 용서해 줘. 내가 사람을 죽였어. 나는 이제 더 이상 살아갈 수가 없을 것 같아. 그러고 싶지도 않고, 누나 이쯤에서 끝내고 싶어. 먼저 갈게. 먼빛으로나마 누나를 꼭 한 번 보고 싶었는데 소원은 그것 밖에 없었는데 더러운 미련이 되살아 날까봐 그만두기로 했어. 누나.

5

"그 술집 주인은 왜 죽였어?"

퍼뜩 정신을 차려 내다 본 창밖은 어느새 뉘엿뉘엿 어둠이 덮이고 있다. 나는 물끄러미 형사를 쳐다보았다.

"제가 그런 말을 했었나요?"

"뭐라고, 이제 와서 오리발 내밀겠다는 거야?"

"……"

"묵비권인가? 이 사람 보기보다는 음흉한 구석이 있군."

"……"

음흉하다니요. 음흉한 것은 내가 아니라 이 세상입디다. 형사양반 다그치지 마시오. 어차피 그것이 내 이야기의 마지막이 될 테니까. 나도 모르게 피식 웃음이 비집고 나온다.

"어라, 이 양반이 웃네."

"아, 아닙니다…… 저 형사님, 담배 한 대만 주십쇼."

형사는 나를 뻔히 쳐다보았다. 그러나 눈빛이 약간 흔들릴 뿐 표정에 변화는 없다. 잠시 후 그는 담배 한 개비를 뽑아 내 입에 물려준다. 칙— 성냥을 그어 불까지 붙여준다.

"고맙습니다. 형사님."

"……"

나는 볼이 패이도록 담배연기를 깊숙이 들이마셨다가 천천히 뱉는다. 독한 연기가 폐를 애무하듯 쓰다듬는다. 어찔한 현기증이 몰려왔다. 나는 지그시 눈을 감았다.

허름한 여인숙 방에 불을 끄고 누웠다. 3월 말이었지만 읍내 거리로 몰려가는 바람소리는 날을 세워 웅웅거렸다. 나는 눈을 부릅뜬 채 어둠 속을 응시했다. 언제나 배고픈 기억밖에는 없었지만 그래도 고아원에서 학교는 보내 주었다. 그럭저럭 국민학교를 마치고 기술공민학교 비슷한 곳에 들어갔는데 꼴 같지 않은 기술을 배우면서 매도 숱하게 얻어맞았다. 사실 말이 학교지 선생이나 학생이나 깡패소굴보다 별로 나을 것도 없었다. 지긋지긋한 매를 견디다 못해 가장 악질적으로 나를 괴롭히던 선배 놈 하나를 점찍었다가 죽지 않을 만큼 두들겨 패고는 그 길로 뛰쳐나오고 말았다. 그 후 20년이 훨씬 넘는 세월 동안 나는 상갓집 수캐 마냥 떠돌았다. 어디가나 몸뚱이 하나면 족했던 막노동판이 내 현주소였다. 술과 여자 그리고 노가다질에 몸은 서서히 망가져갔다. 그래도 이 악물고 모은 돈으로 청개천에서 노점상을 벌리기도 했다. 그 막장 인생들에게 들러붙어 기생충처럼 피를 빨던 인간말종들. 영등포 역전에서 구두닦이를 하면서 늙은 창녀의 펨푸질도 마다하지 않았다. 그것들은 이제 빛바랜 그림이 되어 기억 저편에서 풍화되어 갔다. 누나가 어찌어찌 눈이 맞은 놈팽이와 살림이라고 차리자 나는 누나 곁에서 멀어질 수밖에 없었다. 나는 누나의 짐일 뿐이었다. 내가 누나 곁을 떠나는 것이 누나가 행복해 질 수 있는 유일한 길이라고 생각했다. 우리 불쌍한 누나를 위해 해 줄 수 있는 일은 그것뿐이었다. 신음하듯 슬프게 출렁이던 교성마저 잦아든 여인숙의 방. 까맣게 고여 있는 어둠 속에 서너 명의 얼굴이 희미하게 떠오르다 사라졌다.

"너 정말 말 안 들을래. 그러지 않아도 장사 안돼 환장허것는데 어디서 이런 염하다 놓친 새끼까지 굴러와 속을 썩여─"
건장한 사내놈 서넛이 포장마차를 끌어다 골목 안에다 팽개치고 개끌 듯 나를 술집 안으로 끌고 들어갔다.
"내가 좋은 말루다 알아먹게 얘기했지? 내 가게 앞에 얼씬대지 말라고 엉. 그랬어 안 그랬어 이 씨발새끼야?"

　기껏해야 삼십이나 됐을까. 새파란 놈이 짙은 눈썹을 꿈틀거리며 낮게 씹어뱉는다. 그 놈은 전에도 몇 번이나 내 포장마차를 구둣발로 툭툭 걷어차면서 욕설을 섞어 으르렁댄 적이 있었다. 그러나 으레 꼴 같지 않은 촌놈 텃세려니 생각하고 신경도 쓰지 않았다. 평생을 길 위에서 살면서 얻은 것이 있다면 깡다구하나 뿐이었다. 이젠 정말 웬만한 것은 겁나지 않았다. 그놈은 술집 주인 같기도 했고 얼치기 시골 깡패 같기도 했다.

　"나도 전쟁통에 부모 잃고 안 해본 일없고 안 가본데 없이 예까지 흘러 왔수. 목구멍이 포도청이니 어쩌겠수. 웬만하면 같이 먹고 삽시다."

　깡패소굴 같던 기술공민학교를 뛰쳐나온 후 서울역 근처에서 어슬 렁대다가 소매치기 소굴로 끌려간 적이 있었다. 경찰 끄나풀로 오해 받은 나는 죽음이 눈앞에서 어른거릴 때까지 무섭게 얻어맞았다. 그 때의 숨 막히는 공포에 비하면 이쯤은 아무 것도 아니다. 이제 어디로 갈 데도 없다. 오히려 마음이 차분해지면서 나는 그 새파란 시골 깡패 를 향해 히죽이 웃었다.

　"얼씨구, 뭐 이런 그지 같은 새끼가 다 있어. 이 새끼 이거 순 또라 이 아냐. 숫제 엉기네. 니 눈깔엔 내가 우습게 보이냐?"

　독이 오를 대로 오른 놈은 발끈하며 일어서더니 다짜고짜 꿇어앉 은 내 가슴팍을 구두 뒤축으로 찍듯이 내질렀다. 무방비 상태로 있던 나는 기습적인 일격에 뒤로 나뒹굴면서 타일바닥에 뒤통수를 그대로 부딪쳤다. 가슴의 통증은 느낄 겨를도 없었다. 눈앞이 까맣게 변하면 서 울컥 구역질이 몰려왔다. 곧이어 머리가 깨질듯이 아파왔다. 본능

자작나무 _ 157

적으로 뒤통수를 감싸 쥔 손에 끈적한 것이 묻어났다. 검은 양복을 입은 양아치들의 얼굴이 여러 겹으로 너울거렸다. 아―씨팔 또 시작인가.

"…… 이런 조까튼 새끼…… 좋은 말루다 겁만줘서…… 안 되겠구만…… 뜨건 맛을……"

그의 말이 끝나기 무섭게 무수히 쏟아져 내리던 구둣발. 금방 입 속에 그득히 고이는 찝질한 액체. 점점 정신이 혼미해져 갔다. 멍석 같은 것이 내 몸 위로 한 꺼풀 들씌워진 것 같았다. 분명히 각목과 구둣발이 내 몸에 닿고 있는데 통증은 그다지 심하지 않았다. 마치 내 몸이 공중에 둥둥 떠 있는 것 같았다. 툭툭 매 떨어지는 소리만 끔찍하게 들려왔다. 그 후에도 몇 차례 내 몸 위로 둔중한 통증이 스치고 지나갔다. 난무하던 욕설도 점차 희미해졌다. 집요하게 쏟아져 내리던 매도 걷히는 느낌이다. 나는 가물가물 내리 덮히던 눈꺼풀을 힘겹게 밀어 올리며 정신을 놓지 않으려 애썼다. 지금 정신을 잃으면 이대로 죽을 지도 모른다는 생각이 스쳤다. 내 몸이 축 늘어지면 당황한 촌놈들이 겁부터 집어먹고 어딘가에 나를 묻어버릴지도 모른다. 무식하게 설치는 폼이 그러고도 남을 놈들이다. 아직 살아있음을 놈들에게 알리는 것이 내가 살 수 있는 길이다. 주인 놈이 뭐라고 웅얼웅얼 씹어뱉었다. 놈들이 내 팔을 질질 끌고 계단을 내려갔다. 초겨울 새벽 어딘가로 한없이 실려 가면서 나는 끊임없이 신음소리를 냈다. 차 문이 열리고 그대로 길 위에 내팽개쳐졌다. 나는 또 그렇게 바람 부는 길 위에 쓰레기처럼 버려졌다. 모르긴 해도 내 전 재산이던 포장마차도 나처럼 부서져 어딘가에 버려졌을 것이다. 눈물이 볼을 타고 흘러내렸다. 앞 뒤 가리지 않고 내리꽂히던 각목이 머리를 감싼 왼팔을 후

려쳤다. 참을 수 없는 통증이 전신을 훑었다. 정신이 돌아왔을 때 가장 먼저 손이 간 왼팔은 부러진 채 감각이 없었다. 신경을 다쳤는지 그 후에도 가끔씩 끊어질 듯 팔이 저려왔다. 부서진 뼈는 그럭저럭 붙었지만 신경이 끊어져버린 왼팔은 덜렁대며 내 몸 한쪽에 붙어 있을 뿐이었다.

6

"그럼 왜 그 즉시 경찰에 신고하지 않았어? 술집도 알고 폭행한 놈들도 뻔히 알고 있었다면서."

"신고요? 누구한테 신고를 합니까?"

"누군 누구야 경찰이지."

"……"

무엇을 증거로 내가 그들을 신고할 수 있었겠는가. 그 근처에서 내가 포장마차를 하는 것에 대해 누구 하나 달가워하지 않았다. 내가 '궁전' 놈들에게 불에 그을린 개처럼 얻어터지고 포장마차까지 빼앗겼다는 것은 나만 알고 있는 사실일 뿐 이 세상 그 누구도 모르는 일이었다. 설령 나를 동정하는 사람이 있었다 할지라도 아무도 나를 위해 증언해 주지 않았을 것이다. 그것이 내가 길 위에서 배운 세상이었다. 내가 세상의 무서움에 대해 아직 모르고 있었을 때부터 나는 이미 벽을 보았다. 인간의 웃는 얼굴 뒤에 감추어진 무심한 얼굴을. 이젠 정말 아무런 기대도 없었다. 또 그렇게 밀려날 뿐이었다.

어둠 속에서 아우성치듯 한 얼굴이 떠올랐다. 동글납작한 하얀 얼굴에 적당히 살이 올랐다. 짙은 눈썹. 도톰한 귓밥이 앙증맞은 귀. 그래 그만하면 입매도 깔끔한 편이었지. 길게 기른 구레나룻. 전체적으로는 미남형의 얼굴이다. 그러나 어딘지 모르게 천박스러워 보인다. 그 얼굴이 또렷해질수록 다른 얼굴들은 희미해져 갔다. 그 얼굴이 히물히물 웃을 때쯤 동이 터 오고 있었다. 땟국물이 흐르던 꾀죄죄한 커튼이 어둠 속에서 희끄무레 떠올랐다. 심한 허기가 엄습했다. 어제 저녁 빈속에 소주를 들이부은 것밖에는 기억이 없다. 나는 쓰린 배를 손바닥으로 누르며 한 동안 더 누워있었다. 얼마나 지났을까 쥐 죽은 듯 조용하던 밖이 차츰 소란스러워지기 시작했다. 미닫이문을 여닫는 소리, 슬리퍼 끄는 소리, 세숫대야가 시멘트 바닥에 부딪히는 소리가 방문을 타고 희미하게 넘어왔다. 그러나 말소리는 한마디도 들려오지 않았다. 어둠 속에서 또 하루를 시작하는 사람들이 무언극의 배우들처럼 기괴하게 움직이고 있을 것이다. 이제 나도 그만 일어나야 한다. 더 이상 꾸물댈 시간이 없다. 지난밤의 일이 또 악몽처럼 떠올랐다. 내가 정말 김가 놈을 죽인 것인가. 믿어지지 않았다. 분명히 죽었을 텐데 그렇다면 개농장에서 그리 멀지 않은 이곳은 조만간 경찰의 검거망 속으로 들어갈 지도 모른다.

웅크리듯 엎드려있는 읍내 거리는 어둠이 채 걷히지 않았다. 지금까지 숱하게 겪었건만 새벽 냉기에 새삼 몸서리가 쳐진다. 거리는 아직도 깊은 잠에 빠져 움직임이 거의 없다. 버스 정류장 앞 구멍가게에서 희미한 불빛이 밖으로 흘러나오고 있었다. 운이 좋다면 라면 하나쯤은 얻어먹을 수 있을 지도 모른다. 주섬주섬 호주머니를 뒤졌다. 앞으로 얼마간의 돈이 필요할지도 모른다. 5만 원쯤 되는 지폐가 꼬깃

꼬깃 구겨진 채 손에 잡혔다. 우선 그것만 해도 든든하다.

"계십니까?"

나는 가게의 허름한 미닫이문을 열면서 작은 소리로 물었다. 그러나 안으로부터 아무런 인기척도 없다.

"안 계십니까?"

목소리를 약간 높여 보았다. 그제서야 창호지 바른 쪽문이 열리면서 주름투성이의 노인이 얼굴을 내민다.

"……"

촌사람들은 그저 멀뚱히 쳐다보는 것이 인사다.

"할아버지, 뭐 요기할 게 없을까요?"

"글쎄요. 이 새벽에…… 라면이라도 드실려우?"

나는 지푸라기 씹듯 컵라면을 먹고 가게를 나섰다.

K시로 들어설 무렵 완전히 날이 밝았다. 말이 시내지 폭이 좁은 2차선 도로에 2, 3층짜리 고만고만한 신축건물들이 줄지어 늘어서 얼핏 서부영화 세트장 같은 느낌이 들었다. 그나마 도로변을 벗어나면 잡동사니가 되는대로 쌓여있는 공터가 대부분이었다. 그러나 근처에 조성된 공단 때문인지 거리는 그런대로 활기를 띄고 있었다. 버스를 타고 가면서 1년 반 전 그 술집을 보았다. 변한 것은 하나도 없는 것 같았다. 엉덩이와 유방이 유난히 강조된 벌거벗은 두 여자가 등을 맞대고 서있는 노란색 아크릴 간판이 아침햇살 속에 낯설기만 하다. 룸 싸롱 궁전. 그러나 말이 좋아 싸롱이지 그곳은 술파는 매음굴에 지나지 않았다. 내 몸 위로 무수히 쏟아져 내리던 독한 매질이 지금도 섬뜩하다. 그놈들은 아예 내 목숨을 끊을 것처럼 날뛰었다. 나는 궁전을

지나쳐 얼마간 더 내려가다가 거리의 끝자락에 있는 재래시장 앞에서 내렸다. 시장 안에 낚시와 등산용 장비를 파는 가게가 하나 있었다. 내가 포장마차를 시작할 때 이것저것 물건을 샀던 집이다. 다행히 주인은 나를 기억하지 못하는 것 같았다. 칼날의 길이가 15센티 정도 되고 칼등에 파도 모양의 톱니가 섬뜩한 단도를 골라 손에 쥐어 보았다. 손잡이에 고무밴드가 알맞게 감겨져 있어 손아귀 그득 잡혀온다.

"좋은 칼이지요. 독일젠데 낚시용으로는 최곱니다. 날만 잘 세워놓으면 회뜨기에도 그만입니다."

유난히 턱수염이 많은 주인은 나에게 칼 자랑하기에 바쁘다.

"얼맘니까?"

"원래 3만 원 짜린데, 2만 5천 원만 주세요."

"근데 칼끝과 날이 좀 무딘 것 같군요. 바다낚시에 쓸 건데 잘 좀 갈아주실 수 있습니까?"

"출조 하시게요? 아직 좀 이르지 않겠습니까? 하긴 영등철 바다낚시도 그만의 묘미가 있죠. 이때만 고집하는 꾼들이 더러 있기는 하죠. 대기만 해도 썩썩 나가게 갈아들이겠습니다."

그라인더에 칼끝을 갈면서 주인은 혼자 말처럼 중얼거린다.

"지금쯤 원도 갯바위 위에 서면 세상만사를 다 잊고 말죠. 차가운 바닷바람과 싸우며 쎈 놈 하나 건져 올리는 손맛을 누가 알겠습니까? 큼지막한 감성돔 한 마리 낚아 올려 그 자리에서 소주 곁들여 떠먹는 회 맛이 기가 막히죠. 안 그렇습니까."

"……"

나는 낚시에 대해 아는 것이 전혀 없었기 때문에 그저 과묵한 척 입을 다물고 고개만 끄덕였다. 가게 주인은 첫 개시를 수월하게 해서인지 싱글벙글 칼 갈기에 여념이 없다. 나는 돈을 치르고 가게를 나섰다. 현재 시간 11시 어두워질 때까지 기다려야 한다. 피로가 몰려왔다. 어딘가에 등을 붙이고 죽은 듯이 잠들고 싶었다. 그러나 아직은 돈을 아껴야 한다. 어디 뚝 떨어진 곳에 쳐 박혀 시간을 보내야 할 것 같다. 이 근처에서 잘못 어슬렁거리다가 그 양아치들 눈에라도 띄면 일이 틀어질지도 모른다. 더구나 불심검문에라도 걸리면 새로 산 등산용 칼이 문제가 될 것이다. 그놈을 죽이기로 마음먹은 주차장 근처에 숨겨놓는 것이 좋을 것 같았다. 급할 것은 없다. 나는 천천히 발걸음을 떼어놓기 시작했다. 술집이 있는 건물을 끼고 돌아가면 차 두 대가 간신히 비껴갈 수 있는 좁은 골목이 나온다. 그 골목을 따라 50미터쯤 들어가면 주차장이 있다. 그놈은 항상 커다란 검정색 지프를 몰고 혼자 돌아 다녔는데 그 곳에 주차를 하고 밤 9시쯤 가게에 들르곤 했다. 가게에서 한 시간쯤 머물렀고 어딘가 외출을 했다가 12시 못 미쳐 다시 돌아오곤 했었다. 그놈이 주차장에 차를 세우고 나올 때 인적 드문 어두운 골목에서 단번에 해치우는 수밖에 없다. 공터에 칼을 숨겨놓고 시내를 빠져나가 어딘가에 쳐 박혀 시간을 보내기로 했다.

공터에는 쓰다버린 비닐 소파들이 나뒹굴고 폐타이어, 드럼통들이 되는 대로 쌓여 있었다. 그곳에서 나는 부서져나간 내 삶과 마주쳤다. 바퀴가 빠진 채 부서진 내 포장마차의 잔해가 고스란히 널브러져 있었다. 나는 파란색 비닐을 입힌 낯익은 널빤지를 들어 올려 손바닥으로 찬찬히 쓰다듬었다. 나는 그 위에 안주며 술잔을 놓아주었다. 거짓말처럼 아무런 느낌이 없었다. 마음은 그지없이 평온했다. 이 새끼 보기보다는 독종인데. 좋은 말루 할 때 꺼질 것이지 꼭 이렇게 끝장을 봐야겠니. 내 뺨을 쓰다듬듯 툭 툭 때리던 놈. 아마 그때 그 놈은 내 눈에 번질대던 눈물을 보았을 지도 모른다. 나는 고개를 세차게 가로 저었다. 버려진 비닐 소파 틈바구니에 칼을 깊숙이 찔러 넣었다.

7

"그 긴 시간 어디를 헤매고 다녔지?"

"촌에 뭐 어디랄 데가 있습니까. 소주 한 병 사들고 우선 읍내를 빠져나가 여기 저기 발 닿는 대로 돌아 다녔죠. 봄바람이 꽤 쌀쌀했지만 그래도 양지쪽은 견딜만했습니다. 임자 없는 무덤가에 앉아 이 생각 저 생각…… 이제 못 볼 누님이 가장 많이 생각났습니다. 누님 얼굴이 떠오르자 미련은 없는데 웬 놈의 눈물이 그리 나던지…… 이젠 너무 오래 전이라 희미할 대로 희미해진 부모님의 모습도 보였습니다."

"이제 와서 복수가 무슨 소용인가, 다 부질없다는 생각은 해보지 않았나?"

"글쎄요. 그런 생각은 들지 않았습니다."

"잘 생각해 보라구. 이건 중요한 거야. 개농장의 일꾼을 죽인 것과는 차원이 달라. 엄연한 계획살인이야. 우발적인 살인과는 죄질이 다르단 말이야. 당신은 법정 최고형에 처해질지도 몰라."

"상관없습니다. 살고 싶은 생각은 개농장을 뛰쳐나올 때 이미 던져버렸으니까요. 아니죠. 내 생애에 미련 같은 것은 처음부터 없었습니다. 씨를 말릴 빨갱이노무시키가 되어버린 이후에 말이죠."

소주 한 병을 비우고 나서 깜빡 잠이 들었나 보다. 어제 밤을 거의 뜬눈으로 새우고 새벽에 컵라면 하나 먹은 것이 다였으니 허기에 지칠 만도 했다. 얼마의 시간이 흘렀는지 오슬오슬 한기에 어렴풋이 눈이 떠지고 나는 누운 채 그 길을 바라보고 있었다. 누렁이를 앞세우고 아버지와 함께 집으로 돌아가던 하얀 신작로가 길게 뻗어 있었다. 적막한 길 위에 해가 뉘엿거리고 쇠방울 소리가 딸랑딸랑—— 고즈넉이 들려오고 있었다.

시내를 향해 걸음을 떼어놓기 시작했다. 내 뒤를 따라 어둠이 동행하듯 좇아왔다. 일찌감치 장사를 시작한 포장마차에 들러 나만의 만찬을 열었다. 초대손님 하나 없는 외로운 만찬. 나는 우선 소주를 한 잔 들이켰다. 빈속에 부어진 차가운 소주가 싸르르 목젖을 타고 흘러내렸다. 진저리쳐지는 이 쓴맛도 이것이 마지막이리라. 나는 탐닉하듯 거푸 서너 잔을 들이키고 걸신들린 것처럼 국수를 입속으로 우겨넣었다. 배불리 먹어야 한다. 칸델라 불빛이 가볍게 출렁거렸다.

"천천히 드슈. 몹시 시장했던 모양이유."

내 또래로 보이는 주인 사내가 뜨거운 국물을 부어주며 은근히 말을 붙인다.

"고맙습니다. 그런데 장사가 전만 못한 것 같습니다."

"뭐 그저 그렇지요. 이 짓해서 부자 되겠습니까. 식구들 입에 풀칠하는 것만도 황송하죠."

"그래도 제가 장사를 하던 재작년만 하더라도 이 시간이면 술꾼들로 꽤 떠들썩했었는데……"

"재작년이면 옛날이죠. 요즘은 그나마 경기가 나빠 하루에 오만 원 매상 올리기도 빠듯합니다."

시간이 거의 다 되었다. 그놈이 올 때가 되었다. 나는 주인 사내에게 내가 가지고 있는 돈을 모두 털어 주었다. 이제 나에게는 필요 없는 것들이다. 주인의 인사를 뒤로하고 포장마차를 나섰다. 술기운 탓인지 뺨에 닿는 야기가 오히려 선선한 게 좋았다.

두서너 대의 자동차가 주차되어 있을 뿐 주차장은 거의 비어 있었다. 주차장 입구에 가로등이 하나 서 있기는 한데 유리 속에 먼지가 켜켜이 쌓여 시늉만 할 뿐이다. 낮에 감춰두었던 칼을 꺼내 손아귀 그득 쥐어본다. 뿌듯하다. 이제 여기에서 그놈이 오기만을 기다리면 된다. 혹시 오지 않을지도 모르지만 기다릴 수밖에 없다. 아무리 생각해 봐도 내가 그놈을 죽일 수 있는 방법은 이것뿐이다. 그림자처럼 등 뒤로 다가가 방심한 채 열려 있는 놈의 등허리를 얕게 찌르고 재빨리 칼을 뽑아 그놈이 나를 향해 돌아설 때 지체 없이 심장 깊숙이 칼을 꽂으리라. 어젯밤 수없이 그려본 그림이 눈앞에 선명히 떠올랐다. 놈은 피범벅이 된 채 버르적거리겠지. 아까부터 주차장 관리인은 컨테이너를 개조해서 만든 사무실에 앉아 졸고 있다. 새로 두 대가 더 들어왔고 한 대가 나갔다. 모두 승용차였다. 9시 20분. 놈이 올 때가 됐는데…… 싸늘한 밤기운이 점퍼를 뚫고 스며든다. 오소소 소름이 돋는다. 호주머니에 들어있는 칼을 다시 한 번 지그시 쥐어 본다. 그 때 요란한 엔진소리를 내며 차 한 대가 다가온다. 돌을 밟았는지 전조등 불빛이 상하로 심하게 요동친다. 드디어 차가 시야에 들어온다. 아직 그놈의 차인지 확인할 수는 없다. 바퀴에 모래 갈리는 소리를 내며 차가 천천히 우회전한다. 검은색 지프가 불빛을 받아 번쩍인다. 그 놈의 차가 틀림없다. 나는 재빨리 드럼통 뒤로 몸을 숨겼다.

"사장님, 오늘은 좀 늦으셨습니다."

꾸벅대며 졸고 있던 늙수그레한 주차장 관리인이 철문을 열고 나오며 큰 소리로 너스레를 떤다.

"촌구석에 웬놈의 차들이 그렇게 많아. 도로가 꽉 막혔드라니까."

관리인이 뭐라고 더 말을 붙이려고 하는 것을 그놈은 차갑게 외면한 채 주차장을 나선다. 황천길이 뭐 그리 급하더냐. 천천히 오지 않구. 관리인이 머쓱해져 컨테이너 속으로 사라졌다. 주차장을 나선 그놈이 골목으로 접어들지 않고 공터 쪽으로 걸음을 옮겼다. 저놈이 뭐하러 이리로 오나. 나는 순간적으로 긴장하며 더 낮게 몸을 숙였다. 저만치서 발자국 소리가 멈추더니 잠시 부스럭거리는 소리가 들리고 이내 후두둑― 오줌발을 쏟아놓는다. 잠시 후 다시 부스럭대더니 발짝 떼어놓는 소리가 들린다. 그래 바로 지금이다. 나는 천천히 고개를 내밀고 상황을 살폈다. 10보 정도 앞에서 그 놈이 방심한 채 천천히 걸음을 떼어놓고 있었다. 재빠르게 뛰어나가 놈의 뒤에 바짝 붙어서야 할 것 같았다. 나는 크게 숨을 들이마시고 후다닥 뛰쳐나가 그놈의 등 뒤에 바짝 붙어 섰다. 틈을 주지 않고 오른쪽 팔을 높이 치켜들었다가 힘껏 앞으로 찍듯이 뻗었다. 그러나 싸움으로 단련된 놈이라 그런지 본능적으로 몸을 뒤트는 바람에 칼은 정통으로 등허리를 찌르지 못하고 슬쩍 빗나가면서 칼끝이 옆구리를 깊이 파고 들었다. 가죽 자켓 때문인지 칼날이 슬쩍 미끄러지는 듯한 느낌이 들었다. 그러나 워낙 예리하게 갈아 놓은 칼날이라 놈의 살진 옆구리를 뭉텅 베어놓은 것을 직감적으로 느낄 수 있었다. 그는 옆구리를 움켜쥐면서 서너 발짝 내딛다가 나를 향해 돌아섰다.

"너…… 너 누구야? 어떤 새끼야?"

그 소리는 단말마의 비명처럼 밤공기를 흔들었다. 본능적인 공포가 그를 사로잡았을지도 모른다. 왠지 느낌이 좋지 않은 섬뜩함. 죽음에 대한 공포는 정말 더럽지. 똥끝이 바짝바짝 타들어가는 듯한 조바심. 이미 상당한 출혈이 있는 모양이다. 어둠 때문에 분명하게 보이지는 않지만 놈의 포동포동하고 하얀 손가락사이로 벌써 검붉은 피가 흥건히 배어 나온다. 빗나가기는 했지만 옆구리의 자상은 의외로 깊은 것 같았다. 몸에 착 달라붙는 가죽재킷 아래로 피가 주르륵 흘러내린다. 칼끝이 살을 비집고 들어오는 순간 먼저 숨부터 막힌다. 동시에 온몸의 힘이 쫙 빠져나간다. 다리가 후들거리고 죽을 지도 모른다는 무섬중에 짓눌려 혀가 굳는다. 어지간한 담력이 아니라면 소리조차 지를 수 없다. 죽음이 덮치기 전에 죽음의 그림자에 먼저 먹히고 마는 것이다.

"나를 기억하겠지. 불과 일 년 반 전이니까 벌써 잊어버리지는 않았겠지?"

나는 불빛 아래로 천천히 나섰다.

"너…… 포장마차……"

"알아보니 다행이군."

그는 죽음을 직감한 것 같았다. 체념한 듯한 표정이 언뜻 스친다. 입귀가 묘하게 일그러진다. 고통 때문인가 아니면 나를 비웃는 것인가. 그가 몸을 돌려 두어 걸음 떼어놓았다. 더 이상의 말은 필요 없다. 나는 틈을 주지 않고 놈의 뒤에 바짝 붙어 섰다. 이번에는 정확하게 척추를 가늠하고 등허리 한 가운데 칼을 꽂아 넣었다. 가죽재킷 위로 예리한 칼날이 슥하며 들어가는 느낌. 너무 깊이 박혔기 때문에 칼날이 보이지 않았다. 나는 그대로 칼자루를 놓아 버렸다. 내 손에 진득진득한 피가 엉겼다. 놈이 쿨럭 쿨럭 기침을 쏟으며 앞으로 고꾸라졌다. 정적이 감돌았다. 그 놈은 몇 번을 버르적거리다가 이내 조용해

졌다. 얼마의 시간이 흘렀을까. 사이렌 소리가 요란하게 들리더니 경광등을 번쩍이는 경찰차가 시야에 들어왔다. 컨테이너 박스 속에서 공포에 떨던 관리인이 경찰에 신고했을지도 모른다.

"머리 위로 손들고 움직이지 마!"

차에서 뛰어내린 경찰관 두 명이 나에게 총을 겨눈 채 날카롭게 외쳤다. 싸늘한 초봄의 밤이 깊었다.

촉고數罟*

나를 떨궈놓은 버스가 옅은 기름내를 남긴 채 멀어지고 있다. 절기가 일러 얼마 전 입추가 지났지만, 말복을 코앞에 둔 8월 중순의 날씨는 찜통에 물을 붓고 불을 때는 것처럼 숫제 혹혹 삶는다. 손수건을 꺼내 땀을 닦고 부채를 펴 활활 부쳐보지만 그때 뿐, 다시 등줄기를 타고 땀이 흘러내린다.

길 건너 내가 졸업한 모교의 본관이 무질서하게 늘어선 건물 사이로 옹색하게 엿보인다. 이 도시는 20세기 초 개항 이래 유서 깊은 항구였지만 해방 이후 발전의 기회를 잡지 못한 채 쇠락을 거듭하다가 60년대로 접어들면서 낙후한 소도시로 굳어져 버렸다. 도심을 벗어나 3, 40분쯤 걸으면 논밭을 밟을 정도로 도시의 규모가 협소했었다. 그때에 비하면 도시의 외형적인 규모는 커진 것 같은데 왠지 정돈되지 못한, 어수선한 느낌이 더 강하다. 학교 주변은 3, 4층짜리 연립주

택과 상가 건물로 빼곡하다. 그러다보니 이 근처 어디서든 번듯하게 보이던 본관건물의 늠름한 자태는 찾을 길이 없다.

나는 습관적으로 담배를 꺼내 물고 모교 쪽으로 천천히 발걸음을 떼어놓았다. 교문이 바라다 보이는 골목길로 들어서자 새삼 감회가 새로웠다. 이게 얼마만인가. 그 시절 우리를 가르치셨던 선생님들 가운데 몇 분이나 남아 계실까? 국사를 가르쳤던 유 박사, 체육교사 행술이, 그리고 3년 내리 국어를 담당했던 노가리…… 물론 별명이다. 이름과 얼굴은 가물가물한데 별명만 또렷이 기억나는 것은 참 이상한 일이다. 아마 이들 가운데 고인이 된 분도 있겠지. 그렇기도 할 것이다. 벌써 30년 가까운 세월이 흘러갔으니…… 그 먼 기억 속에서도 중학교 시절은 나에게 각별한 의미로 다가온다.

늘 내 주변을 맴돌던 궁핍. 아버지의 방관적 눈빛과 어머니의 야윈 어깨. 나의 사춘기는 무채색을 띤 채 내내 우울했다. 유난히도 심하게 앓던 사춘기의 열병. 예민한 내 의식을 쓰다듬던 사이먼과 가펑클의 노래들. 그 중에서도 특히 'scarborough fair'의 감미롭던 선율. 그때는 정말 그 노래의 가사만 듣고 있어도 눈물이 글썽거렸다.

내 마음 누비던 그 목소리 ― ― ― 행여 님이 아니신가 ― ― ― 내 사랑이 살고 있는, 아름다운 나의 고향 ― ― ―

그 가사를 읊조리며 가을걷이 끝난 황량한 들길을 서성거렸다. 달콤한 서러움이 내 등을 떼밀었고, 옅은 가을볕 너머에 정말 내가 돌아가야만 할 고향이 있는 것 같았다. 아직 어린 나이였음에도 먼 데를 향해 있는 것 같은 아버지의 눈빛을 어렴풋이나마 이해할 수 있을 것 같왔다. 그것이 나의 첫 번째 가출이었다. 그리고 이상한 열정으로 매달렸던 책과 글쓰기. 앞으로 오랫동안 글을 쓰며 살게 될지도 모른다는 예감이 막연하게나마 나를 사로잡았던 시기이기도 했다.

어머니께서 살아 계실 때는 그래도 어쩌다 한 번씩 고향이라고 내려왔었지만 그것도 시늉뿐이었다. 옛 친구를 찾아본다든지 모교에 들러본다든지 하는 일은 언감생심이었다. 느지막이 왔다가 일을 핑계로 다음날 아침을 뜨는둥 마는둥 서둘러 고속버스에 오르던 것이 귀향의 전부였다. 그랬던 것이 5년 전 어머니마저 돌아가신 후에는 거짓말처럼 발길이 뚝 끊어지고 말았다. 작정하고 고향을 등지려했던 것은 아니었다. 시간에 쫓기고 일에 치이다 보니 이래저래 마음의 여유가 없었고, 성격상 잔정이 별로 없는 나는 고스란히 이틀을 바쳐야 하는 고향길이 썩 내키지 않았을 뿐이었다.

어머니의 시신은 당신의 유언에 따라 화장하여 허공에 뿌려졌다. 영화나 TV드라마에서 이미 통속적인 장면이 되어버렸지만, 뼛가루와 함께 흩어질 만큼 어머니의 삶이 한스러움으로 점철되었던가? 아무리 피붙이라 하더라도 그 속내까지 어찌 낱낱이 알 수 있으랴. 세상일에 뜻이 없는 남편, 아련한 눈빛으로 먼 하늘만 바라보던 사내와 더불어 보낸 한 세상, 그 마음속이 어떠했을 것인지 그것을 누가 짐작이나 하겠는가. 아범, 안 있나. 내 죽으모 땅에다 묻지 말고 화장해서 저 앞 솔모랭이 있지, 거기에 뿌리그라. 묏등을 만들지 말고 알았제……
깡마른 손이 내 손등을 쓸어내리며 말끝을 흐리셨다.

아버지께서도 그렇게 말씀하셨다. 내가 결혼을 하고 첫 아이를 낳아 막 돌이 지났을 무렵, 육십 평생 달고 사신 소주와 한 맺힌 그리움이 그대로 병으로 깊어져 숨을 거두셨다. 다정多情도 병이던가. 눈을 감으시면서 한사코 매장을 거부하셨다. 혈혈단신 남쪽으로 내려와 물 설고 산 설은 곳에 흘러들어 힘겹게 삶의 뿌리를 내렸을망정 당신의 삶 자체가 타향살이 같았을 터. 니 아부지 말또마라. 아버지께서 돌아가신 후 어머니는 가끔 손사래를 치며 말을 꺼내셨다. 보따리 싸놓고 동구 밖 신작로만 바라보듯 살아오셨느니라. 내는 평생 그 쓸쓸한 그림자만 보며 살았다 아이가…… 사정이 그러하니 애초 이 땅에 미련이 있을 리 없고, 죽어 허공에 뿌려지면 가볍게 훨훨 날아 꿈속에서조차 그립던 그 곳, 두고 온 고향으로 어이 가고 싶지 않으셨을까.

"니가 글을 쓰는 것도 아마 내력인 갑다. 니 증조할아버님이 인근에서 알아주는 문장이셨는데…… 니가 나중에 글을 써서 먹고 살랑가 어쩔랑가는 모르겠다만 그렇게 된다면…… 글 무서운 줄 알아야 헌다. 그것이 사람을 찌르는 비수가 될 수도 있다는 사실을 알아야 헌다. 정녕 글이 자신을 벤다하더라도 비굴하지 않을 마음이 있어야 하는데 말처럼 쉽지 않을게다."

만세가 나던 해 증조할아버지께서 왜놈 손에 돌아가셨다는 말씀도 잊지 않으셨다. 내 까까중 머리를 토닥이는 손끝이 가볍게 떨렸다. 당신께서는 국민학교든 중학교든 도무지 학교에 발을 들여놓지 않으셨다. 옛부터 군사부일체라 했느니라. 자식 맡겨 놓았으면 선생을 믿는 게지. 부형이 뻔질 학교에 드나드는 게 아니니라. 그런 아버지께서 단 한 번 학교에 오신 일이 있었다. 내가 중학교 2학년 때 전국 반공 글짓기 대회에서 문교장관상을 받은 일이 있었다. 전교생이 운동장에 모인 월요일 조회시간. 구령대위로 불려 올라가 교장선생님으로부터 상장을 받는데 먼 울타리 아래 검정색 바지에 흰색 반팔 와이셔츠를 입으신 아버지의 호리호리한 모습이 눈에 들어왔다. 나는 아무리 멀리 있어도 아버지를 금방 알아볼 수 있었다. 여름 내내 아버지의 외출복은 그것밖에 없었다. 그날따라 바람에 하늘거리는 그 하얀 와이셔츠가 유난히도 눈부셨다. 구령대에서 내려와 다시 그쪽을 바라보니 아버지의 모습은 어느새 사라지고 없었다. 마치 내가 환상을 본 듯 싶게 허전했다.

쪽문만 열려있을 뿐 육중한 교문은 굳게 닫혀 있다. 수위실도 텅 비어 있었다. 아무리 방학 중이라 하더라도 수위가 벌써 퇴근했을 리는 없고 교내 순찰이라도 도는 모양이다. 덕분에 구구한 말을 늘어놓지 않아도 되니 우선 홀가분하다. 교정은 충충히 가라앉아있다. 학생들이 빠져나간 방과 후의 학교는 왠지 섬뜩함이 고여 있는 것 같다. 하물며 한 달 이상 비어있는 공간은 아무리 더운 날이지만 등덜미를 타고 내리는 서늘한 냉기마저 감돈다.

교문에서 본관 쪽으로 걷다보면 잘 가꾸어진 원형 정원이 나타난다. 말끔하게 전지된 커다란 향나무가 원을 그리며 도열하고 화강암 경계석에 격자무늬까지 조각해 넣은 꽤 공을 들인 정원이다. 흐르는 시간 속에 나무들만 훌쩍 커졌을 뿐 옛 모습 그대로 고즈넉하다. 그 정원을 끼고 돌면 본관 건물이 정면으로 보이는데 붉은색 벽돌과 현관과 창문마다 화강암을 붙여 멋을 낸 3층 건물이 단아하다. 1920년대 초에 지어진 본관은 세월의 흐름이 돌 위에 자국을 남겨 자못 고색창연 하다. 본관에는 교장실과 교무실, 학생부 등이 있었기 때문에 우리가 별로 올 일도 없고 그다지 오고 싶어 하지도 않던 곳이었다.

본관 뒤로는 유리로 만든 꽤 큰 온실과 잘 가꾸어진 화단이 있고 그 뒤에 3학년 교실로 쓰고 있는 이층짜리 교사가 기다랗게 걸쳐 있다. 본관을 뺀 나머지 교사들은 코올타르를 칠한 두꺼운 나무판을 서로 맞물리게 해서 지은 목조 건물이다. 하얗게 칠해진 창틀과 검정색 기와를 얹은 지붕이 어울려 산뜻하면서도 중후한 느낌이 든다. 일본식 건축양식을 그대로 옮겨놓은 건물이기 때문에 학교 전체가 지방문화재로 지정되어 있었다. 10여 개의 건물들은 지붕을 얹은 회랑으로 촘촘히 이어져 있었다. 우리는 등교 후엔 학생화(발목까지 올라오는 구두였는데 중학생으로서의 품위를 위해 의무적으로 그것을 신어야 했다)를 신발장에 넣어두고 실내화만 신고 생활해야 했다.

3학년 교사 뒤에는 1학년 교사와 식당이 있고 그 옆에는 용도를 알 수 없는 단층 건물이 우중충하게 자리 잡고 앉아 온갖 괴기스런 소문을 자아냈었다. 야트막한 언덕 위에는 2학년 교사와 도서관이 있다. 문예반은 도서관장실 바로 옆 교실이었는데 일주일에 한 번씩 돌아오는 특별활동 시간이면 호랑이로 소문난 관장님이 무서워 숨을 죽인 채 원고지만 빠득빠득 메우던 기억이 지금도 생생하다.

나는 도서관으로 통하는 계단을 천천히 올라갔다. 방학동안 큰 비가 몇 차례 내린 모양이다. 교사 앞 꽤 넓은 뜰에는 빗물이 흘러내리면서 파놓은 자국이 작은 계곡처럼 선명하다.

"안 있나, 조형우의 글을 너희들도 읽어봤지. 니놈들 글과 뭐가 다르드노. 야 이놈아들아 니놈들은 무엇을 쓸 것인가? 생각을 정리하기도 전에 왜 그렇게 꾸밀 생각부터 하나 말이다. 그러니 글에 힘도 없고 논리도 없고 꼭 화장만 예쁘장하게 한 계집애가 해죽이 웃고 있는 것 같다 아이가."

지금도 도서관장실 옆에 문예반이 있는지는 확인할 수 없지만 30

여 년 전 문예반 교실의 창문을 바라보는 순간 노가리 선생님의 목소리가 우렁우렁 들려온다. 그는 항상 들고 다니는 30Cm 정도의 막대기로 칠판을 탁탁 두드리며 아이들을 죽 훑어보았다.

"형우의 글은 우선 문장이 적당하게 짧아서 좋다. 글쓰기의 초보단계에서는 일단 글의 길이를 짧게 하라고 내 얼마나 일렀드노. 문장이 길다보이께네 문법은 말할 것도 없고 숫제 어떤 것은 주어와 서술어가 어긋나는 경우도 다 있다 말이다. 이게 어디 중학생 글이가. 국민학교 아들도 이보다는 날끼다."

그때 나는 부끄러우면서도 한편 우쭐하는 기분이 들기도 했었다. 문예반 수업이 끝난 후 선생님께서 나를 따로 부르셨다.

"야, 조형우, 니 말이다. 이번 졸업 연극 대본 한 번 써봐라."

"예? 아닙니더, 지가 무슨 연극 대본을…… 못합니더."

"마, 사내자슥이 소심하긴 그럼 누가 쓰나 내가 쓰까? 후배한테 쓰라하까? 못할 게 뭐 있노. 내 도와 주꾸마."

이렇게 해서 나는 졸업 연극의 대본을 쓰기도 했다. 물론 선생님의 도움이 없었으면 불가능했겠지만 그때 내가 쓴 글이 배우들의 말과 행동으로 옮겨지는 것을 지켜보면서 부끄럽기도 했고 신기하기도 했다. 생명 없던 내 글이 살아 움직이는 그 짜릿한 기분을 지금도 잊을 수가 없다. 회상에 잠겨 있다가 문득 차르르―― 차르르―― 요란하게 울어대는 매미소리에 다시 30여 년을 거슬러 되돌아왔다.

오늘 아침 훌쩍 집을 나서 이리저리 배회하다가 무작정 K시로 가는 고속버스를 탄 것은 내가 생각해도 의외였다. 그것은 사실 아내의 가시 돋힌 푸념 때문만은 아니었다. 근 3, 4개월을 시달리다 보니 이

제 새삼스러울 것도 없었다. 짜증스럽기는 했지만 흘려들으면 그뿐
이었다. 당뇨병으로 오랫동안 고생하시던 장인이 미세한 뇌혈관이 막
혀 왼쪽 몸을 못 쓰게 되면서 병원에 입원할 때만 하더라도 이렇게 오
래 끌줄은 몰랐다. 사촌처남이 장담했었다.

"걱정하실 거 없어요. 우리 회사 사장은 큰 아버지보다 훨씬 중증
이었는데 입원한 지 보름만에 씽씽 걸어나왔다니까요. 모두들 틀렸
다고 했지만……"

그때 병실에 옹기종기 모여 섰던 우리들도 그쯤 생각했었다. 그랬
던 것이 벌써 일 년을 훌쩍 넘기고 있었다. 간병인도 써보고 어쩌다가
홀로되신 처고모님이 병실을 지킬 때도 있었지만 주로 장모님이 환
자 곁에 계셨다. 돈을 바라고 온 간병인은 12시간을 넘기기 전에 어휴
무슨 할아버지가 그렇게나 무거우서요. 제 힘으로는 도저히 추스를
수가 없네요. 하며 간병 요금의 절반만 챙겨가지고 총총히 사라지기
일쑤였다. 그러니 병실은 자연히 장모님의 차지가 될 수밖에 없었다.
나중에는 보다 못한 딸들이 제각각 살림이 있음에도 불구하고 하루
씩 돌아가며 장인의 병실을 지키기도 했었다. 그러나 그것이 어디 쉬
운 일인가. 비록 몸은 말을 안 들어도 정신은 말짱한데 아무리 딸들이
라 하지만 당신의 치부까지 드러내 보이고 싶겠는가. 느느니 짜증이
고 찾느니 마나님뿐이었다. 그러니 장모님 또한 말이 아니었다. 힘에
부치신 장모님은 이틀건너 딸들에게 전화를 걸어 어쩌면 너희들은
그 모양이니 엄마는 꺼꾸러져 죽어도 눈하나 깜짝하지 않을 년들이
라는 둥 날선 푸념이 늘어갔다. 피차 할 일이 아니었다. 옆에서 지켜
보는 나도 성가시기 시작했다. 그 날이 그 날이니 서너 달 지나면서
자연 사위들의 발걸음이 뜸해질 수밖에 없었다. 그 사실을 가지고 아

내가 심심치 않게 바가지를 긁어대기 시작했는데 얼마 전부터 그 빈도와 강도가 부쩍 더해졌다.

"사위도 반자식이라지만 새빨간 거짓말이야 광수봐요 광수. 아들과 사위의 차이는 어쩔 수가 없다니까. 당신 병원에 다녀 온지가 언젠 줄이나 알아요. 10년 전에 돌아가신 당신 아버지가 병석에 누워계신 장인보다 더 끔찍하죠."

며칠 전 아버지 제사를 지낸 끝에 툭 던지는 아내의 말이 귀에 몹시 거슬렸지만 결론 없이 서로 할퀴는 말다툼에 지쳐있던 터라 입을 다물어 버렸다. 그리고 그것으로 넘어가나 했었는데 오늘 아침 식전부터 걸려온 큰 처형의 전화가 결정적으로 상황을 악화시키고 말았다. 둘이 한참을 옥신각신 하더니 뾰로통해진 아내가 유행가처럼 되어버린 사위무용론을 또 들고 나오는데는 나도 그만 발끈하고 역정이 치밀었다.

"아―그럼 엄연히 다르지 처남하고 나하고 어떻게 같을 수가 있어? 장인이 나하고 광수한테 재산을 똑같이 나눠주신다데? 어림없지. 세상이 아무리 바뀌어도 어디까지나 아들은 아들이고 사위는 사위야."

그것은 내가 생각해도 치사하기 짝이 없는 언쟁이었다. 내 신경이 이렇게까지 뾰족해진 이유는 정작 딴 데 있었다.

풍문으로만 떠돌던 프로그램 조기 개편이 가시화되었다는 루머가 방송사 안에 파다했다. 시청률이 바닥을 기고 있는 드라마와 예능부터 손을 댈 것이라는 소리가 꽤 구체적으로 나돌고 있었다. 모르긴 해도 시청률이 바닥을 기는 것 중에 선두주자는 내가 쓰고 있는 연속극일 것이다. 연속극은 사실 나에게 기회라기보다는 부담이었고 모험에 가까웠다. 내가 지금까지 주로 써 온 것은 미니시리즈 형식의 단막극이었다. 기껏해야 3부작이 고작이었다. 그러나 그것은 작가로서 이름을 알리는데도 한계가 있었고 이렇다하게 돈벌이도 되지 않았다. 다만 한 가지 방송사의 눈치나 시청률 따위를 크게 의식하지 않고 작가가 쓰고 싶은 것들을 쓸 수 있다는 매력만큼은 연속극을 능가했다. 그러나 방송작가도 한 가정을 책임져야 하는 가장임에 틀림없었다. 말할 것도 없이 돈이 필요했다. 나는 원형 추에 묶인 잣대처럼 한순간도 묵지근한 중력으로부터 헤어나지 못했다. 큰 아이가 중학교 1학년이고 뚝 떨어져 태어난 7살짜리 둘째가 지난봄에 유치원에 들어갔다. 형제 나이 차가 이렇게 벌어지게 된 데는 다 그만한 이유가 있었다. 갓 태어난 첫째가 낮과 밤을 바꿔 빽빽 울어대는데, 밀린 원고는 둘째치고 잠을 못 자니 도무지 당해낼 재간이 없었다. 여기에 자식까지 생기는 대로 낳다가는 큰일이겠구나 하는 생각이 불현듯 들었고 부랴부랴 가족계획을 단행한 결과였다.

학교에 가서 선생님 말씀 잘 듣고 예습 복습만 열심히 하면 돼. 봐라. 서울대학에 일등으로 들어간 학생이 어디 학원 공부 했다는 말 들어봤니. 교과서 가지고 학교 공부만 열심히 했다는 말 너도 들었지. 그러나 이렇게 억지를 부려서 될 일이 아니었다. 무엇보다도 큰 아이는 서울대학을 수석으로 들어갈 정도의 수재가 아니었다. 그러니 남들이 하는 만큼의 흉내는 내야 할 판이었다. 그래서 울며 겨자 먹기로 시작한 것이 영어·수학 단과 학원, 영어회화, 논술 글짓기학원 등등. 이렇게 하다 보니 큰 아이한테만 들어가는 돈이 월 60은 훌쩍 넘어섰다. 그렇다고 유치원에 다니는 둘째에게는 돈이 안 들어가냐 하면 그것도 아니다. 분기마다 목돈으로 들어가는 교육비와 급식비는 그렇다고 치더라도 태권도에 미술에…… 이렇게 한 달에 두 아이에게 130은 게 눈 감추듯 들어갔다. 뿌리 없는 내 수입으로 볼 때 정기적인 지출은 부담이 아닐 수 없었다.

교육이민이라는 말이 어느덧 우리 사회의 유행어가 되어 버렸지만 그렇게라도 할 수 있는 사람들의 경제적 능력이나 용기도 보통은 넘는다는 생각이 들었다. 호호호…… 우리나라에서만 가르쳐도 손색없는 세계인을 만들 수만 있다면 굳이 유학 갈 필요가 어디 있겠어요. 현실이 그렇지 못하니까 너도나도 유학에 매달리는 거 아니겠어요. 호호호…… TV 뉴스에 나온 어느 유학 알선업체 대표는 얄밉게 이죽거렸다. 그렇다면 나는 한 달에 백만 원이 훨씬 넘는 돈을 쓸데도 없는 곳에 처박고 있다는 말인가? 골치가 지끈지끈 아파왔다.

나 같은 전업작가인 경우 돈이 나올 구멍은 드라마를 쓰는 것밖에 없었다. 그러니 죽자 사자 원고에 매달릴 수밖에 없었다. 내가 만들어 내고 있는 원고지 속의 삶이 현실의 삶을 지탱해 주는 유일한 버팀목이었다. 자연 현실적 삶보다는 원고지 속에서 만들어지는 가상의 삶에 훨씬 많은 시간과 관심을 기울일 수밖에 없었다. 가상이 현실을 지탱해 주는 수단이다 보니 가상세계를 위해 현실을 소홀히 할 수밖에 없는 경우가 너무나도 많았다. 그것은 아이러니가 아닐 수 없었다. 연속극은 특별한 경우가 아니면 최소한 반년 정도는 끌고 가기 때문에 돈과 이름을 동시에 얻을 수 있는 절호의 기회였다. 이러저러한 이유로 방송작가들에게 있어서 연속극은 선망의 대상이다. 그러나 나로서는 전인미답의 두려운 길이기도 했다.

"조 선생, 봄 개편 때 우리 이런 드라마 한 번 만들어봅시다. 지금

사회적 이슈가 되고 있는 두 가지 문제 말인데요. 이혼과 청소년문제 이것들을 한꺼번에 아우를 수 있는 드라마를 만들어 보자는 거지요. 어떻게 보면 이것들은 동전의 양면과 같은 것인지도 모르지 않습니까? 가령 말이죠. 한 이혼녀가 온갖 사회적 편견과 장벽을 뚫고 아이들을 꿋꿋하게 길러낸다는 스토리도 괜찮을 것 같은데 그런 어머니를 보면서 삐뚜루 나가던 아이들이 다시 제자리로 돌아오는 과정도 잘만 만들면 감동적일 수 있겠고…… 재미와 공익성을 동시에 추구해 보자는 말이죠."

방송국 근처 커피숍에 앉자마자 비대한 몸집의 제작부장이 넥타이를 느슨하게 풀면서 진지하게 말을 붙여왔다. 서로 얼굴을 알고 인사 정도는 하고 지내는 사이이기는 했지만 그가 나에게 이런 기회를 준다니 의외였다.

"글쎄요, 저는 지금까지 단막극만 써오다보니 적어도 반년을 끌어가야하는 연속극을 쓸 수 있을까 모르겠는데요. 우선 호흡이 짧아서 말이죠. 연속극 쪽으로 실력 있는 작가들이 많지 않습니까?"

"글쎄, 그걸 누가 모르나요. 작가야 언제나 넘치지. 그런데 지금까지 연속극만 써온 분들은 어딘지 모르게 매너리즘에 빠진 느낌도 들고, 그 이야기가 그 이야기 같고…… 새로운 분이 새로운 시각으로 써보는 것도 좋을 것 같아서요. 그 동안 조 선생께서 쓰신 드라마를 유심히 훑어보았습니다. 내 생각에는 괜찮을 것 같은데…… 사실 무엇이든 처음 시작할 때는 두려움이 앞서지만 자기 이름을 걸고 하는 일이기 때문에 그 두려움을 스스로 극복하기 위해 누구나 비상한 노력을 하게 되죠. 안 그렇습니까? 그것이 회사를 위해서도 작가 자신을 위해서도 좋은 거 아니겠습니까?"

이야기를 꺼내기가 무섭게 황송해하며 덥석 물줄 알았던지 부장은 떨떠름한 표정으로 생각해 보라는 말을 남기고 훌쩍 자리를 떴다. 방송사의 제작의도가 나와 있고 현대를 사는 사람이라면 누구나 공감할 수 있는 문제였기 때문에 생소하다는 느낌은 들지 않았다. 돈도 돈이지만 무엇보다도 새로운 길을 가보고 싶다는 욕망이 없지 않았다. 불안과 의욕이 반반씩 섞인 상태에서 집필이 시작됐다. 그러나 결과는 내가 염려하던 대로였다. 방영 보름 만에 단기시청률이 나왔다. 10%대를 한참 밑돌았다.

"크게 신경 쓰지 마세요. 이제 시작 아닙니까. 제작 방향 좋고 연기자 좋고 작품 좋으니까 이제 곧 회복될 겁니다."

동병상련의 처지에 있는 김PD와 단 둘이 소주를 마시다가 애띤 얼굴에 홍조를 띠며 핏대를 올렸다. 그러나 그렇게 생각해서 그런지 초조한 빛이 역력해 보였다. 방영 한 달째 방송국의 자체 시청률 조사에서도 10%에 미치지 못한 것으로 나왔다. 자체 조사에서도 이 정도라면 1차 조사 때보다 나아진 것이 전혀 없는 것으로 보아야 할 것이었다. 비상이 걸렸다. 8시 연속극은 메인 뉴스로 이어지는 시간 특성상 회사 차원에서 바짝 긴장을 한 것 같았다. 고위층에서도 심각하게 우려하는 목소리가 흘러나온다는 것이었다. 실제로 메인 뉴스의 시청률까지 경쟁사에 뒤지고 있다는 자체 보고가 나왔다. 몇 달 전까지만 해도 경쟁사의 메인뉴스보다 약간 앞서고 있었던 사실을 감안하면 문제는 심각하지 않을 수 없었다.

"후속타가 채 준비되지 않은 상태에서 종영을 고려한다는 것은 있을 수 없고 극의 방향을 트는 것으로 일단 결정이 났습니다. 사실 따지고 보면 이혼이든 사별이든 혼자된 여자가 갖은 고난을 극복하고 아이들을 훌륭하게 키워나간다는 상황 설정은 시대배경만 달랐을 뿐이지 지금까지 너도나도 우려먹은 5, 60년대의 궁핍사와 크게 다르지 않다는 분석도 나왔어요. 이런 점이 시청자들을 지루하게 했을 수도 있다는 거죠……"

부장이 심각한 얼굴로 나를 쳐다보았다. 나는 그 순간 나무에 올라가라고 해놓고 밑에서 흔들고 있다는 생각이 스쳤다. 처음부터 그 정도의 시청성향 분석도 없이 일을 시작했나 하는 생각이 치밀었다. 그러나 감정을 앞세울 때가 아니었다.

"방향을 튼다면 갑자기 어떻게 트신다는 것인지……"

나는 일부러 '트'자에 악센트를 주어 우스꽝스럽게 발음했다. 제작부장도 내 의도를 알아차렸는지 입귀를 묘하게 말아 올리며 쓴웃음을 지었다.

"그야 뭐 작가분의 의향이겠지만 위에서 보기에 내용이 계몽극처럼 너무 밋밋한게 아닌가 하는 거죠. 그러니까 그 여자 주인공이 이혼에 이를 수밖에 없었던 과정을 좀 더 흥미진진하게 엮어 볼 수 없을까 뭐 이런 거죠. 남편의 복잡한 여자 문제라든가 좀 진부하지만 고부간의 갈등 같은 거 말이죠. 저희야 뭐 압니까? 작가분들이 전문가지. 흐흐흐."

부장은 손수건으로 계속 땀을 닦아대며 억지웃음을 짜내고 있었다. 방송사의 입장에서 보면 최대 돈줄은 프로그램마다 따라붙는 광고일 수밖에 없고 자연히 시청률에 민감한 현상을 탓할 수만도 없었다. 그것이 이 바닥의 시스템이었다. 싫다면 중이 절을 떠날 수밖에 달리 도리가 없을 것이다. 나는 부장의 제안을 거절할 아무런 명분도 힘도 없었다.

내 나름대로 구상해 놓은 극의 내용을 재검토 할 수밖에 없었다. 이렇게 되니 이혼이라는 풍속도에서 생길 수 있는 문제점을 드러내고 아울러 그 틈바구니에서 빚어지는 자녀양육의 문제, 나아가서 청소년 문제라는 우리 사회전반의 민감한 문제를 다뤄보겠다는 애초의 제작 의도는 퇴색하고, 이혼에 이르는 과정을 흥미위주로 부각시킬 수밖에 없었다. 여자 문제를 집어넣는다면 삼각관계라는 진부한 틀을 빌려와야 할 것이다. 우리에게 가장 익숙한 서사 형태. 그것은 반쯤 짓던 집을 뜯어고치는 일과 같았다. 힘만 들고 재미없는 따분한 작업이었다. 새삼스러울 것도 없지만 연속극은 본질적으로 이런 문제점을 안고 있다. 시청률이 높으면 높은 대로 방송횟수를 늘리기 위해 새로운 인물을 등장시키고 돌발적인 사건을 만들어 끼워 넣기가 예사였다. 어쩌면 유능한 작가란 그러한 땜질에 능한 사람들인지도 모른다. 그런 문제로 갈등하는 동료작가들을 심심치 않게 보아왔다. 반대로 시청률이 기대 이하로 낮으면 아예 중도 하차를 시키든가 긴급 처방을 할 수밖에 없다. 그때마다 단골로 써먹는 방법이란 인기 있는 청춘 연기자나 아이돌 가수를 새로운 인물로 끼워 넣는다든지 극의 흐름상 필연성도 없는 새로운 사건의 돌출 같은 것이었다. 이렇게 되다보니 작가가 집필하고자했던 드라마의 의도는 상실된 채 산만해지고 표류하기 일쑤였다. 그렇게 해서 성공하는 수도 간혹 있었지만 장마다 꼴뚜기가 나는 것은 아니었다. 이미 시청자들의 수준은 작가나 제작자들의 머리 위에 올라앉아 있었다. 마침내 내가 집필하던 드라마는 가을 개편을 달 포 쯤 남겨놓고 조기에 막을 내리기로 가닥을 잡았다. 작가로서 치명타가 아닐 수 없었다.

방송작가로서 내 분야는 따로 있었다. 여성들의 내밀한 심리묘사를 여류작가들보다 더 섬세하게 그려낸다는, 그래서 징그럽다는 평까지 듣고 있었다. 기분 나쁘지 않았다. 아니 오히려 최고의 찬사로 받아들였다. 그것도 따지고 보면 어머니와 아내 덕이었다. 혈혈단신 월남한 한 남자를 사랑했고, 오직 두고 온 고향만을 그리워한 사내의 껍데기만 바라보고 평생을 사신 어머니의 뿌리 깊은 외로움, 그것은 내가 여성심리를 이해하는 하나의 단서가 되어주었다. 겉으로 아무리 포장을 한다 해도 본질은 변하지 않는 것이다.

아내는 시인을 꿈꾸는 문학도였다. 우리는 대학 문학 동아리에서 선후배로 만났다. 사랑의 감정이라는 것이 도대체 믿을 수 없는 것이기는 하지만 그때만 해도 자타가 공인하는 퀸카였던 아내가 이렇다 하게 내세울 것 없는 나에게 급격하게 무너져 왔는가는 지금 생각해도 이해할 수 없는 부분이 있었다. 아내는 감성적인 만큼 열정적이었다. 우리는 빠르게 가까워졌고 처가의 반대를 무릅쓰고 무모하리만치 결혼을 서둘렀다. 말 안 해도 알겠지만 나는 처가에서 환영받는 사윗감이 못되었다. 누구보다도 내가 그것을 잘 알고 있었다. 함을 지고 간 내 친구들에게까지 싸늘하게 내리 꽂히던 장모의 눈길을 나는 지금도 잊을 수가 없다. 평생을 먼 하늘만 바라보고 사신 무능한 시아버지, 돌아앉은 사내를 바라보면서 가슴 졸인 시어머니 그리고 아직 어린 시동생, 시누이들……

그녀는 결혼과 동시에 시인의 꿈을 접어야 했다. 애송이 방송작가 혼자의 힘으로는 도저히 집안을 꾸려나갈 수가 없었다. 팔을 걷어붙이고 나설 수밖에 없었다. 자존심 강한 아내는 자신이 선택한 길에 대해 누구에게도 힘든 내색을 하지 않았다. 코흘리개들의 글짓기 강사,

번역, 틈틈이 돈도 안 되는 출판사 교정 아르바이트까지 마다하지 않는 눈치였다. 시심은 고달픈 일상 속에서 시들어가고 아내는 메마른 삶과 마주선 전사가 되어갔다. 속절없이 무너져 가는 아내를 보면서 나는 고마움보다는 안쓰러움 또는 부채감을 훨씬 더 무겁게 느껴야 했다. 자신의 소중한 것을 잃어가면서 변해 가는 인간을 바라보는 나도 고통스럽기는 마찬가지였다. 심층까지 내려가 울고 있는 한 여인을 발견하면서도 정작 그 존재가 아내일지도 모른다는 사실을 잊고 있었다. 아니 어쩌면 외면하려 애썼다는 편이 옳을지도 모른다.

학교를 빠져 나와 시내 쪽으로 걸음을 옮겼다. 설핏 해가 기울었지만 더위는 좀처럼 수그러들 기미를 보이지 않는다. 홧김에 아침을 걸렀고 고속버스 시간에 쫓기며 터미널에서 사먹은 우동이 전부였기 때문에 은근한 시장기가 몰려왔다. 더위에 지쳐서인지 그 시장기는 곧바로 견디기 힘들 정도의 허기로 나를 엄습했다. 더위 때문에 흘리는 땀하고는 다른, 등허리에서 바짝바짝 돋는 진땀이 속옷에 끈적끈적 스며든다. 무언가 먹기는 해야 할 텐데 개점 휴업상태의 낯설고 썰렁한 식당 앞을 지날 때마다 선뜻 들어서 지지가 않는다. 좀 이르지만 규수한테 가볼까. K시에 내려 올 때마다 찾아보는 유일한 친구 정규수. 음식점을 하는 친구에게 끼니를 거른 채 찾아가기도 좀 우스웠지만 하는 수 없었다. 라면으로 대충 저녁을 때우기는 싫었다. 규수는 중학교를 졸업한 후 식당 잡일꾼으로 시작해 30년 가까이 흐른 지금 인근 도시에 체인점까지 거느린 어엿한 대형음식점의 사장이 되어 있었다. 갈 곳을 정한 나의 발걸음은 힘을 얻는다.

길가에 죽 늘어선 채 차 문까지 활짝 열어놓은 택시 서너 대가 눈에

떴었다. 기사들은 가로수 아래 쭈그리고 앉아 담배를 피워 문 채 킬킬 거리며 오후의 권태로움을 때우고 있었다. 나는 맨 앞에 서 있는 베이 지색 택시의 뒷좌석에 몸을 디밀고 문을 닫았다. 사우나에 들어온 듯 훅―하고 숨이 막힌다. 얼마 후 슬리퍼를 끌며 다가온 기사는 고맙다 는 의례적인 인사는커녕 운전석에 풀썩 몸을 던지고 거칠게 문을 닫 았다. 그는 나를 손님으로 대하는 것이 아니라 자신의 휴식을 방해한 귀찮은 존재쯤으로 여기는 것 같았다. 기가 막혔다. 당장이라도 내리 고 싶었다. 그러나 그냥 꾹 참기로 했다. 그까짓 10분 정도만 지나면 그 뿐이다. 그는 이러한 내 마음을 아는지 모르는지 방향도 묻지 않은 채 시동을 건 다음 느릿느릿 기어를 집어넣는다. 나는 짤막하게 행선 지를 일러주고 차창으로 불어드는 후덥지근한 바람에 얼굴을 맡긴 채 눈을 감았다.

"아주머니, 안녕하셨습니까?"

나는 카운터에서 정신없이 주문표를 정리하고 있는 규수 처에게 아 는 채를 했다.

"아유, 조 선생님 오셨어요. 어서오세요."

규수 처는 종업원 아가씨들과 똑같은 개량 한복을 입고 허리를 질 끈 동인 차림으로 반색을 한다. 그녀는 규수가 식당에서 숯불 피우는 일부터 배우기 시작할 때 주방에서 허드렛일을 하던 동갑내기 여자 다. 그들은 나이 스물이 넘자마자 결혼을 했다. 그러니까 벌써 25년 동안 부부이자 동업자로 살아오고 있는 셈이다. 그들이 힘겹게 타고 넘은 삶의 고빗길은 누구보다도 내가 잘 안다. 하소연할 데 없던 규수 는 고향에 다니러 올 때마다 나를 붙들고 그동안 담아두었던 마음속 응어리를 풀어내곤 했었다. 내가 대학 2학년으로 올라갈 무렵 그들은 결혼을 했다. 그때 나는 천주교 식으로 거행된 예식에 신랑의 증인으로 참석했다. 21살짜리 그들을 진심으로 축하하면서도 한 편으로 서글픈 생각을 금치 못했다. 지금도 생생히 기억난다. 까맣고 바짝 마른 그러나 눈동자가 유난히 빛나던 여자.

그들은 평상복을 입은 채 예수 고상 앞에 나란히 서 있었다. 정규수 베드로, 김서연 소피아. 신부와 비슷한 모습을 하고 있는 젊은 여자가 신부의 증인으로 서 있었다. 사제의 말씀이 그들을 감쌌다. 하나님께서 맺으신 것을 인간이 풀지 못하나니…… 주 예수그리스도를 찬양합시다. …… 어떠한 시련이 닥쳐와도 변함없는 사랑으로 이들을 보호하시고…… 믿음 가운데서 살게 하시고…… 주여 이들의 앞날을 축복하소서.

"그새 별고 없으셨습니까?"

"저희야 뭐 먹고사느라고 하루해가 어떻게 가는지도 모르고 살아요. 사모님께서도 안녕하시지요?"

"아, 예."

"같이 오시지 않으셨어요? 한 번 뵙구싶은데……"

"예……"

그 사이에도 계산을 하기 위해 카운터 앞에 사람들이 몰려들었다. 손님들이 종업원을 부르는 소리, 주방에 대고 큰 소리로 주문을 넣는 소리, 이글거리는 숯불을 나르는 사내아이들의 위태로운 몸짓. 음식이 담긴 커다란 쟁반을 들고 종종걸음치는 종업원들. 그곳은 가공되지 않은 삶이 연출되는 생생한 현장이다. 식욕을 자극하는 고기 굽는 내와 매캐한 숯불 연기까지 상상이나 권태가 끼어들 틈이 없는 그곳은 싱싱한 삶의 열기로 터질 것 같았다. 규수 처는 능숙한 솜씨로 돈을 받아 손금고에 넣고 카드를 긁고 영수증을 떼어주었다.

"그런데 이 친군 어디갔습니까? 이렇게 바쁘신데……"

"예, 고기 때문에 정육점에 갔는데 곧 올거예요. 아참 내 정신 좀 봐. 우선 좀 들어가 앉으세요."

규수 처는 나이가 들어 보이는 종업원에게 카운터를 맡기고 내실처럼 꾸며진 방으로 나를 안내했다. 아마 vip용으로 마련한 방 같았다. 별다른 장식은 없지만 널찍한 공간이 정갈하고 서늘했다.

"곧 올 거예요. 잠시만 앉아계세요."

규수 처가 문을 닫고 나가자 홀의 북적거림이 저만치 물러나면서 고즈넉해진다. 잠시 후 종업원 아가씨가 얼음을 띄운 매실차와 수박 화채를 들어놓고 얌전하게 물러갔다. 규수가 변두리에 분식집을 개업했을 때의 기억이 생생하게 되살아났다. 결혼 후 10년 만에 자신의 가게를 갖게 되었다며 어찌나 좋아하던지…… 형우야 이게 꿈은 아니지. 돼지머리에 절을 하면서 흥에 겨워 덩실덩실 춤을 추던 규수의 눈에 눈물이 맺혔다.

"조 선생, 이게 웬일이야. 응. 연락도 없이."

방에 들어와 기다린지 20분쯤 지났을까 문이 열리면서 규수의 우렁우렁한 목소리가 고즈넉하던 방안을 가득 메운다.

"웬일은 이 사람아. 고향 친구 찾아오는데 꼭 무슨 일이 있어야 하나."

"물론 그렇지. 하도 오랜만이라 반가워서 안 그러나 이 사람아."

이제 규수는 옛날의 그가 아니다. 40중반으로 접어들면서 몸에 살도 붙고 목소리에 힘이 배어 있다.

"그런데 사장님께서 친히 고기를 사러 다니시나?"

"고기를 사러간 것이 아니고 바꾸러 갔었어."

"왜, 수입고기를 한우로 속여 팔기라도 했나?"

"10년 단골인데 그런 일은 있을 수 없지. 냉동시킨 고기를 숙성하는 과정에서 약간의 온도차라든가 시간차만 생겨도 고기 빛깔이 달라지거든. 육품에는 아무 문제가 없는데 간혹 손님들께서 상한 고기가 아니냐고 하셔서…… 고기를 바꾸러 갔었지. 단골로 오시는 손님들은 이 정규수를 믿으니까 설령 약간 빛깔이 틀려도 그냥 믿고 드시는데 육질에는 전혀 문제가 없고 맛도 문제가 없으니까. 그런데 처음 오시는 분들께서는 간혹 말씀들을 하시지. 단골만 손님이 아니고 처음 오시는 분들도 똑같은 손님이니까 믿게끔 해 드려야지."

바로 저것이라는 생각이 든다. 맨주먹으로 시작해 이만큼 번듯한 음식점을 이루어 낸 이면에는 저런 성실함이 있었을 거라는 생각이 들었다. 세상에 공짜는 없는 것 아닌가.

"조 선생, 아직 식사 전이지."

"응, 정 사장 오면 같이 먹으려고 배고픈 것도 꾹 참고 기다렸어."

나는 이 친구만 만나면 무장해제 된 듯 나른해진다. 괜히 실없는 말도 술술 입 밖으로 새어나온다. 습관적으로 말을 아끼고 앞뒤를 재는 평소의 나와는 전혀 다른 인간이 되어 버린 느낌이 든다.

"그래, 잘했어. 어쩐지 빨리 오고 싶더라니. 정육점 주인이 아껴둔 고기가 있다고 술 한 잔 하자는 걸 다음으로 미루길 참 잘했네. 최근에 내가 개발한 고기 요릴 한 번 먹어봐. 어이 이리 좀 와보소."

규수는 방문을 열고 큰 소리로 아내를 불렀다.

"여기 말이야 며느리, 쌈밥 사 인분 퍼득 내오소. 시원한 맥주하고."

규수는 나를 보고 싱긋 웃는다. 거친 세파에 그렇게 시달렸으면서도 아직도 이 친구의 웃음에는 해맑은 구석이 남아 있다.

"아주머니께서도 안녕하시고? 아이들 많이 컸겠네. 왜 혼자 왔나?"

"요즘은 애들이 더 바쁜 세상 아닌가. 방학이라도 쉴 틈이 없다구. 애들이 바쁘니 엄마도 덩달아 짬이 안나."

"그런가. 나는 자식 농사를 일찍 지어놓아서 그런 점에서 편한거 네…… 나야 뭐 농사랄 것도 없었지. 낳아만 놓았지 우리 애들은 절반을 길 위에서 컸어. 제대로 가르친 것도 없고…… 먹고살기에도 바빴으니까 막내 놈은 좀 덜하지만 특히 큰 아이한테는 항상 미안한 생각이 들어 그래서 지금도 미경이한테 만큼은 뭐든지 더 해주고 싶고 그래……"

"참, 미경이는 잘 살지?"

"내외가 다 성실해서 잘 살걸세. 참, 지난봄에 나 할아버지 됐네. 우리 미경이가 아들을 낳았어."

규수가 큰 소리로 웃는다.

"아니 벌써, 축하하네. 정말 축하해. 한턱 단단히 내야겠네."

"내지. 내고 말고."

"둘째는 대학 잘 다니지?"

"걔는 지난봄에 입대했어. 고생된다고 지 엄마가 그렇게 말렸는데도 해병대에 자원 입대해버렸어. 그 놈도 고생 깨나 해 본 놈이라 잘 해낼 거야. 지금 내 곁에는 막내 놈뿐이야. 어려울 때는 둘도 많은 것 같더니만 다 키워놓으니까 몇 놈 더 있어도 좋겠다는 생각이 들어."

"전에 만났을 때도 그 얘기더니 느느니 자식 욕심 뿐이구만. 정 사장 혹시 숨겨둔 자식이라도 있는 거 아냐? 하하하."

"정말이지 나는 그런 것은 꿈도 못 꾸고 여기까지 왔네."

나는 아무생각 없이 던진 농담인데 규수의 얼굴이 자못 심각해진다.

"농담이야, 이 사람아. 자네가 어떻게 살아 왔는가는 누구보다 내가 잘 알지 않나."

나는 어색해진 분위기를 바꾸기 위해 짐짓 큰 소리로 얼버무렸다.

"막내도 꽤 컸겠는데?"

"지금 고2야. 덩치가 나보다 커."

"벌써 고2야 고놈 대학 보내려면 지금부터 신경깨나 쓰이겠네."

"어디 부모가 신경 쓴다고 되는 일인가. 다 자기 할 탓이지. 미경이는 말할 것도 없고 둘째 때도 별로 신경 쓰지 못했네. 부모는 자식이 공부할 수 있는 여건만 마련해 주고 뒤에서 묵묵히 지켜보는 수밖에 없다고 생각하네."

규수는 그 여건이 못돼 고등학교에 진학할 수 없었다. 규수 아버지께서 갑자기 지병이 악화돼 세상을 떠나는 바람에 그는 졸지에 가장이 되어 생활전선에 뛰어들어야만 했다. 병든 어머니와 고만고만한 동생까지 다섯 명이 그의 야윈 어깨에 매달려 있었다. 중학교 졸업식 날, 그는 내 손을 붙잡고 서럽게 눈물을 흘렸다. 형우야 지금 흘리는 눈물이 마지막이야. 앞으로는 어떤 일이 있어도 절대로 눈물을 흘리지 않을 거야. 두고 봐.

문이 열리면서 남자 종업원이 반찬이 가득 담긴 커다란 쟁반을 들고 들어왔다. 여종업원이 들기에 힘이 부칠 것 같기는 했다. 뒤따라 얇게 썬 고기 접시를 들고 규수 처가 들어왔다.

"선생님께 인사드려라."

종업원 복장을 하고 있어서 미처 알아보지 못했는데 꾸벅 절하고 싱긋이 웃는 여드름투성이는 바로 규수의 막내아들이었다.

"아니 이 녀석, 길에서 보면 못 알아보겠다. 어디 이리로 좀 앉아봐."

녀석이 여전히 빙글빙글 웃으며 무릎을 세우고 내 옆에 엉거주춤 내려앉았다. 나는 녀석의 등짝을 툭툭 두드렸다. 듬직한 몸피가 손바닥을 통해 묵직하게 전해져 왔다.

"자네 든든하겠네. 천하에 부러울 게 없겠어."

"든든하긴 뭐, 덩치만 컸지 아직 어린애야."

말은 그렇게 하면서도 막내아들을 바라보는 규수의 눈은 자랑스러움으로 빛나고 있었다.

"인석아, 뭐하고 있어. 어서 육수 갖고 와야지."

"예, 잠시만 기다리세요. 곧 대령하겠습니다."

"조심해, 인석아. 지난번처럼 엎지 말고."

"염려마세요. 이제는 제가 숙달된 조교라구요."

막내는 싱글싱글 웃으며 방을 나간다.

"그런데 쟤는 이 시간에 공부는 안하고 왜 여기서 일을 하고 있나?"

"내가 그렇게 하라고 시켰지. 쟤뿐만 아니야 큰 아이는 말할 것도 없고 둘째도 식당에서 일을 했어. 부모가 어떻게 해서 돈을 버는지, 지들이 무엇으로 살아갈 수 있는지는 알아야 한다고 생각하네. 하루 중 가장 바쁜 때 1시간씩 일을 시키고 있어. 그 시간에 공부 못해서 대학에 떨어진다면 할 수 없는 게지. 그 대신 저희들한테 부모가 필요한 일이 생기면 열일 제켜놓고 달려가지. 아무리 부모자식간이라도 일방통행은 없어야 한다고 생각해."

일방통행이라…… 일방통행, 그렇지 일방통행은 안 되지 부모자식이건 부부건 인간관계에서 일방통행은 안 되는 거지.

큰 아이가 다니던 유치원에서는 별로 그렇지도 않았던 것 같은데 둘째가 다니는 유치원은 유난 맞을 정도로 아빠들을 불러내지 못해 안달이었다.

"당신 다음 주 토요일에 시간 있어요?"

열흘 전쯤 밤늦게까지 원고를 뜯어고치고 새로운 단막극을 구상하느라 잠을 설친 나에게 늦은 아침을 차려주면서 아내는 지나는 말처럼 물어왔다.

"글세, 잘 모르겠는데…… 왜 무슨 일 있어?"

내가 잠들어 있는 동안 아이들은 벌써 학교로 유치원으로 뿔뿔이 흩어지고 집안은 적막하기 그지없었다. 나는 입안이 까끌거려 밥에다 물을 부으면서 시큰둥하게 되물었다.

"윤석이 유치원에서 다음 주 토요일 아빠와 함께 하는 미술공부라는 프로그램이 있대요. 당신 그날 윤석이 데리고 유치원에 갈 수 있나 해서……"

그러나 그것은 갈 수 있나 없나를 묻는 투가 아니었다. 당연히 가야 한다는 통보에 가까웠다. 나는 그런 식으로 말하는 아내와 유치원에 대해 동시에 짜증이 몰려왔다.

"그놈의 유치원은 툭하면 왜 아빠들을 오라 가라 난리야. 지금이 벌써 몇 번째야. 일 안하고 콩알만한 의자에 쪼그리고 앉아 크레파스로 그림이나 그리고 있으면 돈이 나온다데 쌀이 나온다데."

"아니, 왜 나한테 짜증을 내고 그래요. 요즘 유치원이 다 그렇지. 딴데는 여기보다 더 심한데도 있어요. 당신 윤석이 데리고 1박 2일 체험학습 다녀 올 수 있어요? 갈 수 없죠? 정 가기 싫으면 그만둬요."

"그만큼 돈 냈으면 지들이 알아서 할 것이지, 왜 자꾸 오라 가라 난리야. 요즘 같은 세상에 남자들 좀 가만 놔두라고 그래. 하루하루가 살얼음판 위를 걷는 것 같아. 숫제 노이로제에 걸릴 지경이라구."

그리고는 그 일을 까맣게 잊고 있었다. 결국 나는 지난 토요일에 둘째의 유치원에 가지 못했다. 날짜를 잊어버린 탓도 있었지만 설령 기억하고 있었다 하더라도 그럴 마음의 여유가 없었을 것이다. 할 수 없이 둘째를 데리고 유치원에 갔다 온 아내가 그 날 밤 바가지를 긁어 댄 것은 두말할 나위가 없었다. 영락없이 애비 없는 자식이더라니까. 아빠 손잡고 즐거워하는 애들 틈바구니에서 풀이 죽어 가지고…… 아내의 눈에 살짝 물기가 어리는 것 같았다.

"조심하세요. 펄펄 끓는 육수 대령이요."

규수의 막내 놈이 수선을 떨며 들어와 상 가운데 놓인 가스버너 위에 육수가 담긴 둥그런 유기그릇을 얌전히 올려놓고 불을 붙였다.

"그럼 맛있게 드세요. 필요한 거 있으시면 언제든지 부르시고요."

잠시 후 육수가 작은 기포를 올리면서 끓기 시작한다.

"이게 내가 최근에 개발한 쌈밥 샤브샤브야. 지난 봄 요식업 회의 때문에 서울에 갔을 때 샤브샤브로 유명하다는 집에 갔다가 문득 생각 난 거라구. 샤브샤브는 펄펄 끓는 육수에 얇게 썬 고기를 담가서 살짝 익혀 간장 소스에 찍어먹고 나중에 그 국물에 국수를 삶아먹지 않나. 그런데 말이야 맛은 있는데 먹고 난 뒤에 뭔가 아쉽더라고. 한국 사람은 아무리 고기를 먹었더라도 밥을 먹어야 하거든. 그래서 생각 한 건데 상추에다 밥을 조금씩 싸서 접시에 담아놓고 마요네즈, 땅콩 그리고 된장을 적당히 섞어 쌈장을 만들어보았지. 이건 순 내 아이디 어야. 이렇게 말이야 고기를 끓는 육수에 담가 살짝 익혀서 쌈밥 위에 없고 그 위에 쌈장을 이렇게 듬뿍 발라 먹는 거지."

규수는 내 입에 고기를 얹은 쌈밥을 넣어주었다. 별미였다. 단지 배가 고파서가 아니었다. 먹는 재미도 있었고 쌈장이 얇게 썬 고기와 어울려 맛이 독특했다.

"손님들 입맛이 얼마나 변덕스러운 줄 아나? 잠깐만 방심하면 손님들이 단박 알아채지. 물론 깨끗하고 친절한 것도 중요하지만 음식점은 뭐니뭐니해도 맛이거든. 쉴 새 없이 새로운 맛을 개발해야 한다구. 또 그렇게 하는 것이 내 가게를 찾아주시는 분들에 대한 예의이기도 하고."

나는 오늘 규수를 보면서 새삼스럽게 느낀 점이 많았다. 평소에도 성실하게 자신의 삶을 꾸려 가는 친구라는 생각은 늘 했었지만……주거니 받거니 우리는 이미 맥주를 꽤 여러 병 째 마시고 있었다.

"자네 참 대단하네. 사업도 그렇고 특히 아이들 참 잘 키웠어. 부럽네."

"뭐, 그렇지도 않아. 지금도 큰 아이만 보면 죄를 지은 기분이야. 내가 결혼식장에서 그 아이 손을 잡고 들어가는데 지 엄마 닮아서 얼굴은 곱상한데 웨딩드레스를 풍성하게 만들어 입혔는데도 약간씩 다리를 저는 것이 내 손을 타고 전해져 오는데 숫제 내 가슴을 도려내는 것 같더라구……"

그러니까 그게 내 가게라고 가진 직후 눈코 뜰 새 없이 바쁠 때 였거든. 그때는 한가하면 덜컥 겁이 나던 때라 몸이 두 개라도 모자랄 정도로 몰아쳐야 사는 것 같았는데…… 그러다보니 5살 먹은 미경이는 길 위에서 클 수밖에 없었지. 요즘같이 무더위가 기승을 부리던 때였는데 집사람은 주방에서 라면 끓여내라, 김치찌개 끓이랴 몸이 두

개라도 모자랄 지경이었고 나는 나대로 배달다니느라 가게에 없었는데 길에서 놀던 아이가 짐을 가득 실은 자전거에 받혀 버렸다지 뭔가. 아이가 길바닥에 쓰러져 자지러지게 울었다는데 집사람은 불지옥이나 다름없는 주방에서 정신이 몽롱해 있었다는데…… 이웃집 아주머니가 아이를 안고 가게로 뛰어들면서 큰일 났다고 소리치는 바람에 아내가 나와 봤더니 오른쪽 발목이 벗겨져 피가 흐르고 벌겋게 부어오르기 시작했더라네. 자전거를 타던 놈은 어디론가 달아나 버리고…… 그 아주머니에게 가게를 맡기고 병원으로 들구 뛰었는데 20년도 더 저짝 그 변두리에 병원인들 변변한 게 있었겠나. 겨우겨우 의사를 찾아 보였는데 뼈에는 이상이 없는 것 같고 찰과상에 약간 부었고 아이도 놀란 상태이니 안정을 시키라고 하더라지 뭔가. 그러면서도 자세한 것은 좀 더 큰 병원에 가서 진찰을 받아 봐야 알겠다고 하면서…… 그러나 큰 병원에 가려면 하루 일을 작파해야 했는데 아이도 그만그만한 게 괜찮겠지 하는 생각으로 하루 이틀 보내지 않았겠나. 그런데 잘못되려고 그랬는지 아이가 보채지도 않더라고 걔가 워낙 순했기도 했지만…… 나중에 안 사실이지만 인대와 신경이 미세하게 다쳐 아이가 보채기 시작할 땐 이미 치료시기를 놓치고 말았지 뭔가. 결국 오른쪽 다리를 약간씩 절게 되었지……

벌써 몇 번째 듣는 말인데도 규수는 계속 말을 이어갔다. 나는 잠자코 듣고 있을 수밖에 없었다.

"미안하네 다 지난 일인데, 괜히 술맛만 떨어졌지…… 그건 그렇고 조 선생, 오늘밤은 우리 집에 가서 나하고 같이 자고 내일 가까이 사는 동창놈들 불러내 낚싯배 하나 빌려 줄돔도 잡고 배 위에서 회를 쳐서 먹어보세. 자네도 알다시피 그 재미가 어디 보통인가."

처음 시작은 그렇지도 않았는데 규수와 나는 주거니 받거니 꽤 술을 마셨다. 그렇게 두어 시간 정도 마시고 났을 때 규수 처가 과일 접시를 들고 들어왔다.

"어떻게 좀 드셨어요?"

"드시기는 뭘 드셔. 하늘같은 남편의 귀하디 귀한 친구가 왔는데 들어와 보지도 않고 말이야."

규수는 벌건 얼굴에 웃음을 띤 채 짐짓 아내를 꾸짖는 투다.

"오늘따라 웬 손님이 그렇게 몰리는지 아마 말복을 앞두고 고기 드시러 오신 것 같아요. 용서하세요. 조 선생님."

"아, 아닙니다. 별 말씀을요. 한 상 거하게 차려주셔서 아주 잘 먹었습니다."

"조 선생, 옛말에 말이야 마누라 자랑하면 팔불출이라고 그랬지. 그러나 나는 누가 팔불출이래도 좋고 뭐래도 상관없네. 나는 저 사람 아니었으면 아마 여기까지 오지 못했을 거야. 어이 자네도 한 잔 들게."

규수가 아내에게 술잔을 내밀며 호탕하게 웃는다.

"제수씨, 지금까지 살아오시면서 어려운 고비도 참 많으셨죠? 그것들을 어떻게 다 넘길 수 있었습니까? 말하자면 그 힘이랄까요? 물론 여러 가지가 있겠지만 딱 한 가지만 꼽으라면 무엇이라고 말씀하시겠습니까?"

"뭐 그냥 하루하루 살아온 거죠. 특별한 건 없어요……"

"저 사람이 워낙 말주변이 없어서…… 더구나 작가 선생 앞에서 무슨 말을 하겠나."

"정 사장, 자네는 가만히 좀 있게. 뭔가 하실 말씀이 있으신 거 같은데 말씀해 보세요."

"글쎄요. 뭐랄까 믿음 같은 게 있었어요. 우리는 언제나 함께 있다는 믿음 말이예요. 그리고 그 믿음은 여태 한 번도 깨지지 않았구요. 겉으로 나타내지는 않지만 아이들도 아빠한테 그런 믿음을 가지고 있었나 봐요. 언젠가 막내가 밑도 끝도 없이 그러더라구요. 공부 많이 하고 출세한 사람보다 우리 아빠가 훨씬 더 자랑스럽다고……"

"사람 참, 쑥스럽게 별말을 다 하네. 내가 어디를 가고 싶어도 나갈 직장이 있나 뭐가 있나. 자고 일어나면 여기가 직장이고 여기에 가족이 다 있으니 그런 것이지……"

"그래도 그렇지 않은 사람 많아요. 그 동안 살아오면서 당신한테 내색은 하지 않았지만 항상 우리 곁에 있어준 거 고맙게 생각해요."

나는 문득 외톨이가 된 기분이 들었다.

"사람 참 왜 이래 쑥스럽게. 오늘 좀 일찍 닫고 들어가지. 오늘 숙직 하는 애들한테 단단히 일러두고. 조 선생 우리 집으로 가세. 가서 한 잔 더 하세."

"아니야, 올라가 봐야 돼. 내일 아침에 중요한 회의가 있거든. 오늘 아침 갑자기 자네가 보고 싶어서 짬을 낸 거라구. 내 다음에 우리 식구 모두 데리고 꼭 놀러 올게. 우리 꼬마들이 바다를 무척 좋아하거든……"

나는 서울행 고속버스 막차를 타기 위해 서둘러 규수네 음식점을 나섰다. 아침 일찍 회의가 있다는데야 규수 내외도 더 이상 나를 붙잡지 못했다. 그들은 가게 앞 차도까지 따라 나오며 이번 가을쯤 부부 동반해서 아이들 데리고 꼭 한 번 내려오라는 당부를 잊지 않았다. 그래 같이 한 번 오고 말고. 가을 바다를 가르는 배를 타 보리라. 서울에서만 복닥거린 아내와 아이들은 아마 그런 바다를 보지 못했을 것이다.

바람 한 점 없이 갠 날 오후면 유리처럼 맑아지던 가을 바다. 운이 좋다면 그들에게 그런 바다를 보여줄 수 있을 지도 모른다.

그 동안 나는 가족들에게 어떤 존재였을까? 나는 그들에게 늘 함께 있다는 믿음을 주었을까? 나는 일 속에 유폐되지는 않았는가? 아니, 일을 핑계로 원고지 속으로 나를 숨겨오지는 않았는가? 아니 어쩌면 스스로 날 그 속에 가두려 했을지도 모른다. 세상이 무서워서. 불현듯 200칸 원고지가 촘촘한 그물처럼 느껴졌다. 그리고 나는 그물에 갇혀 파드득거리는 한 마리 가련한 물고기가 되어버린 것 같았다. 아내와 아이들이 차츰 멀어져 간다. 나는 멀뚱히 그들의 뒷모습을 바라보고 있다. 며칠 동안 그렇게 삶아대더니 비라도 한 줄기 쏟아지려나? 습기를 머금은 눅눅한 바람이 얼굴을 스치고 지나간다.

공손한 사람들

거친 질감의 베이지색 커튼이 창문을 가리고 있다. 커튼을 통해 창문의 윤곽이 어렴풋이 짐작될 뿐이다. 닫힌 공간 속에 나를 포함한 여섯 사람이 입을 굳게 다문 채 앉아 있다. 선량하게 보이기 위해 힘을 뺀 멍한 눈동자. 저들은 지금 무슨 생각을 하고 있을까? 나는 그들의 얼굴을 훔쳐보다가 슬그머니 신문 위로 시선을 떨군다. 이런 어색한 시간이 꽤 오랫동안 지속되리라 예상하고 오늘 아침, 현관 앞에 떨어져 있는 신문을 들고 나온 것이 얼마나 잘 한 일인지 모르겠다. 그러나 예상이 들어맞았다고 해서 그다지 유쾌하지도 않다. 장소는 틀리지만 작년 이맘때 나는 지금과 거의 같은 상황 속에 있었다. 눈 둘 곳이 마땅치 않아 앞에 앉아 있는 사람의 시선을 피하기에 급급했었다. 이 방에 들어온 지 30분이 지나가고 있다.

"김재현 씨 되십니까?"

나는 어젯밤 8시 30분쯤 내용도 잘 모르는 TV 연속극을 보고 있었

다. 그 때 전화벨이 울렸고 아내가 건네준 수화기 저 쪽에서 젊은 남
자의 목소리가 또박또박 들려오고 있었다. 아니 그것은 단순한 목소
리가 아니라 마치 천상에서 들려오는 복음福音같았다. 나는 그 남자의
목소리가 무엇을 의미하는지 직감적으로 알 수 있었다. 동물적 감각.
그래 맞다. 어느덧 나는 누군가 던져주는 먹이를 간절히 기다리고 있
는 한 마리 개가 되어 가고 있었다.

"예, 제가 김재현입니다."

나는 한 자 한 자 똑똑 끊어서 정확히 발음했다.

"여긴 A대학 교무천데요."

콩닥콩닥 심장 뛰는 소리. 드디어 올 것이 왔구나. 나는 꼴깍 침을
삼켰다.

"아―, 네 그러십니까."

나는 다음 말을 기다리며 내가 발음 할 수 있는 최대한 공손한 목소
리로 대답했다.

"내일 아침 10시까지 광화문에 있는 영림빌딩 11층 이사장실로 나
와주세요."

"내일 아침 10시까지 광화문에 있는 영림빌딩 11층 이사장님실 말
입니까?"

조금이라도 머뭇거렸다간 수화기 저쪽에서 들려오는 복음이 갑자
기 사라져버릴지도 모른다는 조바심 때문에 나는 재빨리 복창한다.
아니다. 저쪽에서는 이사장이라고 했지만 나는 이사장 다음에 '님'자
붙이기를 잊지 않는다. 어떻게 감히 '님'자를 빼겠는가. 그것은 불경
스런 일이 아닐 수 없다.

"광화문 우체국에서 종각 쪽으로 100미터쯤 올라오시면 됩니다."

"예, 영림빌딩 알고 있습니다. 감사합니다."

"시간 엄수해 주세요."

"예, 물론입니다. 감사합니다."

시간을 엄수하라는 것은 면접시간에 늦지 말라는 말인 것 같은데 그럴 리가 있나. 그럴 리가. 만에 하나 내일 아침 면접시간 안에 갈 수 없는 일이 생길 가능성이 눈곱만치라도 있다면 나는 지금부터 광화문 네거리에서 밤을 새울 수도 있다. 통화를 마치고 이제 막 꼬리를 감추는 목소리를 향해 고개까지 꾸벅하며 인사를 했다. 내가 전화를 받고 있는 동안 아내는 TV 볼륨을 완전히 죽이고 아이들의 입을 다물게 한 채 사뭇 경건한 자세로 통화가 끝나기를 기다리고 있었다. TV에서는 기괴한 무언극이 계속되고 있었다. 그날 밤 아내도 잠을 설치는 눈치였다.

나는 신문에 시선을 고정한 채 열독하고 있는 중이다. 프로 농구 동부가 막판에 터진 3점포로 삼성을 꺾었다는 기사도 읽었고, SBS '그것이 알고 싶다'에서는 탈북자의 남한 생활을 방영할 예정이라는 내용까지 훑었다. 아줌마가 되기 싫으면 피로부터 풀라는 비타민제 광고가 눈길을 잡아끈다. 거의 매일 밀물처럼 몰려오는 피로를 풀지 못하면 나는 어떻게 될 것인가. 안양에 있는 전문대학에 출강할 때 교문 옆 허름한 과일가게 앞에 정물처럼 앉아있던 한 사내가 있었다. 지나가는 여학생들을 물끄러미 바라보던 그는 언제나 파자마를 입고 있었다.

나는 오늘 아침 9시 30분 영림빌딩에 도착했다. 면접을 보러 왔다고 말하자 코발트색 유니폼을 단정하게 차려 입은 안내 데스크의 여

직원이 자동인형처럼 일어나 왼 손을 몸에 착 붙이고 오른 손을 90도 각도로 들어 올리며 새빨간 입술을 달싹거렸다.

"3번 엘리베이터를 이용하셔서 11층으로 올라가십시오."

내가 고맙다고 말하자 그녀는 가볍게 웃었다. 그것은 비웃음인가 아니면 호의인가. 아무리 생각해 봐도 그녀가 나에게 호의를 베풀 이유는 눈곱만치도 없다. 언제 보았다고 그러겠는가. 그렇다면 비웃음이었나. 설마 그럴리야 없겠지만 아무리 좋게 봐도 그것은 연민의 수준을 넘지 않는 인형의 웃음이다. 그녀는 매년 이맘때쯤 나 같은 사람들을 얼마나 많이 보아왔겠는가. 그녀는 알고 있을지도 모른다. 나 같은 사람들 가운데 얼마나 많은 이들이 들러리에 불과한지를. 들러리임에도 들러리인줄 모르는 들러리들에 대한 연민.

어젯밤 나는 얼굴도 본 적 없는 이사장의 질문을 예상하고 모범답변을 준비하느라 잠을 설쳤다. 수면과 각성의 경계선에서 질문은 자꾸만 바뀌었고 그에 따라 나의 답변도 거듭 변해 가면서 기괴한 변종으로 되어 갔다. 문학은 무엇입니까? 문학은 무엇을 변화 시킬 수 있다고 생각하십니까? 당신은 왜 교수가 되려고 합니까? 왜? 왜? 왜? 거기에 대해 나는 한 마디도 명쾌한 답변을 하지 못했다. 말이 입 속에서 맴돌 뿐 내 입술은 일그러지고 저 밑바닥으로부터 비굴한 웃음만 꾸역꾸역 비집고 올라왔다. 그것은 마치 아까부터 누군가 쫓아오고 있는데 살기 위해서는 도망쳐야 하는데 땅바닥에 들어붙은 발이 도무지 떨어지지 않아 가느다랗게 비명을 지르며 깨어나던 가위눌림과 흡사했다.

나는 베갯잇이 푹 젖도록 진땀을 흘리고 있었다. 베란다 창문 너머로 내려다보이는 아파트 주차장에는 안개가 자욱이 끼어 있었고 그

안개 속에 가지런히 주차된 자동차들이 주인만큼이나 고단한 잠 속에 빠져 있었다. 글쎄올시다. 진심을 말씀드릴까요. 아니면 듣고 싶으신 것으로 말씀드릴까요. 아—그런데 어쩌죠 밤새껏 준비한 답변을 잊어버렸습니다. 죄송합니다. 정말 죄송합니다. 나는 냉장고 속에 들어있는 차가운 물을 꺼내 병째 벌컥벌컥 몇 모금 마셨다. 다시 자리에 누워 한참을 뒤척이다가 깜빡 잠이 들었다. 알람 소리에 퍼득 눈을 떴을 때, 아내는 곤히 잠들어 있었고 희미하게 동이 터 오고 있었다. 안개가 서서히 걷히고 있었다. 잠시 느껴보는 어떤 희망. 지금까지 내 삶을 뒤덮고 있던 막막함도 저렇게 걷혀 주었으면……

9시 반쯤 우리 여섯 사람은 앞서거니 뒤서거니 이 방에 들어섰다. 유니폼을 단정하게 차려 입은 여직원이 커피 한 잔씩 갖다 준 다음 거의 30분 가까이 아무도 얼씬거리지 않는다. 우리는 잊혀진 존재인가. 여섯 사람이 오늘 아침 이곳에 온 사실조차 잊혀진 게 아닌가. 약간 큰 키에 뚱뚱한 몸집, 도수 높은 검은 테 안경, 근엄한 표정을 짓고 탁자에 시선을 고정시키고 있는 저 사람은 어느 학과에 지원했을까? 무슨 생각을 저렇게 골똘히 하고 있는 걸까? 머릿속에 정리된 예상 질문을 다시 끄집어내어 모범답변을 최종 점검하고 있는 지도 모르지. 얼굴 표정이 갑자기 심각해진다. 아뿔싸, 까다로운 질문이라도 받은 모양이다. 어쩌나, 만족스러운 답변을 찾지 못했는지 표정이 어두워진다. 그런데 저 사람의 얼굴은 심각해질수록 희극적으로 변하는 특이함을 가지고 있다. 그의 얼굴을 훔쳐보고 있다가 쿡하고 웃음이 나오려고 한다. 나는 얼른 그 웃음을 집어삼킨다.

"신문 보시겠습니까?"

나는 옆에 앉아 있는 약간 마른 듯한 남자에게 신문을 권했다.

"아─. 네."

그는 내 쪽으로 약간 고개를 돌려 대답은 그렇게 하면서도 더 이상 움직이지 않는다. 우리 같은 부류의 인간들은 항상 이 모양이다. 그래서 본다는 건지 안 본다는 건지. 예의 바르고 겸손하기만 할 뿐 자신의 의사를 분명하게 드러내기를 병적으로 꺼리는 존재들. 어중간한 회색지대에서 서성대고 있는 사람들. 어김없이 나도 그 중 하나일 것이다. 나는 볼 테면 보고 말 테면 말라는 생각으로 탁자 위에 신문을 내려놓는다. 빌딩 외관과 1층 로비를 호사스럽게 치장한 것과는 대조적으로 우리가 앉아 있는 이 방은 지극히 검소하다. 날자만 커다랗게 인쇄된 달력과 크지도 작지도 않은 화분이 서너 개, 그리고 액자에 든 꽤 큰 흑백사진 한 장이 벽 위에 덩그렇게 걸려 있는 실내. 하얀 벽이 위압적이다.

'1990년 이전 졸업생은 필요하신 서류를 직원에게 직접 접수하시기 바랍니다.'

학적과의 흰 벽면에는 형식적인 수식어마저 생략된 지극히 사무적인 안내문 한 장이 붙어있었다. 1990년 이후에 졸업한 사람들은 신청자의 성명과 학번 그리고 필요한 서류의 종류를 입력하고 소정의 현금을 집어넣기만 하면 즉시 원하는 서류가 튀어나오도록 되어 있는 날씬한 기계 다섯 대가 상세한 안내문을 붙인 채 나란히 놓여 있다.

새까만 가죽 부츠를 신고 미니스커트 선까지 내려오는 쥐색 무스탕을 맵시 있게 차려입은 여자가 능숙한 솜씨로 컴퓨터 자판을 두드려 댄다. 톡톡톡──. 나는 그녀를 힐끗 곁눈질 해 본다. 쪽쭉 뻗은 하얀 손가락이 포동포동 예쁘기도 해라. 반짝, 다이아몬드가 불빛을 받아 매혹적으로 빛난다. 허름한 스웨터에 낡은 청바지를 입고 숱 많은 생머리를 고무줄로 질끈 묶기만 해도 싱싱하게 피어나는 대학생만은 못해도, 쥐색 무스탕은 아직 젊음을 온몸에 휘감고 있다. 기계에서 토해진 서류를 접어 핸드백에 집어넣고 그녀는 또각또각 경쾌한 구두 소리를 남긴 채 학적과를 나선다.

닭 쫓던 개 지붕 쳐다보기인가. 씁쓸한 웃음이 비집고 올라온다. 아마 그 여자는 옆에서 힐끔대던 내 존재를 의식조차 하지 않았을지도 모르겠다. 그건 그렇고…… 90년 이전에 졸업한 사람들 가운데 아직도 졸업증명서나 성적증명서 등을 떼러오는 인간이 있기나 할까? 일 년에 두 차례 가족을 데리고 해외여행을 떠나고, TV에서 최신 모델 승용차가 섹시한 뒷모습을 뽐내며 질주할 때 고것 참 잘 빠졌네, 군침을 흘릴 정도의 나이가 된 사람들에게는 자신이 어느 대학 어느 학과를 언제 졸업했는가 하는 사실은 다만 장식적인 것일 뿐 일상에 별로 중요치 않을 지도 모른다. 그런 것들은 홈커밍데이의 초청장을 받았다거나, 착실한 졸업생을 보내니 잘 좀 봐주라는 은사님의 전화를 받는 순간에나 어렴풋한 기억 속에서 끄집어 낼 그런 사실들이 아닐까. 모르긴 해도 그들에게는 승진을 위한 파워게임과 코스피 지수와 연봉 액수 등이 훨씬 중요한 관심 사항일 것이다. 그러나 저런 안내문이 붙어 있는 걸 보면 나 같은 부류의 인간이 간혹 있기는 있는 모양이다. 여태 어느 구석에도 뿌리내리지 못하고 떠도는 사람들. uprooted man. 훅―입김만 불어도 흩어져 버리는 민들레꽃씨들.

나는 수첩을 뒤적이며 자질구레한 학적 사항을 모두 적었다. 학부 졸업증명서 2통, 성적증명서 2통 대학원 석사과정 재학증명서 2통, 성적증명서 2통, 석사학위기 2통 박사과정 재학중명서 2통, 성적증명서 2통, 박사학위기 2통. 각기 다른 세 가지 학번들. 니미럴 또 없나? 정말 손아귀가 아플 정도로 쓰고 또 쓰고 500원 짜리 인지를 더덕더덕 붙인 청구서를 문둥이 콧구멍 만하게 뚫려있는 창구를 통해 안으로 밀어 넣었다. 유리창은 푸른색으로 짙게 썬팅되어 속이 잘 들여다보이지도 않는다. 한동안 아무 말이 없다. 접수를 한 거야 만 거야. 무슨 말이 있어야 할 거 아니야. 문둥이 콧구멍에 대고 막 소리라도 지르고 싶어질 즈음,

"2시간 후에 오세요."

20대 중반 정도로 짐작되는 여자의 건조한 목소리가 새어 나온다.

"더 빨리는 안 되겠습니까? 좀 바쁜……"

"신청하신 분의 학적을 찾아야 하니까 시간이 좀 걸립니다."

바쁘다는 내 말을 냉큼 잘라먹기라도 하듯 그 여자의 답변이 빠르게 튀어나왔다. 찾아야 한다. 찾아야 한다. 그래, 그럴지도 모르지. 이 학교에 다녔던 사실이 나 정도 시간이 흘러가 버린 사람들은 그 증거들을 곰팡내 나는 창고 속에서 켜켜이 앉은 먼지를 털어내면서 찾아야 할지도 모른다. 나는 더 이상 아무 말도 못하고 예의 바르지만 완강하게 나를 밀어내는 창구를 떠난다. 지금부터 두 시간을 어디에서 뭘 하면서 때워야 하나. 나는 엷은 겨울 햇살이 비추어 드는 회전문을 밀며 일단 본관 건물을 빠져 나왔다. 본관 앞 넓은 잔디밭이 누렇게 물든 채 질펀히 누워있다.

이미 오랜 시간이 흘러갔지만 아직도 낯익은 풍경이다. 70년대 후반기를 서성이며 떠돌던 우리들. 이곳에 꿈과 좌절, 교련과 장발, 데모와 최류탄 그리고 또 뭐가 있었더라. 그래, 가슴 저린 실연도 있었

지. 어느 해 지독하게 무덥던 여름날 나를 버리고 떠난 계집애……

―――하늘엔 조각구름, 무정한 세월이여――― 꽃잎이 떨어지니, 젊음도 곧 가겠지――― 머물 수 없는 시절, 우리들의 시절――― 루루루루, 세월이 가네―――

나는 널따란 황금빛 잔디밭을 망연히 바라보고 서 있었다. 암울했지만 내가 일등병처럼 젊었던 시절. 우리들의 마음을 어루만지던 노랫말이 문득 귓가를 스친다. 어느 순간 나를 스치고 지나가버린 젊음이 안타깝도록 그립다. '나는 믿는다. 인간을 믿는다.' 자욱한 담배 연기 속에서 독백처럼 내뱉던 영화 속 주인공의 절규가 명징하게 들려온다.

나는 습관처럼 담배를 피워 물었다. 파르스름한 연기가 내 주위를 맴돌다 사라진다. 외곽 담장을 따라 높게 솟아 있는 앙상한 포플러 나무가 차가운 하늘을 향해 열병식 하듯 늘어서 있다. 그 너머로 아득히 보이는 굴뚝에선 오늘따라 연기하나 새어 나오지 않는다. 흰색과 붉은 색을 띠처럼 두르고 서 있는 높다란 굴뚝이 완연히 저물어 가는 겨울 풍경 속에 깃대처럼 외롭다.

나는 사범대학 쪽으로 걸음을 옮겨 놓았다. 시계탑이 높이 솟아 있는 사범대학 로비로 들어섰다. 서늘한 냉기가 실내를 가득 메우고 있다. 추위가 성큼 다가오던 11월 말에도 분주하게 오가는 학생들의 활기가 어느 정도 온기를 더해주곤 했었는데 지금은 냉랭하기 짝이 없다. 국어교육과 과사무실이 있는 3층으로 올라갔다. 옅은 휘발유 냄새가 남아있는 긴 복도에 내 구두소리만 높다. 그런데 뭔가 이상하다. 아무리 10여 년 만에 와보는 곳이지만 내가 졸업한 학과사무실을 못 찾을 리 없는데 국어교육과 사무실이 있어야 할 자리에 영어영문학

과 팻말이 붙어 있다. 그냥 돌아설까 하다가 가볍게 노크를 하고 손잡
이를 돌렸다.

"실례합니다."

커피향이 알맞게 섞인 기분 좋은 온기가 부드럽게 나를 감싼다. 멀
쑥하게 키 큰 젊은 여자가 엉거주춤 일어서며 나를 응시한다. 퇴근시
간을 기다리며 담소를 즐기던 그 잔잔한 즐거움을 깨뜨린 불청객에
대한 거부감 때문인지 여자의 무표정한 얼굴 위로 살짝 짜증이 스친
다.

"그럼 이따 봐."

선뜻 자리뜨기가 아쉬운지 약간 머뭇거리며 일어난 통통한 몸매의
여자가 멀쑥한 여자에게 가볍게 손을 흔들어 보이며 사무실을 나선
다. 무슨 일이시죠— 멀쑥한 여자는 탁자 위에 놓인 빈 커피 잔을 주
섬주섬 집어 들며 나를 응시한다.

"저, 다름이 아니라…… 여기가 국어교육과 사무실이었던 것 같은
데……"

"아, 네—"

멀쑥한 여자는 1년 전쯤 사범대학이 쓰던 건물로 인문대학이 옮겨
오고 사범대학은 야구장 앞에 새로 지은 건물로 옮겨갔다는 사실을
간단히 일러준다. 나는 그녀에게 고맙다는 인사를 하고 돌아섰다. 다
시 내 구두 소리를 들으며 이제는 인문대학으로 바뀐 건물을 빠져 나
왔다. 이제 어디로 가야하나. 차라리 후문으로 나가 따끈한 커피라도
마시면서 시간을 보내는 편이 나을지도 모른다는 생각이 들었다. 그
러나 인문대학 건물을 빠져 나오면서 올려다본 시계탑은 신청한 서
류를 찾기에는 아직 너무 이른 시각이었다. 커피 한 잔을 앞에 두고

때우기에는 너무 긴 시간이 남아 있었다.

　나는 딱히 사범대학으로 가겠다는 생각도 없이 야구장 쪽으로 발걸음을 옮겨 놓았다. 그 쪽으로 다가감에 따라 원래 있었던 조그마한 호수와 비록 잡목일망정 여름 한 철 녹음이 그런대로 보기 좋았던 녹지대가 없어진 사실을 알 수 있었다. 그렇게 해서 생긴 옹색한 공간 위에 낯선 건물 한 동이 들어앉아 있다. 저것이 사범대학인 모양이다. 여기까지 왔는데 학과사무실에라도 한번 들려 볼까 생각했지만 조금 전 느꼈던 머쓱함이 나의 발길을 막았다. 뻔하다. 국어교육과 조교래봐야 얼굴도 모르는 기껏해야 95나 96학번 정도의 근 20년 차이 나는 후배일 텐데 개인적인 친분이 있을 리 만무하고, 내가 잠깐 출강한 것이 90년대 초였으니까 강의실에서 만났을 리도 없다. 이 정도면 남이나 다를 바 없다. 선배 대접은커녕 잡상인 취급이나 당하지 않으면 그나마 다행일 것이다. 10년 만에 모교라고 찾아 왔지만 따끈한 커피 한 잔 얻어 마실 데가 없다.

　사범대학을 뒤로하고 본관 쪽으로 걸음을 옮겼다. 학창 시절 고만고만하던 플라타너스가 제법 큰 나무 꼴이 나고 잎은 다 졌지만 얼키고설킨 가지들이 뉘엿거리는 저녁 햇살을 받아 포도 위에 어지러운 그림자를 드리운 채 열병하듯 서 있다. 공대건물을 왼쪽으로 바라보며 긴 가로수 길을 천천히 걷기 시작했다. 혼자 걷는 겨울 캠퍼스가 제법 호젓한 게 운치가 있다. 공대 건물은 증축을 했는지 외관이 말끔해 지고 전체적으로 조금 더 커진 것 같다. 정면으로 바라다 보이는 학생회관도 10여 년 전에 비해 훨씬 큰 건물로 바뀌어 있었다. 학생회관 로비에 가면 자판기 커피라도 마실 수 있지 않을까 생각하고 그 쪽으로 발걸음을 떼어놓았다.

　방학 중이라 그렇겠지만 학생회관도 썰렁하기 이를 데 없다. 구내서점에는 주인인지 점원인지 나이를 분간하기 힘든 여자가 무료하게 계산대에 앉아 있다. 학생 서너 명이 어슬렁거리면서 서가 사이를 느릿느릿 돌아다니고 있다. 환히 불을 켜놓은 안경점은 주인이고 손님이고 간에 아무도 눈에 띄지 않고 빈 조명만 휘황하다. 로비 한 쪽 구석에 음료와 커피를 파는 자판기가 나란히 놓여 있다. 500원 짜리 동전을 넣고 버튼을 누르자 컵이 떨어지고 촤르르— 물 쏟아지는 소리가 들린다. 빨간 램프의 불이 꺼진 후 반환레버를 돌리자 또깍또깍 300원이 떨어진다. 커피를 꺼내 두 손으로 감싸 쥔다. 추운 날은 아니었지만 손바닥에 느껴지는 온기가 기분 좋게 전신으로 퍼진다. 커피를 다 마시고 났을 때 진한 단 맛이 입안에 들러붙어 떨어지지 않는다. 종이컵을 쓰레기통 속에 던지고 학생회관을 나선다. 멀리 경영대 건물과 도서관이 석양을 받아 차갑게 빛나고 있다. 나는 갑자기 더 이상 움직이기가 싫었다. 혹시나 신청한 서류가 빨리 나왔을 지도 모른다는 생각에 1시간이나 이른 시간임에도 불구하고 학적과로 걸음을 옮겼다. 미지근하던 스팀마저 끊어진 썰렁한 사무실에는 나 이외에 아무도 없다. 나는 접수표를 디밀며 문둥이 콧구멍에 대고 지극히 공손한 말로 묻는다.

　“저…… 1시간 전쯤 신청한 서류데…… 혹시 나왔습니까?”

　두 시간 후에나 오랬는데 벌써 오면 어떻게 하느냐는 짜증 섞인 목소리가 튀어나올까봐 나는 은근히 긴장하고 있었다.

　“네.”

　그러나 지체 없이 돌아온 대답은 너무도 짧고 담담했다. 그러면 왜 두 시간 후에 오라고 그랬냐는 말이 목구멍까지 치밀었지만 나는 그것을 지그시 내리 눌렀다. 빨리 나와도 걱정이세요. 괜히 내 꼴만 우스워질 것이다. 어쨌든 나왔으면 됐다. 나는 아무 말도 하지 않은 채 두툼한 서류봉투를 받아 점퍼 안주머니에 쑤셔 넣었다. 그때까지 창구에 덩그렇게 놓여있는 접수표를 구겨 쓰레기통 속에 던지고 서둘러 학적과를 나왔다. 나는 인적이 끊기고 완연히 어두워 가는 캠퍼스를 쫓기듯 빠져나가기 시작했다.

정문 앞 저만치 거므스레 솟아 있는 산마루 위로 넓게 퍼져 있는 비늘구름이 기우는 겨울 햇살을 받아 어두운 황금색으로 무겁게 빛나고 있다. 어둠과 빛이 뒤섞인 정지된 공간. 그 사이를 가르며 새 한 마리가 날개를 편 채 서서히 활공하고 있다. 어디서 봤더라 저 모습을. 꽤 낯익은데…… 한동안 안타깝게 가물거리는 기억을 비집고 시 한 구절이 떠올랐다. ……동지섣달 나르는 매서운 새가, 그걸 알고 시늉하며 비끼어 가네…… 미당이었다. 묘사는 언어로 그린 그림이라는 말이 있는데 아, 저런 거였구나. 학부 시절 나는 미당에 빠져 한동안 입버릇처럼 그의 시를 암송하곤 했었는데, 그것이 내 기억의 갈피 속에 고스란히 남아 있었던 모양이다. 시적 공간 속에 유유히 비상하는 한 마리 새. 맑게 씻은 님의 고운 눈썹을 흉내내며 차가운 겨울 하늘을 선회한다는 새가 꼭 저런 포즈로 날랐을 것 같다는 생각이 든다. 어느 평론가는 '동천'을 가리켜 한국의 현대시가 마침내 도달한 정신의 높이라고 극찬했었다. 달의 무한궤도와 새의 유한궤도. 생명체의 한계 인식. 무한에 대한 동경. 그리고 시인의 존재적 운명. 현란한 언어의 유희다. 아무러면 어떤가. 멋지지 않은가. <u>호호호</u>……

한 달 전쯤 내가 보았던 바로 그 풍경과 흡사한 흑백 사진이 틀 속에 갇혀 한 쪽 벽면에 걸려있다. 누군가 저런 톤의 사진을 좋아하는 사람이 있었겠지. 지금은 사라진 이 방의 주인이었을까? 여섯 명이 한 시간 가까이 죽치고 앉아 눈만 멀뚱대고 있는 실내. 일출인지 일몰인지 시간대가 분명치 않은 애매한 사진 한 장.

"저, 원래 저희들 10시까지 오도록 되어 있었던 거 아닙니까?"

눈이 약간 튀어나오고 몸집이 비대한 사람이 입을 열자 모두 그를 쳐다본다. 눈이 튀어나온 사람들이 다혈질이라는 말을 어디선가 들은 것 같은데 아마 저 사람도 평소의 팔팔한 성격을 있는 대로 누르고 있다가 불쑥 한 마디 뱉은 것 같다.

"예, 저도 어제 밤에 오늘 아침 10시까지 이리로 나오라는 통보를 받았습니다만…… 벌써 한 시간 가까이 지났군요."

내가 신문을 보겠냐고 물어 본 사람이 가느다란 목소리로 대답한다. 그것은 자신의 감정을 철저히 배제한 백치에 가까운 답변이다. 그래서 화가 난다든지, 사람대접을 이렇게 할 수 있는 거냐든지 하는 감정이 들어 있지 않은 지극히 무미건조한 언술이다. 약속시간에서 1시간 가까이 지나가고 있다는 사실의 전달. 나를 포함해서 이 방에 앉아 있는 사람들은 모두 자신의 감정표현을 극도로 자제하는데 익숙하다.

"오늘 하기는 하겠지요?"

6명 가운데 가장 어려 보이는 사람이 지루한지 몸을 약간 비틀면서 입을 연다.

"그래야 하지 않겠습니까. 개강까지 시간이 빠듯할 텐데요."

열심히 예상 질문을 떠올리며 답변을 준비하는 것 같던 사람이 느릿느릿한 말투로 끼어든다.

"창문을 좀 열까요? 너무 더운 것 같은데……"

눈이 튀어나온 사람은 체구에 걸맞게 땀까지 흘리고 있다. 그는 얇은 질감의 쥐색 레인코트를 쇼파에 걸쳐놓고 창문께로 성큼성큼 걸어간다. 커튼을 걷자 수증기 서린 창문 너머로 잔뜩 흐린 겨울 하늘이 우중충하게 덮여 있다. 그가 창을 열자 기다렸다는 듯 차가운 공기가 몰려든다.

"아―살 것 같지요. 이렇게 만난 것도 인연인데 서로 통성명이나 합시다. 저는 유병학이라고 합니다. 회계학을 전공했습니다."

짓눌린 것 같았던 방안의 분위기가 아연 활기를 띠어갔다. 서로 이름과 전공을 밝혔는데, 다행히 전공이 겹치는 사람은 없었다.

"이사장 면담에 적어도 3배수는 올라왔을 텐데 그래도 같은 전공자끼리 같은 시간에 부르지는 않은 것 같네요."

우리가 이것저것에 대해 좀 더 이야기를 하고 났을 때 공통의 화제가 곧 바닥을 드러냈다. 우리는 누가 먼저랄 것도 없이 슬며시 입을 다물고 좀 전의 자세로 되돌아갔다. 혹시 내가 말실수라도 하지 않았나. 모두 그런 생각을 하고 있는지 표정이 골똘해 진다. 나는 다시 사진을 바라보았다. 언뜻 보면 흑백사진처럼 보이는데 자세히 보면 흑백사진은 아니었다. 풍경 자체가 무채색이어서 그렇지 빛을 받아 은은히 퍼져있는 구름은 옅은 황금색으로 무겁게 빛나고 있다.

"긴가민가해서 한참 봤네. 근데 이 시간에 여긴 웬일이슈?"

어스레함을 뚫고 정문에 다다랐을 때 누군가 내 어깨를 가볍게 툭 치며 약간 쉰 듯한 목소리로 빠르게 속삭인다. 대학 직원으로 있는 후배가 동그란 얼굴에 싱긋 웃음을 띤 채 나를 응시하고 있다.

"웅, 경수구나…… 서류 뗄 게 좀 있어서."

"서류? 무슨 서류?"

"뭣 좀 필요한 게 있어서……"

“일은 다 봤어요?”

“응, 근데 이렇게 늦게 어디 갔다 오냐?”

“출판사.”

“출판사는 왜?”

“나 대학출판부로 옮겼잖아요. 요번에 나올 대학총서 인쇄 들어갔거든.”

“그래, 바쁘겠구나. 그럼 들어가 봐라.”

“형, 바뻐?”

돌아설 듯 말 듯 하던 후배가 머뭇거리며 입을 연다.

“아니, 뭐 바쁘기야……”

“그럼 모처럼 만났는데 술이나 한 잔 합시다. 금방 정리하고 나올게.”

나는 굳이 사양하기도 그렇고 아닌 게 아니라 소주 한 잔 생각도 없지 않던 터라 우리는 적당한 약속장소를 정하고 헤어졌다. 대학가는 벌써 하나 둘 네온이 켜지면서 활기를 띠어가고 있었지만 방학이라 그런지 썰렁한 기운은 어쩔 수가 없었다. 횡단보도에 파란불이 들어오자 나는 무릎까지 내려오는 검정색 외투를 걸치고 털모자까지 깊숙이 눌러 쓴 덩치 큰 사람의 뒤를 따라 길을 건넜다. 후배가 일러준 커피숍에서 한 동안 멍하니 앉아 있었다. 정확히 30분 후에 커피숍에 들어선 후배가 나를 끌고 간 곳은 간판도 붙어있지 않은 허름한 선술집이었다. 대학가로부터 약간 떨어진 한적한 주택가에 자리 잡은 목로주점.

“형, 이 집 생각나지?”

짜식 기껏 이리로 끌고 오냐. 순간 나는 무시당한 기분이 들었다.

가난뱅이 학생 시절도 아니고 중학교 선생과 결혼해 41평짜리 아파트를 분양받았다며 집들이를 제법 거창하게 하고, 중형차까지 굴리면서 거들먹대는 놈이 오랜만에 만난 선배를 겨우 이런 식으로 대접해. 시인 지망생이었던 후배가 지독히도 가난했던 시절, 이 집에서 소주를 마시며 지겹게도 그의 넋두리를 들어주었는데……

"그럼, 생각나지 어떻게 이 집을 잊을 수 있겠냐."

이제 창 밖에는 빈틈없이 어둠이 내려앉았다. 우리가 이 집에 자주 드나들 때도 사람들로 붐비지는 않았다. 다른 집보다 값이 싸고 조용히 이야기 할 수 있다는 점이 마음에 들어 말하기 좋아하는 우리 같은 부류들이 자주 들르곤 했었다. 그때도 돈푼깨나 있는 축들은 학교근처에서 얼쩡대지 않았다. 시내에 있는 호프집에서 기름에 튀긴 소시지와 감자를 으깨어 만든 독일식 안주에다 차가운 병맥주를 마시곤 했었다.

흰머리를 쪽진 주인 할머니는 보이지 않고 전체적으로 기름해서 어딘지 게을러 보이는 남자가 주문을 받고 늙수그레한 아주머니가 주방 일을 보고 있다.

"아저씨, 술부터 한 병 주시고 찌개 좀 끓여 주세요."

이 집에서 술은 무조건 소주를 말하는 것이고 찌개는 이것저것 집어넣어 뚝배기에 끓여내는 부대찌개 비슷한 잡탕이었는데……

"학교생활은 재밌냐?"

"재미는 무슨. 만날 그렇지. 근데 형은 좋은 소식 좀 없어요?"

오늘도 변함없이 또 그 얘기부터 나오려나보다. 이제는 내가 끼어 있는 자리면 어디든 유행가가 되어 버린 느낌이다. 언제 자리를 잡나. 빨리 안정되어야 할 텐데…… 언제부터인가 그 소리에 진저리가 나기 시작했다. 그래서 연초에 세배 다니던 교수집도 올해부터는 두세 군데로 확 줄여버렸다. 자네 올해 몇인가? 아이는 몇이고? 이 지극히 평범한 말들도 나에게는 비수처럼 아프다. 그 때 마다 얼굴이 화끈해지면서 내 등에서는 땀이 바짝 바짝 돋아나곤 했었다. 그러나 내색하지 않고 아무렇지 않은 듯 웃어넘겼다. 예, 걱정하지 마세요. 먹고 살 건 있습니다. 마음이 움직이지 않는 웃음은 숫제 고역이었지만 나 때문에 분위기가 서먹해지는 것은 정말이지 원치 않았다. 그러나 나의 서글픈 인내도 서서히 한계에 이르는 느낌이 들었다. 언제 불쑥 나약한 모습을 들키게 될지도 모른다. 그렇게 되지 않으려면 그들 앞에 나타나지 않는 것이 상수라는 생각이 들었다.

"글쎄…… 계속 두드려 보는 거지, 뭐 뾰족한 수 있겠냐?"

"어디 초빙공고라도 났어요?"

"나기야 뻔질 나지……"

교무처에 근무할 때 교수초빙 업무를 담당한 적이 있었던 후배는 알만하다는 얼굴을 하고 물끄러미 나를 쳐다본다. 그래 인마 그런 걸 꼭 입 밖으로 꺼내 까발려야 속이 시원하냐. 그러나 상관없다. 한 귀로 듣고 한 귀로 흘리면 그뿐이다. 돼지고기를 넣고 콩나물과 두부에 고추장을 풀어 끓인 얼큰한 국물을 몇 숟가락 떠먹었다. 차가운 소주를 찰찰 넘치게 거푸 석 잔째 넘기고 나자 고개를 처박은 채 그대로 잠들고 싶을 만큼 짙은 피로가 몰려왔다. 이런 저런 잡담을 섞어 두 병쯤 비웠을 때 후배의 투실투실 살진 얼굴에도 비로소 붉은 기가 돌기 시작했다. 그러고 보니 얼마 전부터 후배는 웃음이 헤퍼지고 있었다. 세상살이가 만만해 졌는지도 모르겠다. 올 초 지도교수 댁을 방문하고 나서 세배꾼 몇 명과 어울려 룸살롱으로 몰려갔을 때 그는 80만원이 넘는 술값을 혼자 내겠다며 호기를 부리기까지 했었다. 불과 5, 6년 전만 하더라도 상상할 수도 없는 일이었다. 형이 무슨 돈이 있다고 그래. 그냥 가만히 있어요. 우리가 알아서 할게. 결국은 나를 빼고 나머지 4명이 적당히 나눠 내고 술자리가 파했다.

후배는 거의 일주일에 한 번씩 내 지도교수를 찾아오곤 했었다. 소파에 깊숙이 몸을 묻고 어눌하게 이 얘기 저 얘기 늘어놓다가 일어설 때쯤 낡은 가방 속에서 부끄러운 듯 습작노트를 꺼내 슬며시 내밀곤 했다.

"교수님, 목수였던 우리 아버지는 말입니다. 식구들에게 구질구질한 가난만 남겨놓고 갔지만 저는 언젠가 그분의 삶을 시로 쓰고 싶습니다. 제목도 벌써 정해 뒀어요. '목수의 노래' 근사하지 않습니까?"

그 때 후배는 히죽히죽 웃고 있었지만 보기 민망할 정도로 수척했었다. 계절에 상관없이 양말이 보일 정도로 치커 올라간 껑뚱한 바지, 빛바랜 군청색 점퍼 그리고 뒤축이 다 닳아빠진 구두. 허름한 반팔 T셔츠를 입고 다니는 여름 한 철을 빼고 줄기차게 그 차림이었다. 언제 감았는지 덥수룩한 머리카락은 가느다란 목덜미 위에 어지럽게 흐트러져 있었다. 이마를 덮은 머리카락 사이로 정맥이 도드라진 이마가 창백하게 빛나고, 싸늘한 안광이 사람을 쏘듯 날카로웠다.

"형, 우리 친아버지는 직업군인이었는데 내가 국민학교 다닐 때 총기사고로 돌아가셨어. 그 후에 나는 목수 일을 하시던 우리 의붓아버지 손에서 자라났지. 내 밑으로 의붓아버지와 어머니 사이에서 태어난 남동생이 하나 있는데 말이야……"

말을 멈춘 후배는 술잔을 가느다란 손가락 끝에서 뱅글뱅글 돌리다가 반쯤 남은 소주를 입 속으로 쪽하고 털어 넣었다. 한 동안 허공을 응시하다가 다시 천천히 입을 열었다.

"나는 이렇게 대학물이라도 먹고 있지만 동생은 기술을 배우러 공고에 갔어. 아버지로서 내리기 힘든 결정이었을 거란 거 잘 알아. 어쨌든 당신 핏줄인데…… 내 주제에 자식놈 둘 다 대학 공부시킬 수는 없고 싹수가 보이는 놈이 공부하는 것이 옳다며 나를 대학에 집어 넣으셨지. 대학 2학년 때 아버지는 공사장에서 발을 헛디뎌 땅으로 추락했고 머리를 심하게 다쳐 반신불수가 되고 말았어……"

기막힌 가족사를 풀어놓던 끝에 후배는 우리 엄마가 서방 잡아먹는 살이 끼었는지도 모르겠다며 키득댔다.

"형, 윤동주의 시대만 어두웠던 것은 아닐거야 그치, 지금 내 주변은 캄캄한 어둠뿐이거든. 그의 시를 읽을 때마다 눈물이 나. 자꾸만 지금의 나와 그를 비교하게 되는데 그런데 말이야…… 그러면 내가 한없이 초라해지고 부끄러워지거든. 왜냐하면 말이야 윤동주는 시대와 역사를 뒤덮은 거대한 어둠 속에서 밝아올 새벽을 기다렸지만, 그리고 하나 하나 등불을 켜듯 시편으로 남겼지만 지금 내가 못 견뎌 하는 것은 결국 나를 둘러싸고 있는 한줌밖에 안 되는 어둠이거든. 나를 대학까지 보내준 아버지. 병신이 되어 누워있는 우리 아버지. 그 몸에서 풍기는 구린내로부터 어떻게든 도망치고 싶어하는…… 흐흐흐…… 형, 나 죽일 놈이지 그치."

후배의 넋두리는 그 뒤에도 한동안 더 이어졌고 쥐어짜는 웃음 끝에 비죽비죽 눈물이 흘러내렸다. 나는 그의 집으로 올라가는 가파른 골목 귀퉁이에서 몸을 있는 대로 웅크린 채 토하는 그의 등을 두드려주었다. 그 때 내 손끝에 너무도 생생히 느껴지는 앙상한 등뼈에 코끝이 시큰거리곤 했었다.

"너 요즘도 시 쓰냐?"

후배는 입술 끝을 말아 올리며 싱긋 웃는다. 대학시절 고통스럽지만 순수해 보이던 웃음과는 어딘지 많이 달라져 있는 것 같다. 뭔지는 잘 모르겠지만 복잡해진 웃음. 나는 서서히 머리가 맑아 옴을 느꼈다. 저 놈과 함께 천정이 빙빙 돌 때까지 소주를 마시고 찬바람 쓸고가는 남루한 골목에 웅크리고 앉아 토악질을 해대도 이런 기분은 들지 않았었는데…… 그때도 그의 구질구질한 가난이, 흙먼지 일으키며 몰려가는 차디찬 새벽바람이, 토사물에서 풍겨나는 시큼한 소줏내가 진저리 나기야 마찬가지였지만 그래도 믿는 구석이 있었는데…….

"왜, 시를 쓴다는 일이 이제는 우습냐?"

"글쎄, 먹고 살기도 바쁜데 시 쓸 시간이 어딨어……"

후배는 소주를 입안에 털어 넣고 나에게 잔을 건넨다.

"형, 술이나 마셔요."

그래 너도 이제 구질구질한 이야기가 싫어진 모양이구나.

"형, 돈 있으면 주식 좀 해봐. 그거 괜찮더라고. 증권회사에 다니는 고등학교 동창놈이 아이엠에프가 터진 직후에 바닥까지 떨어진 주식 가운데 전망이 좋다며 권한 은행주를 좀 사둔 게 있었는데 말이야, 우량은행이라는 평가가 내려진 다음부터 값이 뛰기 시작하는 거야. 무섭게 뛰더만 딱 한 달 만에 원금의 3배를 벌었다니까. 그런데 형, 내가 운이 좋아서 돈은 좀 벌었지만 말이야, 그때 보지 말아야 할 꼴들을 보아 버린 것 같애. 우리 같은 민초들은 상상하기 힘든 돈을 순식간에 벌어들이는 인간들이 우리 주변에 의외로 많더란 말이지. 아침마다 시간에 맞춰 출근해 아옹다옹 하면서 쥐꼬리만큼 받는 월급은 돈 같지가 않더라니까. 내 월급은 그야말로 껌값에 불과해. 확 때려치고 그

길로 본격적으로 나서볼까 했는데 와이프가 하도 팔팔 뛰는 바람에 주저앉았지. 세상 요지경 속이더만."

나의 기분이 가라앉는 것과 반대로 후배는 차츰 들뜨고 있었다. 그러냐 나는 그 껌값이라도 매달 받아 보았으면 소원이 없겠다. 가끔은 보너스도. 그리고 너희들 월급봉투에 무수히 찍혀 나오는 그 수당이란 것들도 말이야. 내가 매달 여기저기에서 동냥하듯 받는 돈 봉투는 아주 간단하지. 너무 간단해서 숫제 슬플 지경이야. 봉투에 찍혀 나오는 강사료와 수령액은 언제나 동일 액수지. 더 이상 더할 것도 뺄 것도 없는 인생.

"형, 우리 그만하고 이차 갑시다. 오늘 내가 형한테 확실하게 한 번 쏠게."

후배와의 술자리가 계속 겉돌았지만 그가 완강히 잡아끄는 바람에 택시 속으로 밀려들어가고 말았다. 어느덧 10시가 넘고 있었다. 집에는 아직 전화를 걸지 않았다. 아내는 나를 기다리다가 아이들부터 저녁을 먹였을 것이다. 반찬을 다시 냉장고 속에 차곡차곡 집어넣고 나를 기다리고 있을 것이다.

"구매과에 있을 때 업자 놈들한테 끌려서 몇 번 가 본 집인데 기집애들이 쭈악 빠졌더라고. 형도 그 우거지상 걷어버리고 좀 웃어요, 웃어."

후배는 한 팔로 내 어깨를 꽉 껴안고 다정스레 툭툭 친다. 그를 따라 간 룸살롱에서 우리는 맥주로 목을 축이고 다시 양주를 마셨다. 그 사이사이 요란하게 치장한 안주 접시가 들락거렸다. 나는 목이 터져라 고래고래 소리를 지르며 노래를 불렀고, 후배 말처럼 쭈악 빠진 계집애의 엉덩이를 더듬적거리며 브루스도 추었다. 후배는 흐물흐물 웃으면서 계집애의 탐스러운 속살로 손을 밀어 넣기 바빴다. 그 손을 탁 쳐내며 까르륵대는 계집애들의 교태 섞인 웃음소리. 그곳에서 후배는 제법 이골이 난 놈팽이처럼 굴었다.

"형, 이 애들 쓸 만하지. 우리 2차 갈까?"

새벽 1시가 넘었을 때 후배가 내 귀에 대고 은근한 목소리로 속삭였다. 후배가 말하는 2차가 무엇을 의미하는지 그쯤은 나도 알고 있었다.

"현금은 12만원, 카드는 15만원 맞지. 오늘은 현찰이다 현찰. 너 오늘밤 이분 잘 모셔라. 교수님이시다, 교수님. 그건 그렇고 형, 형도 이제 보따리 싸들고 여기 저기 기웃거리지만 말고 어딘가 정착해야지. 교수가 뭐 별거라고 그 오랜 시간 목을 매고 있어. 며칠 전 사무실에 굴러다니는 주간지에 어느 대학강사의 하루가 소개되어 있더라고. 그 사람이 지방에 있는 대학에 출강하기 위해 김포공항에서 비행기 타고 내려갔다가 8시간 강의하고 저녁 먹고 고속버스 타고 올라오면 12시가 넘는다는 기사를 읽고 형 생각이 납디다. 형도 한때 대전까지 강의 다닌 적 있었잖아. 명색이 대학 강단에 서는 교수님께서 그렇게 한 달 뺑이 치고 받는 돈이 채 100만원도 안 된 다는 사실. 기가 막힙디다. 그런데 더 웃기는 건 그 돈이 다 수입이냐 하면 그게 아니라는 사실. 교통비다 밥값이다 해서 빠지는 돈이 30만원이 훨씬 넘는다는 거야. 니기미 이게 말이 되냐고."

질탕한 유흥이 끝난 테이블 위에는 열락의 흔적이 낭자하다. 여자들과 음탕한 눈빛을 주고받으며 은밀한 거래를 트던 후배가 나에게 불쑥 그놈의 비수를 들이대지만 않았어도……

"형, 내 친구 중에 우리 고향에서 알아주는 부잣집 아들놈이 있는데 말이야. 얼마 전 그놈이 화곡동에 있는 학원 하나를 인수했는데 말이야 돈벌이가 꽤 짭짤한 모양이더라고. 저번에 만났을 때도 쓸 만한 논술강사가 없다고 걱정이 늘어졌던데, 요즘 잘 나가는 대입 논술 있잖우. 논술. 그게 요즘 돈이 되나봐. 형이야 그 쪽은 꽉 잡고 있잖아. 안 그래. 책 읽고 글 쓰는 게 형 일이잖아. 하겠다면 내 소개해 주지. 이제 궁상 좀 그만 떨고 돈을 벌어요, 돈을. 내가 돈 벌게 해 줄게. 나만 믿으라고 나만……"

후배의 횡설수설은 거기에서 그치지 않고 한동안 계속되었다. 내 귀에는 더 이상 아무 소리도 들려오지 않았다. 허수아비처럼 웃고 있는 내 얼굴 위로 스멀스멀 무엇인가가 기어다녔다. 그놈의 진저리나는 비수만 들이대지 않았어도 살집 좋은 계집애를 껴안고 하룻밤 뒹구는 것도 나쁘지는 않았을 텐데. 나는 달콤한 밤을 즐기기 위해서 꼭 필요한 인내심을 그쯤에서 포기하고 말았다. 도저히 더는 견딜 수가 없었다.

"야, 이 새끼, 김경수. 너 입만 벌렸다하면 그 놈의 돈 얘기밖에 없냐. 그래 이 새끼야, 니가 돈을 벌면 얼마나 벌었냐? 그 잘난 대학 직원 하면서 업자 놈들 등쳐 술이나 퍼 마시고 마누라 백묵가루 마시게 하면서 얼마나 벌었냐? 이 개새끼야."

그 때 후배는 술이 덜 깬 얼굴로 나를 멀뚱이 쳐다보았다.

"아니, 형 왜 이래. 내가 뭐 못할 말했어. 고생하는 형 보기 안됐고…… 니기미 형은 돈이 싫어? 싫으냐고. 위선 떨지 마. 솔직해 져봐. 비명이라도 질러보란 말이야."

후배도 혀 꼬부라진 목소리로 핏대를 세웠다. 그에게는 내 입에서 터져 나오는 비명 소리가 들리지 않았던 모양이다.

224

"그래 이 새끼야 나도 돈 좋아한다. 돈 좀 줄래, 이 개새끼야."

"내가 왜 피 같은 내 돈을 줘. 니기미 궁상 좀 떨지 말고 돈을 벌어 보란 말이야. 씨발, 이 세상에 돈은 얼마든지 널려 있으니까."

후배의 말이 끝나기 무섭게 나는 테이블보를 있는 힘껏 잡아 당겼다. 테이블 위에 어지럽게 놓여 있던 술병과 유리컵 그리고 과일 쟁반 등이 돌로 장식된 바닥으로 떨어지면서 요란한 소리를 내며 깨졌다. 여자들이 비명을 지르며 뛰어나갔다. 잠시 후 마담이 놀란 얼굴로 들어섰다.

"아니 왜들 그러세요. 김 선생님."

선생님 좋아하네, 얼치기 사기꾼 같은 새끼. 나는 문을 박차고 나와 뒤도 돌아보지 않고 계단을 뛰어 올라 갔다. 밖으로 나오자 까맣게 잊고 있던 냉기가 온몸을 휩싼다. 한시도 그런 생각이 떠난 적은 없었지만 나이 값을 못하며 살고 있다는 참담함이 새삼 비집고 올라왔다. 길 건너 가로등 아래 택시 한 대가 차갑게 빛나고 있었다. 얼어붙은 포도 위를 가로지르는 내 구두소리만 외롭다. 행선지를 말하자 무표정한 기사가 뚱한 얼굴로 나를 돌아본다. 바퀴 구르는 소리가 아득히 멀어지면서 까만 차창 너머 어떤 수척한 얼굴이 나를 보고 히물히물 웃고 있었다. 아이들의 웃는 얼굴이 떠올랐다 사라진다. 눈물이 볼을 타고 흘러내렸다.

"오래 기다리셨죠. 지금 이사장님께서 도착하셨습니다. 그러면 바로 면접을 시작하도록 하겠습니다. 유성재 씨부터 들어가시면 됩니다. 잠시만 기다려주세요."

예정시간을 1시간 쯤 넘겼을 때 키가 훌쩍 크고 허우대가 멀끔한 남자가 들어와 우리에게 일방적으로 통보를 한다. 자신이 누구이며

어떤 사유로 면접이 늦어졌는지에 대해서 사과는커녕 일언반구 언급
도 없다. 잠시만 기다려달라고 한 것은 의례적인 말이겠거니 생각했
는데 그 남자가 말을 던지고 나간 지 다시 10분이 넘어가고 있다. 풀
어놓았던 양복의 앞단추를 끼우고 옷매무새를 고치며 표정이 경직되
던 뚱뚱한 남자가 가볍게 숨을 내쉬며 긴장을 푸는 눈치다.

이사장이 왔다면 면접위원 가운데 안 온 사람은 없을 것 같은데 그
럼에도 또 시간이 지체되는 이유는 무엇인가? 아마도 그들은 가벼운
의견교환 내지 티타임을 갖고 있는지도 모르겠다. 아니 면접 따위와
는 전혀 상관없는 잡담을 주고받고 있는 지도 모르겠다. 아, 날씨가
추워서 그런지 거리가 영 안 나던데. 그러게 클럽을 바꿔 보시라니까
요. 클럽이 문젠가 힘이 있어야지 힘이. 어쩌면 지난 주말의 골프 회
동이 화제에 올려졌는지도 모르지. 어차피 우리들의 시간은 저들의
시간에 비해 한없이 초라한 것일 테니까. 그나마 지금은 저들에게 차
압되어 있는 시간이 아닌가. 나는 혀 밑으로 고이는 씁쓸함을 조금씩
삼킨다.

어젯밤 잠을 설쳤고 계속되는 긴장 때문에 나도 모르게 깜박 졸았
던 것 같다. 그러나 면접자들은 각자 자기 생각에 골몰해서인지 남이
조는 일 따위에는 관심이 없는 듯 무표정한 얼굴로 앞만 응시하고 있
다. 대낮임에도 줄기차게 켜 있는 형광등은 양끝이 꺼멓게 죽어 광도
가 떨어진다. 실내는 숨이 막힐 정도로 답답하다. 초침소리도 없이 미
끄러지듯 흐르는 시계바늘이 11시 15분을 가리키고 있다.

아랫배를 압박하는 요의는 이제 참을 수 있는 한계를 지나 숫제 뻐
근한 통증을 동반한다. 나는 슬며시 일어나 방문 손잡이 핸들을 돌린
다. 여섯 사람이 두 시간 가까이 좁은 공간에 갇혀 있으면서 자리에서

일어난 것이 내가 두 번째다. 모두들 소변도 안 마렵나. 아마 요도를 타고 나오는 오줌도 바짝 긴장을 해서 일시 정지된 모양이다. 찰칵 문이 열리자 복도에 깔린 빨간색 카펫이 한눈에 들어온다.

"저, 실례지만 화장실이 어디 있습니까?"

나는 마침 그 방문 앞을 스쳐 지나가는 감색 치마에 흰 블라우스를 받쳐입은 젊은 여자에게 최대한 공손하게 묻는다.

"복도 끝에서 왼쪽으로 가세요."

그녀는 감정이 섞이지 않은 지극히 사무적인 말투로 대답한다. 고맙다는 내 말에 보일 듯 말 듯 목례를 하고 다시 천천히 걸음을 옮긴다. 군더더기 없이 깔끔한 몸가짐이다. 소변을 보고 나서 막 대기실 문을 여는 순간 안쪽에서 먼저 문이 열리더니 면접의 시작을 알려주던 남자와 마주쳤다.

"어디 갔다 오십니까?"

그 말에는 어디에 갔다 오는 사실이 궁금하기보다는 어디를 함부로 돌아다니느냐 하는 힐책이 강하게 느껴진다.

"저…… 화장실에 좀……"

"곧 시작되니까 대기하고 계세요."

맨 처음 호출을 받은 뚱뚱한 남자가 돌아왔다. 우리는 입 밖에 꺼내어 말은 하지 않았지만 모두들 간절한 눈빛으로 그를 쳐다보았다. 그러나 그는 우리들의 시선을 애써 외면한 채 서둘러 쥐색 레인코트를 챙겨 들고 대기실을 빠져나갔다. 한 5분쯤 뒤에 아까 그 남자가 와서 다음 면접자를 부른다. 5분 동안 면접위원들은 쿠션 좋은 소파에 깊숙이 몸을 묻고 미소를 띤 채 면접자에 대해 간단한 의견을 주고받았을 지도 모른다. 어떠세요. 글쎄요. 약간 외골수로 보이기는 하죠. 제가 보기에는 융통성이 좀 없어 보이는데요. 예. 저도 그렇게 보았습니다만. 너무 고지식한 것 같기도 하고…… 또 지루하고도 초조한 시간이 얼마동안 흘러간 뒤 두 번째 면접자가 돌아왔다. 그는 첫 번째 면접자에 비해 보일 듯 말 듯 미소 띤 얼굴로 우리에게 까딱 고개까지 숙여보이고는 대기실을 빠져나간다. 저 사람은 아마도 첫 번째 면접자에 비해 어떤 가능성을 느꼈을지도 모른다. 어쩌면 그 반대일지도 모르지만…… 세 번째의 면접자가 이사장실을 다녀오고 나서 드디어 내 이름이 불리어졌다.

"김재현 씨."

나는 심호흡을 하고 천천히 의자에서 일어났다. 대기실 문을 나서며 거울에 슬쩍 내 모습을 비추어 본다. 전체적으로 약간 긴 듯한 인상. 어딘지 좀 나약해 보인다. 그들에게 나는 어떤 모습으로 비쳐질 것인가. 나는 어깨에 힘을 넣어 보고, 정성껏 선량한 미소도 띠어본다. 이사장실까지는 불과 10여 미터. 잘해야 할 텐데…… 어쩌면 이번이 마지막 기회인지도 모른다. 비서실 문을 열고 안으로 들어섰다. 한쪽 벽면에 큼지막하게 붙어 있는 레리 실버의 흑백사진이 나의 시선을 잡아끈다. 양쪽으로 시커먼 거목들이 늘어서 있고 그 사이로 거친 포도가 물기를 머금은 채 축축하게 빛나고 있다. 대칭대각선 한 가운데 한 사람이 뛰고 있다. 그 사람은 하나의 실루엣으로 처리되어 있기 때문에 이리로 뛰어오는 것인지 아니면 저쪽으로 뛰어가는 것인지 분명치 않다. 그러나 왠지 나는 그 사람이 어두운 이쪽에서 밝은 저쪽으로 뛰어가는 듯한 인상을 받는다. 그리고 그렇게 믿어버린다. 밝음으로의 질주.

"들어가시죠."

나에게 화장실을 안내해 준 젊은 여자가 이사장실 출입문을 살며시 열어준다. 방안에는 베이지색 카펫이 따뜻하게 깔려있다. 화려하면서도 정갈해 보이는 공간 속에 이사장인 듯한 늙수그레한 남자가 나를 지그시 쳐다본다. 그 이외에 아무 것도 보이지 않는다. 앉으라는 말이 떨어질 때까지 나는 눈에 힘을 풀고 입가에 공손한 미소를 띤 채 서있을 수밖에 없다.

"김재현 씨, 이리로 앉으세요."

넓은 방 한 가운데 앉아있는 혈색 좋은 늙수그레한 남자의 부드러운 저음이 귓가를 맴돈다.

무적霧笛*

1

2학기 개강 이후 줄곧 신경이 쓰이던 전공 강의 3시간을 마치고 연구실로 돌아왔다. 여름방학 내내 늘어졌던 몸이 아직 강의에 적응되지 않아서인지 자꾸만 가라앉는 느낌이다. 어제 저녁부터 흡사 봄비처럼 가느다란 빗줄기가 끊어질 듯 지루하게 이어지고 있다. 불과 며칠 전까지만 하더라도 에어컨을 켜지 않으면 더위를 느낄 정도였는데 지금은 에어컨을 끄고 창문까지 닫았지만 그럭저럭 견딜 만하다. 이따금씩 빗방울이 길게 흘러내리는 유리창 너머로 무채색 숲이 미동도 없이 충충하게 고여 있다. 9월 중순, 벌써 가을을 재촉하는 비인가…… 요즘은 계절의 흐름마저 종잡을 수가 없다.

---

* 무적霧笛 : 안개고동, 안개가 끼었을 때 선박의 충돌사고를 방지하기 위해 고동을 불어 내는 소리.

옆방의 교수님께서 잠깐 자리를 비운 모양이다. 희미하게 들려오던 전화벨 소리가 한동안 이어지다가 끊어졌다. 금요일 오후의 교수동은 적막하기 그지없다. 커피를 내려 마시기도 귀찮아 그냥 멍한 상태로 앉아 있는데 책상 위에 놓아둔 핸드폰이 요란스럽게 울린다. 저 소리는 아무리 들어도 좀처럼 익숙해지지 않는다. 늘 사람을 소스라치게 만드는 경박성이 있다. 필요에 따라 들고 다니기는 하지만 낯선 저 소리를 들을 때마다 불안과 짜증이 거의 동시에 솟구치는 것은 어쩔 수가 없다. 저것이 따라다니는 한 어디든 숨을 곳이 없다. 내가 여러 번 잔소리를 해서 요즘은 좀 뜸한 편이지만 강의 도중 불쑥불쑥 울려대는 저 놈의 소리 때문에 머릿속이 하얗게 비워버린 적이 한두 번이 아니었다. 나른한 휴식을 방해하는 귀찮은 물건을 마지못해 집어 들고 통화 버튼을 눌렀다.

"여보세요."

"안녕하세요. 저는…… 김준우 학생 담임입니다."

전화기 저편에서 머뭇거리는 듯한 앳된 여자 목소리가 건너왔다.

"아, 예, 안녕하십니까. 선생님. 제가 김준우 아빱니다."

나는 의자에 내려앉으며 되도록 건조한 목소리로 말문을 열었다.

"다름이 아니라 준우 문제로 드릴 말씀이 좀 있어서 이렇게 전화 드렸습니다."

준우 담임은 깔끔한 목소리로 재차 인사를 차렸다. 차분하게 가라앉은 여선생의 목소리에서 왠지 모를 불길함이 확 달려든다. 웬만한 일 같으면 이렇게 아빠 휴대폰으로까지 전화를 걸어오지는 않았을 것이라는 생각이 스쳤다.

"아, 예. 그러십니까?"

"준우 어머님 휴대폰이 꺼져 있어서요."

준우 담임은 아빠한테 연락한 일을 못내 거북해 하는 눈치다. 준우가 초등학교 2학년으로 올라간 후 처음 열린 자모회에 다녀온 아내는 아이의 담임선생이 너무나 마음에 든다며 운 좋음을 기다랗게 늘어놓았다.

아직 미혼이고 한 스물일곱, 여덟쯤 됐을까…… 다들 나이든 여선생은 못 쓴다고 그러더라고. 노골적이지는 않지만 은근히 바라는 것이 많데요. 1학년 때 담임도 나이 든 깐으로는 괜찮았지만 은근히 까다로왔다구. 교대 갓 졸업한 여선생들이 가장 의욕적이고 또 사회 때도 덜 묻고…… 아무튼 너무 잘됐어.

"아, 그렇습니까. 요즘 애 엄마가 둘째 아이를 데리고 치과에 다니는 것 같던데 아마 그래서 핸드폰을 꺼 놓은 모양입니다. 그런데 준우한테 무슨 일이라도 있습니까? 선생님."

"예, 뭐 별거는 아니고요. 일 학기 때 준우는 좀 내성적이기는 했지만 아주 모범적인 학생이었는데 이 학기에 들어오면서 수업태도가 눈에 띄게 산만해 지고 친구들과 충돌도 잦고 해서 눈여겨보고 있었습니다. 그런데 오늘 방과 후 특별 활동 시간에 몇몇 아이들과 어울려 교정을 배회하는 것을 목격했습니다. 제가 불러서 주의를 주면서 물어봤습니다만 별말은 없었습니다. 뭔가 숨기는 것 같기도 하고…… 혹시 요즘 준우한테 무슨 안 좋은 일이 있는 건 아닌지 걱정이 되어서요. 부모님께 말씀드리고 상의를 해야 할 것 같아서요. 실례인줄 알면서도 이렇게 전화를 드렸습니다."

통화가 길어짐에 따라 처음의 머뭇거림이 말끔히 사라지고 열의에 찬 적당히 빠른 목소리가 기분 좋게 귓속으로 흘러들었다.

"예, 그런 일이 있었습니까? 선생님께 심려를 끼쳐드려 죄송합니다."

"아닙니다. 제대로 지도하지 못한 것 같아 제가 오히려…… 요즘 집에서 준우에게 무슨 일이 있었나 궁금하기도 하고요."

"글쎄요, 제가 알기로는 뭐 별다른 일은 없었습니다만 오늘 집에 들어가 얘기 해보고 아이 말도 들어보고 내일 선생님께 전화 드리라고 하겠습니다."

사회생활을 하는데 사실 나이 따위는 별 고려 대상이 못된다. 시쳇말로 나이는 숫자에 불과할 뿐이다. 교대를 갓 졸업했다면 나와는 거의 스무 살 정도 차이가 나겠지만 나는 극존칭의 예를 갖추며 준우 담임과의 통화를 마쳤다. 일면식도 없는 여선생과 길게 말을 늘어놓기도 좀 어색하고 해서 입을 다물고 있었지만 요즘 준우에게 전혀 문제가 없지는 않았다. 아이에게 분명 어떤 문제가 있는 것 같기는 했다.

2

"오늘이 벌써 며칠 째야."

오늘 아침에도 아내가 푹 젖은 속옷을 세탁기에 집어넣으면서 중얼거렸다. 준우는 벌써 열흘 가까이 하루도 거르지 않고 오줌을 싸고 있었다. 처음에는 그러다 말려니 했었다. 자기 전에 물을 많이 마셨거나 낮에 정신없이 놀다보면 곯아떨어져 그럴 수도 있겠다 싶어 별로 대수롭지 않게 여겼는데 야뇨증세가 일주일을 넘기면서부터 아내는 은근히 걱정이 되는 눈치였다.

"병원에 가봐야 하나 어쩌나."

"병원은 무슨 병원 저러다 말겠지. 그냥 며칠 더 두고 보자구."

그러나 좀 더 두고 보자는 내 말에도 불구하고 아내는 이틀 전 준우가 학교에서 돌아오자마자 동네 소아과에 다녀온 모양이었다. 아내의 성격상 아이의 야뇨증세를 열흘 가까이 두고 본 것만도 신기할 지경이었다. 아내는 어떤 문제가 생기면 그 즉시 해결 방법을 찾지 않고는 못 배기는 그런 성격이었다. 매사를 일단 미루고 보는 나와는 대조적이다.

"혹시 당신 어렸을 때 밤에 잠자다 오줌 싼 적 있어요?"

그날 밤 9시 뉴스가 끝나고 요즘 한창 인기를 끌고 있는 사극을 물끄러미 쳐다보고 있는데 아내가 밑도 끝도 없이 지나는 말처럼 물었다.

"뭐? 무슨 소리야? 난데없이 웬 오줌……"

불의의 일격을 받은 나는 얼떨결에 말끝을 흐렸다.

"그러면 이상하네. 나도 아니고 당신도 아니면 쟤는 도대체 누굴 닮은 거야."

"글쎄 무슨 소리냐니까? 갑자기."

나는 불의의 일격을 피하느라 짐짓 목소리를 높였다.

"오늘 낮에 준우를 데리고 동네 소아과에 갔었는데 지금으로 봐서는 야뇨다 아니다 딱 잘라 말할 수는 없고 좀 더 지켜보자 그러더라고. 만약 야뇨증으로 의심되면 거기에 적합한 심리치료와 약물치료를 병행해야 한대요. 그 의사 말이 야뇨증의 40프로 정도가 유전적 요인에 의한 거라던데……"

"근데 이 사람이, 준우의 유전인자는 나와 당신이 반반씩인데 왜 나만 의심해."

“나는 아니거든 그렇다면 혹시 당신 쪽 인가 하고.”

“당연 나도 아니지. 사람을 어떻게 보고.”

나는 속으로 켕기는 구석이 있었지만 일단은 펄쩍 뛰며 부인했다. 아내도 설마 했는지 더 이상 추궁하고 들지는 않았다.

“그럼 나머지 60프로의 원인은 뭐래?”

“의사 말로는 아이들의 경우 누적된 스트레스 같은 것이 원인이 되는 심인성일수도 있다는데. 또 모르지. 의사들은 자기들이 정확히 모르면 으레 심인성으로 둘러대니까. 하여튼 며칠 그러다가 괜찮아지는 수도 많으니까 좀 더 지켜보다가 증상이 계속되면 다시 한 번 와보래요. 원하면 그 방면의 전문의를 소개해 주던가 하겠다고.”

“……”

그쯤에서 나는 텔레비전으로 시선을 돌렸다. 전하, 억울하옵니다. 통촉해 주시옵소서. 화면 속에서는 일개 사대부 집 첩실이 왕의 용안을 뚫어질 듯 처다보며 아니 거의 노려보며 절규하고 있었다. 허어 저런 발칙한 것이 있나. 왕의 추상같은 호령이 떨어지고 지밀상궁들에 의해 끌려나가면서도 그 여자는 무엄하게도 왕을 향해 발버둥질까지 치는 것이 아닌가. 아뿔싸, 어찌 저런 일이 가능하단 말인가? 왕의 지척에까지 접근할 수 있는 사람은 극히 제한되어 있는 것이거늘…… 드라마 속의 왕은 이미 일국의 군주가 아니었다. 역사적 사실이나 의미는 실종된 채 흥미를 돋우기 위한 인물과 사건들만 화면 속에 난무하고 있다.

아내는 의사의 말을 대수롭지 않게 여기는 눈치였지만 그러나 나는 심인성이라는 의사의 말에 동의한다. 아니 동의 정도가 아니라 절감한다. 내가 바로 그랬으니까. 긴 시간이 흘렀지만 그 때의 일은 지금도 부끄럽고 우울한 기억으로 남아 있다.

3

　나한테 야뇨증세가 나타난 것은 초등학교 4학년 말부터였던 것으로 기억한다. 60년대 중반을 넘어서면서 서울에는 사립초등학교 붐이 불었다. 한동안 우후죽순처럼 생겨났는데 나는 3학년까지 멀쩡히 잘 다니고 있던 공립학교에서 H대학 부속 사립초등학교로 전학을 가야만 했다. 그때만 하더라도 중학교 입학시험의 위세가 워낙 시퍼랬던 시절이라 요즘 말로 치맛바람이 장난이 아니었다. 인생의 향방이 중학교 입시에 달려있는 것 같았다. 100프로는 아니지만 당시 그런 믿음은 상당부분 사실이기도 했었다. 어린 나이임에도 불구하고 성공적인 인생의 티켓을 쥐기 위해 옆구리에 가방을 낀 초등학교 5, 6학년 아이들이 밤 12시가 가깝도록 종로 거리를 헤매고 다니기가 예사였다. 나의 형도 그랬었다. 누렇게 찌든 그들이 파김치가 되어 집에 돌아와 씻고 간식 먹고 숙제까지 마치고 나면 새벽 한두 시가 예사였다. 더구나 일제고사라도 다가오면 그들의 수면시간은 얼마든지 더 줄어들었다. 숫제 밤을 꼬박 새우는 날도 더러 있었다. 그러나 마치 내가 형의 생활을 목격한 듯 이렇게 말하는 것은 옳지 않을 지도 모른다. 왜냐하면 그때 나는 형과 떨어져 살았기 때문이다. 형은 청운동 외가에 얹혀 초등학교에 다니고 있었다. 나는 공부에 지쳐 누렇게 뜬 형의 모습을 직접 목격하지는 못했다. 외가에 갔다가 통금시간에 임박해 돌아온 어머니가 힘겹게 버선을 벗으며 한숨처럼 토해내는 말속에 형은 언제나 그런 모습으로 있었다.

형도 3학년까지는 내가 다니고 있던 집 근처의 공립학교에 다녔었다. 공부는 언제나 전교 최상위권을 유지하고 있었다. 공부에 관한 한 나한테는 여러 말이 필요 없었다.

"니 형을 봐라. 학교에서 니가 김현기 동생이라는 것을 모르는 사람이 없으니 알아서 해."

요즘 식으로 말하면 형은 나의 롤모델이었다. 그러나 그런 관계에서 흔히 있을 법한 시기나 질투심이 나에겐 없었다. 오히려 그런 형이 자랑스러웠다. 형은 여느 공부벌레와는 격이 달랐다. 나를 기죽이거나 잘난 척 하지 않는 꽤 괜찮은 인간이었다. 형이 4학년(그때는 4학년이 대단히 중요한 때였다. 고학년으로 분류되면서 그 때부터의 학력이 중학교 입학으로 직결되기 때문에 사실상 이 때부터 중학교 입시 체제로 들어간다고 볼 수 있었다)으로 올라간 직후 어머니께서 전교 자모회에 다녀오시자마자 갑자기 형의 전학을 서둘렀다.

"아니, 글쎄 기껏 용산중학에 보내자고 아이한테 그 고생을 시킬 수야 없지. 3년 죽어라고 공부해서 겨우 용산이야. 경기는 못 가도 경복, 서울은 가야지."

틀림없이 위장 전입 비슷한 것이었겠지만 형은 4학년에 올라가면서 청운동 외가로 옮겨갔고 그 근처에 있는 세칭 명문 초등학교에 다니기 시작했다. 그러니 우리 집 근처에 사립 초등학교가 생기자 어머니의 큰 고민이 해결된 셈이었다. 일류중학교에 입학시키자고 하나도 아니고 외손자 둘을 친정에 맡길 수는 없는 노릇이었다. 4학년이 된 나를 일단 사립학교로 전학시켜놓고 6학년으로 올라가는 형에게 전력투구하겠다는 계산이었을 것이다. 사립학교가 학부모들 사이에 인

기가 치솟으면서 그 당시 서울에서 웬만큼 살만한 집이면 자식들을
사립학교로 전학시키려 했기 때문에 따로 입학시험까지 봐야만 했다.
그 경쟁도 만만치는 않았다.

3학년이 거의 끝나 갈 무렵이었으니까 12월 초쯤으로 기억되는데
어머니는 학교에서 돌아 온 나를 말끔한 외출복으로 갈아입히더니
같이 갈 데가 있다고 했다. 나는 외갓집에라도 가나보다 생각하고 들
뜬 마음으로 따라 나섰는데 어머니 손에 이끌려 간 곳은 집에서 얼마
떨어지지 않은 H대학이었다. 그 대학은 내가 다니던 공립학교와 와
우산으로 연결되어 있었기 때문에 아카시아 꽃이 만개할 5월쯤이면
친구들과 떼를 지어 그것을 따먹으러 다니던 곳이기도 했다. 어머니
와 나는 수위가 가리켜준 3층짜리 붉은 벽돌 건물로 들어섰다. 그때
만 해도 난로에 불이 지펴지는 것을 거의 구경하지 못한 채 겨울 방학
을 맞곤 했었다. 아무리 추워도 방과 후엔 어김없이 물청소를 해야 했
기 때문에 흥건한 구정물이 마룻바닥에서 말라가는 퀴퀴한 냄새가 학
교 전체에 배어 있었다. 그러나 어머니 손에 이끌려 들어간 그 붉은 벽
돌 건물은 내가 다니고 있던 학교와는 뭔가 많이 달랐다. 향긋한 냄새
가 낮게 감돌고 있었다. 한참 후에 안 일이지만 청소부들이 기름걸레
로 바닥 청소를 했기 때문이었다. 그 뿐만 아니라 기분 좋은 온기가 나
를 감쌌다. 그때 나는 써늘한 냉기와 퀴퀴한 냄새 그리고 옅은 기름내
와 기분 좋은 온기가 갈라놓는 빈부의 격차를 본능적으로 직감했던
것으로 기억한다.

나는 운 좋게 입학시험에 합격했고 4학년부터 H대학 부속초등학
교의 학생이 되었다. 감색 교복에 와이셔츠를 입고 하얀 스타킹에 넥
타이까지 맨 소공자 차림으로 그 사립학교에 다니기 시작했다. 그러

나 내가 다니는 학교가 부유함을 뿜어내는 환경으로 바뀌었다고 해서 우리 집이 갑자기 부자가 될 수는 없었다. 아버지는 여전히 박봉에 시달리는 월급쟁이일 뿐이었다. 나는 경제개발의 붐을 타고 막 생겨나기 시작하던 신흥부자들이 몰려 살고 있는 H대학 근처의 아이들과 한 교실에서 공부를 해야만 했다. 전학을 간 학교에서도 가정환경을 조사한답시고 뭐가 있는 집 손들어봐라. 아버지 직업이 뭔 사람 손들어봐라 하는 식의 웃기지도 않는 고문시간이 어김없이 되풀이되었다. 그래도 내가 공립학교에 다닐 때에는 같은 반 친구들에 비해 손을 드는 횟수가 많은 편이었는데 전학 온 학교에서는 거의 손들 일이 없었다. 생활환경조사서 자체가 달랐던 것이다. 공립학교에서는 신문 보는 집, 수도 있는 집, 전기 들어오는 집, 기껏해야 냉장고 있는 집, TV 있는 집 정도가 고작이었는데 이 학교에서는 자가용 있는 집, 아버지의 직업이 국회의원인 집, 사장인 집하는 식이었다. 나는 싱글싱글 웃으며 다투어 손을 드는 살집 좋은 아이들을 물끄러미 쳐다봐야만 했다. 나는 손들 일이 없는 것이 무슨 큰 죄나 되는 것처럼 얼굴이 화끈거렸다. 그때 나는 유난히 조숙하지는 않았지만 어울리지 않은 곳에 와 있다는 어색함과 부끄러움만은 또렷이 느낄 수 있었다. 자가용 없는 집이 거의 없었다. 그때의 자가용은 지금의 그것과는 비교도 되지 않던 시절이었다. 모두가 대형 외제 차였고 그것은 부와 권력의 상징이었다. 그때 우리 집에 있는 것들은 조사 품목에 들어있지도 않았다. 자가용은 물론 TV나 냉장고도 없었고 집은 이층양옥이 아니라 목재로 바라크처럼 지어진 한전사택일 뿐이었다. 공립학교에 다닐 때는 문제도 되지 않던 것들이 엄청나게 부끄러운 일들처럼 되어갔다.

4

"현수야, 오늘 내 생일인데 우리 집에 놀러가지 않을래?"

4학년 2학기가 시작된 직후 자기 아버지가 국회의원이라던 짝꿍 아이가 자기 생일이라며 나를 초대했다. 만약 그때 내가 공부마저도 평범한 그저 그런 아이였다면 그들은 나를 거들떠보지도 않았을 것이다. 그때 나는 본능적으로 그들 틈바구니에서 살아남기 위해서는 어떻게 해야 할 것인가를 생각했던 것 같다. 다 찢어진 옷을 입고 일 속에 파묻혀 살던 신데렐라가 눈부신 공주님으로 변신하는 동화처럼 평범한 회사원인 아버지가 국회의원이나 사장님으로 바뀔 수도 없는 노릇이고, 우리 집을 당장 이층 양옥집으로 만들 수도 없었다. 그렇다면 내가 할 수 있는 일은 무엇인가? 무슨 일이 있어도 저 놈들보다 공부만은 잘해야 한다는 생각이 들었던 것이다. 조숙하다면 퍽 조숙한 것이었을 텐데 그때 나는 그런 생각을 했다. 형만은 못했지만 나도 와우산 저쪽에 있는 공립학교에 다닐 때에는 체면치레는 할 정도였다(그 학교 애들 가운데 방과 후 집으로 돌아가 책을 펴놓고 다시 공부라는 것을 해야 한다고 생각하는 아이는 그렇게 많지 않았다). 그러나 따로 공부방이 있고 게다가 가정교사까지 딸린 애들과 경쟁해서 이긴다는 것은 말처럼 쉬운 일이 아니었다. 그야말로 공부벌레가 되는 수밖에 없었다. 시험 전날이면 거의 밤잠을 자지 않고 공부에 매달린 적도 있었다. 어린 나이에 누가 시킨다고 그렇게 했겠는가. 저 놈들에게 지지 않겠다는 뾰족한 배알 같은 것이 시키는 일이었다. 덕분에 성적은 반에서 상위권을 맴돌았고 간혹 1등도 했었다. 그 상태에서 1학기를 마쳤다.

자존심을 건 치맛바람이 거센 그 학교에서 있는 대로 호사를 부린 부잣집 마나님들이 수수하다 못해 초라해 보이는 나의 어머니에게 관심을 보이기 시작했고, 자모회의 때 어쩌다 참석한 어머니 주변에는 살집 좋은 귀부인들이 하나 둘 모여들기 시작했다. 돈이면 안 될 게 없는 세상이었지만 그것만으로는 일류중학교에 입학할 수 없다는 사실을 그들도 너무나 잘 알고 있었던 것이다.

"현수 어머니, 현수는 어쩌면 저렇게 의젓하죠. 게다가 공부도 잘 하고 얼마나 좋으세요. 우리 애는 머리는 좋은데 집중력이 떨어져서 번번이 시험을 망치지 뭐예요. 속상해 죽겠어요. 호호호…… 현수 좀 우리 집에 자주 보내 주세요. 우리 아이도 현수가 좋다고 하던데 같이 놀면서 공부도 하면 얼마나 좋겠어요. 호호호……"

그때부터 아이들의 입에서 시도 때도 없이 너희 집에 놀러가자는 말이 튀어 나왔고 나는 그때마다 식은땀을 흘리며 온갖 이유를 둘러대면서 곤경에서 벗어나기 위해 기를 써야만 했다. 그러나 생일이니 자기 집에 놀러가자는데 어떻게 그것까지 싫다고 할 수 있나. 그렇게 해서 가 본 짝꿍의 집은 나의 상상을 훨씬 뛰어 넘는 것들로 가득했다. 지금도 충격처럼 남아 있는 기억이 하나 있다. 몇 개의 문을 통해 들어간 어떤 방이었는데 갑자기 눈앞이 확 하고 밝아지는 느낌이 들었다. 나는 순간적으로 물속으로 걸어 들어가는 기분이 들었다. 작지 않은 공간의 한 벽면이 온통 수족관이었다. 조명을 받아 반짝거리던 형형색색의 물고기들. 그 때 나는 창백한 형광등 빛으로 물든 우중충하고 기다란 우리 집 복도를 생각했다. 그럴수록 공부에 대한 나의 집착은 더해갔다. 야뇨의 증세를 보이기 시작한 것이 그 무렵인 것으로 기억한다. 축축함과 섬뜩함 속에서 잠을 깨던 그 절망적인 느낌. 내가 밤에 오줌을 싼 것과 H초등학교에서 받은 지독한 열등감이 어떤 상관관계가 있었는지 그 외에 또 다른 병리적 요인이 있었는지 정확히 알 수는 없다. 그러나 거의 비슷한 시기에 시작된 것으로 보아 공부에 대한 비정상적인 집착과 도저히 뛰어넘을 수 없는 열등감 등이 나의 야뇨와 전혀 무관하다고는 볼 수 없을 것 같다.

5

형이 6학년 2학기에 들어서면서 어머니는 숫제 외가에서 살다시피 하셨다. 모든 상황이 종료된 후 어머니의 한숨에 섞여 토해진 말속에서 형은 그때 중대한 기로에 서 있었던 것 같다.

"현기 어머니, 지금이 고빕니다. 여기에서 조금만 더 치고 올라가면 경기도 갈 수 있을 것 같습니다. 지금 상태에서 경복 보내기는 솔직히 좀 아깝습니다."

형의 담임선생은 자칫 안이해질 것 같던 어머니부터 바짝 다그쳤다. 경계선에 서 있는 형을 더 위쪽으로 끌어당기고 싶었을 것이다. 박 선생님 반에서 몇 등까지 경기 붙었다며…… 당시 초등학교 교사들 사이에 이것은 훈장이었다. 제자를 잘 지도한 스승으로서의 영광일 뿐만 아니라 부와 명예가 동시에 보장되는 보증수표이기도 했던 것이다.

"문제는 잠입니다. 현기는 잠이 좀 많은 편입니다. 이제 실력은 별 차이 없습니다. 결과는 누가 한 문제라도 더 풀어보느냐에 달려 있습니다. 문제 유형에 익숙해지는 것이 중요합니다. 그래야 시간을 단축

하고 실수를 줄일 수 있습니다. 실수하면 끝입니다. 그러기 위해서는 절대적으로 잠을 줄여야 합니다.”

요즘도 우스갯소리로 3당 4락이라는 말이 있기는 하다. 세 시간 자면 붙고 네 시간 자면 떨어진다는 뜻이라는데…… 속수무책으로 쏟아지는 잠을 어쩔 수 있겠는가. 오죽하면 수마睡魔라 했을까. 그때 누구보다도 초조했던 것은 형이었을 것이다. 자기 몸에 쏟아지는 기대, 형은 차마 그것을 저버릴 수는 없었을 것이다.

“엄마, 잠만 줄이면 나 정말 경기 붙을 수 있어? 잠이 싹없어지면 얼마나 좋을까. 잠을 쫓아 버릴 수만 있다면……”

이 역시 모든 상황이 종료된 후 어머니 입에서 한숨처럼 나온 말이었다.

“그때 그 말뜻을 알아차려야 했어. 그러나 현기가 그런 생각을 품고 있을지 누가 상상이나 했어야 말이지.”

그때 형은 같은 반 친구에게서 잠 안 오는 약을 몰래 받아가지고 있었다. 이 약을 먹어야 하나 말아야 하나. 나름대로 그 엄청난 갈등 속에서 한 말이었을 텐데 어머니는 그것을 흘려듣고 말았다. 어느 날 밤 형은 과외공부에서 돌아와 코앞으로 닥친 일제고사와 집요하게 쏟아지는 잠 사이에서 홀로 외로운 결단을 내렸던 것이다.

하루에 꼭 한 알만 먹어 그러면 머리가 맑아지고 잠도 달아날 거야. 약을 건네준 친구의 말을 무시하고 형은 훨씬 많은 알약을 입 속에 털어 넣었다. 끈질기게 따라붙는 수마로부터 벗어날 수만 있다면 못할 일이 없었을 것이다. 과다복용한 정체불명의 각성제는 심각한 부작용을 일으켰고 위를 심하게 상한 형은 다음날 의식을 잃고 교실 바닥에 쓰러졌다. 병원으로 긴급 후송돼 응급실에서 위세척을 하고 장기

입원을 할 수밖에 없었다. 학교의 신속한 대응으로 위 절제를 면할 수 있었던 것이 다행이라면 다행이었다. 이젠 중학교 입학이 문제가 아니었다. 형의 몸이 정상으로 회복될 수 있느냐 없느냐의 갈림길에 서 있었다. 그 금쪽같은 시간에 형은 하얀 가운을 입고 죽은 듯이 침대 위에 누워있었다. 입과 코에 가느다란 고무호스를 꽂은 채 천금 같은 시간을 그렇게 흘려보냈다. 지금도 나는 그때 찡그리며 잠든 형의 핼쑥한 얼굴을 잊을 수가 없다. 형은 자신과 주위 사람들이 그토록 원했던 중학교에 응시조차 해볼 수 없었다. 절대적으로 안정을 취해야 합니다. 그렇지 않으면 정말 큰일 납니다. 담당의사는 준엄한 선고를 내렸다.

“차라리 전학을 시키지 말 걸 그랬어, 그랬다면 용산은 너끈히 갔을 텐데……”

그러나 때늦은 후회는 아무 소용도 없었다. 어머니의 헌신적 간호로 몸을 추슬러 간신히 후기에 응시할 수 있었다. 지원한 중학교에 붙기는 했지만 어머니와 형의 자존심은 이미 구겨질 대로 구겨진 다음이었다. 지금 생각해 보면 부모님께서 지방 근무를 그렇게 쉽게 결정하시고 우리 형제를 데리고 서울을 떠난 이면에는 어떤 오기가 발동한 것 같기도 하다. 다행히 아버지께서 발령 받은 곳은 비록 지방이었지만 일제 때부터 손꼽히는 유수한 교육도시였기 때문에 부모님의 결정이 얼마쯤은 수월했을지도 모르겠다.

결과적으로 형의 중학교 입학은 실패로 끝났지만 막바지까지 그것을 준비하던 어머니의 열정은 감탄스러울 지경이었다. 입학시험을 불과 보름도 남겨놓지 않은 시점, 형이 각성제를 먹을 때까지 어머니는 형의 경기중학교 합격을 추호도 의심하지 않으셨다. 막판에는 외가에서 돌아오지 않은 날도 많았다.

　"현수야, 네 형이 지금 얼마나 중요한 땐지 엄마가 얘기하지 않아도 잘 알고 있지. 조금만 참아. 형 시험 끝나면 엄마가 네 곁을 떠나지 않을게 알았지."

　일주일에 한 번씩 집에 오셨다가 다시 외가로 가시면서 어머니는 내 손을 꼭 잡고 다짐하셨다. 그 대신 나에게 부지런히 책을 사다주셨다. 소년소녀 세계명작전집 같은 번쩍번쩍 빛나는 책들을 월부로 들여놓기도 했다. 그 즈음 아버지도 야근하시는 날이 많았다. 본격적으로 궤도에 오른 경제개발에 안정적인 전기 공급은 절대적으로 필요했었다. 아버지는 밤늦게 지친 몸을 끌고 들어와 씻고 나면 주무시기 바빴다. 그때 우리 집에 TV는 물론 없었고 라디오가 오락의 전부였다. 식모누나와 함께 라디오 연속극을 듣기도 했지만 지루했다. 나는 자연히 책읽기와 학교 공부 이외에 할 일이 별로 없었다. 열한 살짜리가 불 끄고 누워 무작정 잠만 잘 수도 없는 일이었다. 어머니의 부재. 부재나 다름없던 아버지. 학교에서 내 힘으로는 극복할 수 없는 열등감. 그런 것을 뛰어넘기 위해 비정상적으로 매달렸던 공부. 책 속으로만 파고들던 외로움 그리고 야뇨. 축축한 이불 속에서 잠이 깰 때마다 죽고 싶은 생각뿐이었다. 추위가 시작될 무렵 덜덜 떨리는 이빨을 사려 물고 아무도 모르게 내복을 갈아입을 때면 까만 어둠 속에서 도깨비들이 웅크리고 앉아 나를 노려보고 있는 것만 같았다. 나의 젖은 속옷을 엄마 몰래 묵묵히 세탁해 준 식모 누나에게 그때는 물론 지금도 고마움을 느낀다. 그러나 나의 야뇨 증세는 그렇게 오래 지속되지는 않았다. 아버지께서 지방으로 전근을 가시면서 우리 형제를 데리고 서울을 떠나셨다. 그때 나는 지겨운 곳으로부터 빠져나오는 기분이

들었고 정말이지 하늘을 날 것 같았다. 사실 내가 그 사립학교에서 거두었던 성적은 결코 정상적인 것은 아니었다. 사력을 다했다고 해야 할 것이다. 그쯤에서 빠져 나온 것은 나에게 해방과도 같은 것이었다. 지방의 중소 도시로 옮겨 온 얼마 후 나의 야뇨 중상도 서서히 진정되기 시작했다. 그러니까 내가 야뇨에 시달린 것은 6개월이 조금 안 되는 기간이었던 것으로 기억된다. 이면적 진실이 무엇이든 간에 나는 지금도 부모님의 결단에 감사한다. 사실 그 분들도 외가든 친가든 어디엔가 우리 형제를 맡기고 싶은 생각이 왜 없었겠는가. 만약 그랬더라면 나는 계속해서 시설 좋은 사립학교에 다녀야 했을 것이고 부모와 떨어져 있는 심적 불안까지 겹쳐 야뇨 중세는 걷잡을 수 없이 악화되어 갔을 지도 모른다. 부모님들께서는 그때 내 야뇨의 이유를 어렴풋이나마 짐작하고 계셨을지도 모르겠다.

6

"준우야, 너 이리 좀 와 봐!"

학습지를 채점하던 내 목소리는 짜증스러움으로 있는 대로 구겨져 나왔다.

"너 지금 이거를 했다고 가져온 거야! 이렇게 해 놓고 만날 티비 앞에나 앉아 있어!"

이백육십사 더하기 백사십팔. 칠백십육 빼기 이백오십육 하는 식의 단순한 계산 문제가 10개씩 인쇄되어 있는 수학 학습지다. 성수는 열 문제에 적을 때는 두세 개 많을 때는 너덧 개씩 틀리고 있었다. 이 정도는 틀리지 않고 곧잘 했었는데…… 집중하지 않았다는 증거다. 거실에 앉아 있는 나에게 학습지를 던지듯 주고 안방으로 들어가 TV 앞에서 넋을 놓고 있던 준우는 내 목소리가 심상치 않다고 느꼈는지 안방 문을 붙들고 서 있을 뿐 선뜻 내 앞으로 다가오지 않았다.

"빨리 이리 못 와!"

나의 인내심은 서서히 한계에 이르고 있었다. 내 목소리가 커지면 커질수록 준우의 눈은 무언가 모를 공포로 굳어지고 있었다. 그까짓 계산문제 몇 개가 틀렸는가 하는 따위는 이제 별로 중요하지 않았다. 겁먹은 듯 멍하니 서 있는 아들놈의 어릿어릿한 모습이 결정적으로 나의 화를 돋궈 놓았다.

"셋 셀 때까지 이리 와! 하나아 두울."

준우는 입을 꼭 다문 채 마지못해 방문을 놓고 내 쪽으로 비실비실 다가왔다. 사내자식이 저렇게 배짱이 없어서야, 목에 칼이 들어와도 의연한 구석이 있어야지 이만한 일로 금방 죽을상을 해가지고 빌빌 대니 저걸 어디에다 써먹나…… 나는 쇼파에서 벌떡 일어나 쏜살같 이 아들놈에게로 뛰어 갔다. 준우는 본능적으로 두 팔로 머리를 감싸 방어자세를 취하며 한껏 몸을 웅크렸다. 나는 손아귀에 구겨진 채 잡 혀 있던 학습지로 준우의 팔을 내리쳤다. 시험지를 20장 정도 묶은 얇 은 것이라 별로 아플 리는 없을 텐데 아들놈은 단박 울음부터 터뜨렸 다. 사내답지 못한 자식 엄살떨기는…… 매는 매를 불렀다. 나는 두 대 세 대 계속해서 내리쳤다. 칭얼거리던 준우의 울음소리가 한껏 높 아졌다. 안방에서 TV를 보시던 어머니께서 주춤주춤 거실로 나오시 면서 못마땅한 표정으로 나와 준우를 번갈아 쳐다보시더니 쯧쯧 혀 를 차신다.

"또 뭐 땜에 멀쩡하게 잘 노는 애를 잡니, 잡기를?"

어머니의 목소리가 착 가라앉아 있다. 몹시 언짢다는 표시다. 나는 어머니의 말을 들은 채 만 채 학습지를 준우에게 집어 던졌다.

"이따위로만 해라. 빌어먹기 딱 좋을 거다."

"자식한테 아주 악담을 해라. 나도 너희들 키우면서 때로는 극성도 떨어봤다만 다 맘같이 안 되더라. 공부라는 게 억지로는 안 되는 거다. 그리고 준우 정도면 됐지 니들은 왜 시간만 나면 멀쩡한 애 기를 죽이지 못해 안달이냐 안달이. 초등학교 이 학년짜리가 잘하면 얼마나 잘하고 못하면 얼마나 못하니. 다 거기서 거기지. 학교 잘 다니고 친구들하고 잘 놀고 하면 된 거다. 괜한 욕심 부리지 마라. 세상일이 욕심대로 다 된다면 사는 게 뭐가 걱정이겠니."

웬만한 것은 못 본 체 못 들은 체 넘기시던 어머니께서 이번에는 작정을 하고 나오시는 것 같았다. 평소에도 친구하고 놀지 못해 환장하는 아이놈을 야단칠 때면 그 나이에는 부모 팔아 친구 산다는 말이 있을 정도라며 얼버무렸는데 이렇게 정색을 하고 나오시기는 처음이다.

"어머니도 참, 형을 외가에 맡겨놓고 공부시킬 때 누가 어머니한테 뭐 그럴 거 까지 있느냐. 용산이면 됐지 꼭 경기에 보내야 하느냐. 괜한 욕심 부리지 말라고 했다면 어머니께서는 그렇게 하셨겠어요? 그러실 수 없었잖아요."

그럴 생각은 아니었는데 나는 그만 어머니의 아픈 부분을 건드리고 말았다. 어머니의 낯빛이 순간 긴장되는 눈치다.

"그래 니 말이 맞다. 아마 나도 그때 누구한테 그런 말을 들었다면 괜한 참견 말라며 화를 냈겠지. 그때 니 형이 경기에 가지 못한 것은 지금 생각해도 아쉽기 짝이 없지만…… 그 막바지에 입원실에 꼼짝 않고 누워 있는 것을 볼 때 내 기가 막혀서…… 6년들인 공이 하루아침에 물거품이 되는 데…… 오죽 하면 그때 너희들을 데리고 지방으로 내려갔겠니. 그러나 말이다. 요즘 생각해 보면 니 형이 그때 경기에 실패한 것이 길게 보았을 때 손해만은 아니었을 거라는 생각이 들기도 한다."

어머니는 길게 한숨을 내쉬셨다.

"그때 어린 너를 혼자 떨어뜨려 놓고 걔한테 매달리면서 내 맘은 편했는지 아니. 헌데 어쩌겠니. 그때 경기에 넣기만 하면 걔 인생이 보장될 것 같다는 믿음이 있었거든. 그러나 그 실패가 오히려 니 형의 인생에 전기가 되지 않았나 하는 생각도 든다. 사실 현기가 국민학교 6학년 때까지 기고만장하고 안하무인 같은 면이 없지 않았다. 모두들 경기 감이라고 떠받들지 그 훤한 인물에 그때 만약 경기에 들어갔으면 어떻게 되었을까. 지 재주만 믿다가 지금보다 못하게 풀렸을지도 모른다는 생각이 든다. 비록 중학교는 실패했지만 어딘지 차분해지고 신중해진 면이 분명히 있었다. 걔를 보면 인간사 새옹지마라는 말이 맞는 것 같더라."

어머니는 운명론을 말씀하고 계셨다. 물론 그것은 인생의 막바지에 이르러 살아온 전 과정을 관조할 수 있는 위치에 서면 그것이 가능하겠지만 그러나 적어도 지금의 아내와 나는 아니다. 지금은 다들 몇 안 되는 자식 공부에 얼마나 눈독을 들이고 덤벼드는 세상인가. 아내나 나나 도도한 물살 위에 떠있는 나뭇잎에 불과하다는 생각이 든다. 서로의 신경을 갉아대는 모자의 설전으로 번질 뻔한 그날의 일은 다행히 그 정도에서 마무리가 되었다.

7

준우에게 이 말썽 많은 학습지를 시키기 시작한 지도 벌써 1년 반이 다 되어온다. 처음 시작할 때도 시키고 싶어 시킨 것이 아니었다. 그야말로 억지 춘향이었고 말도 안 되는 이상한 풍조 때문이었다. 그리고 지금도 나는 그러한 현상을 이해할 수 없기는 마찬가지다. 준우가 다니던 유치원은 깨끗한 환경과 원장의 확고한 교육방침이 마음에 들어 선택한 곳이었다. 원장은 유치원을 초등학교의 예비학교 쯤으로 생각해서는 안 된다는 점을 틈 있을 때마다 강조했다. 자신이 운영하는 유치원에서는 어설픈 영어교육이나 수학교육을 시키지 않고 예의바르고, 친구들과 더불어 사이좋게 놀고, 협동할 줄 아는 인성교육에 최우선을 두겠다고 공언했었다. 그리고 실제로 그렇게 아이들을 가르쳤다. 준우는 별 문제없이 2년을 잘 마치고 졸업했다. 그리고 초등학교에 입학했는데 이때부터 일이 묘하게 꼬이기 시작했다. 웬만한 아이들은 한글과 기초적인 덧셈 뺄셈은 물론, 빠른 아이들은 구구단까지 줄줄 외우고 있었던 것이다. 그러나 준우는 겨우 1부터 100까지를 읽고 쓸 정도였고 받침 없는 쉬운 한글을 3, 40개정도 읽을 수 있는 것이 전부였다. 초등학교 입학 전에 가끔 집으로 놀러오는 동네 아이 중에는 간단한 계산문제를 풀고, 꽤 어려운 한자도 곧잘 쓰는 아이들이 있었지만 그냥 재롱 정도로 무심히 보아 넘겼다. 그러나 준우가 초등학교에 입학한 후 문제가 생기기 시작했다. 준우 정도로는 어림도 없었다. 40명 중에 덧셈 뺄셈을 모르는 아이는 불과 열 손가락 안

에 꼽을 정도였다. 아내로부터 그 얘기를 들었을 때 아차— 하는 생각
이 뒤통수를 쳤지만 때는 이미 늦었다. 아이의 말을 들어보니 수업시
간에도 담임선생은 이미 알고 있는 아이들의 수준에 맞춰 수업을 진
행하는 것 같았다. 정말 이러다가는 멀쩡한 아이를 병신으로 만들지
도 모른다는 생각이 들었다.

　"내가 미쳐. 글쎄 우리 준우가 숫제 바보가 돼 있더라니까. 내 뭐라
그랬어요. 그저 남들 하는 대로 좇아가는 것이 두루 좋은 거라 그랬
죠. 남들 다 보내는 속셈 학원, 글짓기 학원에 안 보내서 멀쩡한 애를
병신으로 만들다니. 선생도 왜 여태 기초적인 공부를 시키지 않았냐
는 투더라니까. 내 기가 막혀서……"

　아내가 학부모 면담에 갔다가 돌아와서는 입에 거품을 무는 거였다.

　"아니 그러면 학교에서는 애들한테 뭘 가르치겠다는 거야. 이것저
것 다 배우고 입학하면 선생들은 뭣 땜에 필요해. 기역 니은도 모르는
애들을 때려가면서 가르치는 것이 학교 선생들 할 일 아니야. 그게 초
등교육이지 도대체 이놈의 나라는 두서도 원칙도 없어."

　"글쎄 그런 걸 누가 몰라요? 나도 선생한테 그런 뜻으로 이야기를
했지. 그러나 한 반 40명 중 뒤처진 10여 명을 위해 30명이 이미 알고
있는 것을 자꾸 반복하고 있을 수도 없다는 거예요. 교사들도 나름대
로 고충이 있는 것 같더라고. 그렇게 하면 왜 다른 반처럼 팍팍 진도
를 빼지 않고 뭉개느냐고 극성스러운 엄마들의 전화가 빗발친대요. 말
해 뭐해. 남들 하는 대로 우리도 기초적인 것을 가르쳐서 보냈으면 아
무 문제없는 것을. 내일부터라도 당장 시작해야겠어요."

　"아니, 이 사람이 그럼 이제 겨우 초등학교에 입학한 아이에게 과외
공부라도 시키겠다는 거야?"

"어머머 이이가 이렇다니까. 당신은 지금 세상이 어떻게 돌아가고 있는지 몰라서 그런 소릴 해요? 지금 준우 또래의 아이들 가운데 학원 한두 군데 학습지 한두 개 안 하는 애가 어디 있는 줄 알아요? 외국인이 가르치는 영어학원에 다니는 애들도 수두룩 하다구요. 당신은 요새 티비도 안 봐요? 강남에는 성적관리만 전문으로 해주는 컨설팅 회사도 있답디다. 심지어는 아이들 적성을 조기에 발견해준다는 디엔에이 연구소도 성업 중인데 그 비용이 수백만 원을 호가한대요. 문관지 이관지 아니면 예체능 쪽인지…… 지금 세상이 이 정도라구요."

"뭐? 아이들 성적관리에 디엔에이 검사까지……"

나는 무엇인가 둔중한 것으로 뒤통수를 얻어맞은 느낌이었다. 이러다가는 부모가 DNA검사를 해주지 않아 적성에 맞지 않는 공부만 하다가 인생에 실패했다는 원망을 자식들로부터 듣지 말라는 법도 없을 것 같다. 정말 세상은 변해도 더럽게 변해간다는 생각이 들었다.

"그러니 다들 미쳤다는 거야. 그게 다 뭣 때문인 줄 알아? 이기주의야, 이기주의. 그것도 아주 치사하고 더러운 가족이기주의 말이야. 내 자식만큼은 수단과 방법을 가리지 않고 남들보다 앞서가야 한다, 출세를 해야 한다. 거기에 또 하나가 묘하게 기생하고 있지. 바로 교묘하게 위장된 상혼 말이야. 부모들의 그러한 불안 심리에 편승한 더러운 상혼. 이것만은 조기에 꼭 시켜야 합니다. 이것만은 반드시 가르쳐야 합니다. 빠르면 빠를수록 좋습니다. 그렇지 않으면 당신의 자녀가 이 치열한 경쟁사회 속에서 낙오자가 될지도 모릅니다. 이 정도면 교육이 아니라 숫제 협박이야. 그들 눈에는 아이들이 다만 돈으로밖에 안 보이거든. 그 집요한 상혼…… 그 탐욕 속에서 아이들만 멍들어 가는 거라구. 결국에 가서는 우리 사회 전체가 멍들어 가겠지만 당장은 보이지 않지. 잘 굴러가는 것 같지."

내가 목에 핏대를 세우며 열변을 토했지만 아내는 이미 내 말을 귀담아 듣고 있는 눈치가 아니었다. 사교육에 관계되어 내 입에서 나오는 말은 현실론이 아니라 원칙론이나 이상론에 더 가까우니 그럴 만도 하다. 숙맥인 나도 그쯤은 알고 있다. 이쯤에서 말문을 닫아야 한다는 것을 나도 안다. 내가 아무리 장광설을 늘어놓더라도 세상은 눈곱만치도 변하지 않는다는 사실을 낸들 왜 모르겠는가. 그러나 나의 비참한 인식과는 상관없이 내 말은 꼬리에 꼬리를 물고 이어진다. 언제나 그랬다. 내가 아무리 입에 거품을 물더라도 그것은 결국 시대에 뒤떨어진 가장의 외로운 궤변일 뿐이었다. 결국에는 못들은 척 아내가 하는 대로 방임하는 것이 상책이라는 것을 경험을 통해 이미 터득하고 있었다.

"글쎄, 그런 말씀은 교육학원론 시간에나 들을만한 것이고 물론 극단적인 경우도 있기는 하지만 거기까지는 어쩌지 못한다 하더라도…… 우리가 지금 살고 있는 이 곳에는 옳건 그르건 여기 나름대로의 어떤 방식과 흐름이란 것이 있어요. 그것을 전적으로 무시하고 원칙만 고집할 수도 없는 거라구요. 자칫 그것은 낙오로 이어질 수 있고 이 사회에서 한 번 낙오하면 또 다시 기회를 잡는다는 것이 얼마나 힘들다는 거 누구보다 당신이 더 잘 알잖아요."

감정이 격하게 치밀어 오르는지 아내의 목소리도 가볍게 떨렸다. 내일부터 학습지라도 시작해보겠다는 말을 끝으로 그 날 밤 우리 부부의 설전은 그럭저럭 마무리가 되었다. 아내의 말에도 일리는 있다. 그리고 내 말에도 나름대로의 진실이 있다. 그것은 나도 알고 아내도 알고 있다. 이렇게 되면 생각은 평행선을 그을 수밖에 없다. 어느 한

쪽의 논리에 비약이 있거나 오류가 있다면 문제의 해결은 쉽겠지만 그렇지 못한 것이 우리 시대의 비극이다.

일주일에 한 번 선생님이 방문해서 30분 씩 지도하는 것으로 하면 한 달에 4만 원 정도면 가능하다고 했다. 그러나 그것도 수학, 국어를 동시에 시키면 전혀 부담이 안 되는 돈은 아니었다. 그렇지만 그것마저 하지 말라고 하면 정말이지 나는 말도 안 되는 고집만 피워대는 시류적 감각이 없을 뿐만 아니라 자식의 앞날을 걱정하지 않는 무책임한 아빠로 매도당할지도 모른다. 그것만은 피해야 한다. 그렇다면 시켜보자. 그렇게 해서 시작된 학습지였다.

우선 수학, 국어 두 개의 학습지로 시작되었던 준우의 과외공부는 1학년 2학기를 거쳐 2학년으로 올라가면서 하나 둘씩 늘어갔다. 어쩔 수 없었다. 무엇보다도 같이 놀 아이들이 없었다. 방과 후 아이들은 너나할 것 없이 학원에 매달려 우중충한 상가의 한 귀퉁이에서 긴긴 오후를 보내고 있었다. 아이들은 흡사 음지 식물처럼 생기를 잃어 가는 것 같았다. 학습지에 글짓기, 수학 그리고 영어회화학원까지 준우의 하루는 정말이지 한 치의 여유도 없이 그렇게 흘러갔다. 톱니바퀴가 서로 맞물리며 오차 없이 돌아가듯 겨우 초등학교 2학년, 9살짜리의 하루는 숨 막히게 흘러갔다.

8

준우 담임과의 통화를 마치고 나는 뜨거운 콜럼비아 · 스프리모를 호르륵 한 모금 마셨다. 이 커피를 마실 때마다 나는 작렬하는 태양

아래 드러난 흑인노예의 검붉은 등허리가 생각난다. 거의 하루 종일 내린 비 때문인지 아직 그럴 시간은 아닌데 창밖이 어둑어둑해 진 것 같다. 불을 켜지 않은 연구실 안도 어슴푸레 하다. 저 먼저 갑니다—주말 잘 보내시고 월요일에 봅시다. 옆방 교수님께서 퇴근길에 잠깐 내 방에 들르셨다. 나이가 나보다 근 20년이 위이기 때문에 정년을 1년 정도 앞두고 있음에도 나에게 언제나 깍듯하게 경어를 쓰신다. 품위 있게 나이가 든 노신사다. 이제 교수동 3층은 나를 제외한 모든 교수가 퇴근한 모양이다. 나는 노교수를 층계 앞까지 정중히 배웅하고 돌아와 두 모금 째 커피를 마신다. 퇴근을 생각하면서도 소파 깊숙이 몸을 묻었다.

　커피 통에는 며칠 전 갈아 놓은 모카 · 자바가 서너 스푼 정도 남아 있었다. 한 잔 정도 내리기는 충분했지만 오늘따라 왠지 더 강렬한 맛을 느끼고 싶었다. 나는 그 강한 맛 때문에 평소 즐겨 마시지 않는 콜럼비아 · 스프리모 원두를 한 움큼 그라인더에 넣고 스위치를 눌렀다. 단단한 콩깍지가 날카로운 칼날에 부딪히는 파열음이 좁은 연구실을 가득 메웠다. 나는 그 소리를 즐긴다. 10초면 충분하지만 20초 정도 그 소리를 듣고 있다. 어차피 지금 교수동 3층에는 이 소리에 방해받을 사람도 없다. 전기를 끊고 바로 뚜껑을 열자 아주 미세한 흑색 가루가 포로록 날린다. 나는 원두에서 갓 부서져 나온 이 강렬한 향기를 너무도 사랑한다. 코를 가까이 대고 천천히 들이마신다. 고소하면서도 쌉싸름한 향기가 코끝을 매캐하게 감돈다. 여과지에 두 스푼 가량 원두 가루를 담고 한 컵 반 정도의 물을 붓고 소켓을 꽂는다. 담배를 피워 물고 소파에 몸을 묻은 채 창밖을 바라본다. 무채색으로 충충하게 가라앉아 있던 숲 위로 희끄무레한 기체가 핥으며 지나간

다. 비가 그치고 나더니 숲 위로 안개가 피어오르는 모양이다. 쿠루룩
— 쿠루룩— 뜨거운 물이 역류하면서 커피가루를 핥아 내린다. 짙은
갈색의 액체가 흑노의 눈물처럼 유리포트 속으로 떨어진다. 처음에
는 흐느적 흐느적 산허리를 휘감더니 점차 산 전체로 퍼진다. 이제 조
금 있으면 저녁 안개가 자욱이 시야를 가릴 것이다.

대학졸업을 얼마 앞두고 무작정 떠난 남도 여행길. 갈매기들이 회
색 빛 공간을 선회하며 울어댔다. 부옇게 흐린 군산항. 겨울 부두에서
축축한 대기를 뚫고 들려오는 뱃고동 소리를 들은 적이 있었다. 안개
속에서 무겁게 출렁대는 해수면을 핥듯 낮게 엇갈리던 뱃고동 소리.
동행했던 대학동기가 말해 주었다. 안개고동이야. 시정거리 제로의 안
개 속에서 상대방에게 자신의 위치를 알리는 소리라고 했다. 누군가
에게 위험을 예감시키는 소리. 뿌우―웅, 뿌우―웅.

수마와 홀로 싸우던 형은 각성제를 먹기 직전 누군가에게 어떤 고
동을 울렸을까? 국민학교 4학년짜리 나는 또 어떤 소리로 첩첩히 앞
을 막는 외로움을 헤치려 했을까? 그렇다면 준우도 지금 우리 부부를
향해 어떤 신호를 보내고 있는 지도 모르겠다. 산허리를 휘감는 저녁
안개 속에서 나는 또다시 중저음의 무적霧笛을 듣는다.

장흥 가는 길

1

매일 반복되는 일상. 오늘 아침에도 손주 놈들은 쌈 싸우듯 초등학교로 유치원으로 제각각 흩어졌다. 영감도 수저를 놓기가 무섭게 외출을 서둘렀다. 사우나에 들렀다가 주식 객장까지 갔다 오겠다는 말을 남기고 누가 잡는지 뒤도 돌아보지 않고 횡하니 나가 버렸다. 젊어서부터 틈만 나면 잠시도 집에 붙어있지 않더니만 70을 훌쩍 넘긴 지금도 그 버릇은 여전하다. 며느리도 어머니회 정기 모임이 있다며 외출하고 집에 없다. 아침 설거지를 끝내기가 무섭게 옷장 문을 열어놓고 입을 게 있네 없네 옷타령을 늘어놓는 눈치더니 쫙— 빼 입고 나갔다. 그리고 또 한 명, 시간강사 8년을 에누리 없이 꽉 채우고 재작년에야 교수가 된 우리 둘째 아들. 아침을 먹자마자 침대로 기어 들어가 또다시 잠이 들었는지 여태 아무런 기척이 없다. 그러니까 지금 50평 아파트 횡하니 넓은 집안에 나 혼자 남아 있는 것이나 다름없다.

재작년 이맘때까지만 하더라도 입주한 지 얼마 안 된 아파트 단지
는 메마른 땅 위에 나무랍시고 삐쭉한 막대기만 여기저기 꽂혀 있을
뿐 뭐 하나 볼게 없더니 그래도 올해는 제법 누렇게 물든 나뭇잎들이
바람결에 흔들리기도 하고 포도 위를 구르기도 한다. 다른 늙은이들
은 늦가을 떨어져 뒹구는 낙엽을 보면 쓸쓸하네, 인생이 허무하네, 푸
념이 늘어지지만 정말이지 나는 눈곱만치도 그런 생각을 해 본 적이
없다. 그게 자연의 순리인 것을 뭐가 쓸쓸하고 뭐가 허무하단 말인가?
시간의 흐름에 따라 늙고 죽는 것이 당연한 이치인 것을…… 갈 때가
되면 미련 없이 가야지, 끝이 없는 삶이란 생각만 해도 끔찍하다. 70
을 넘기고 나니까 그저 자식들 힘들게 하지 말고, 흉한 꼴 보이지 말
고 곱게 가는 것이 가장 큰 복인 듯싶다. 널찍한 베란다 창을 통해 한
동안 밖을 내다보다가 차 한 잔 마실 생각으로 돌아서는데 전화벨이
요란스레 울린다. 둘째 아들이 깰까봐 얼른 수화기를 들었다.

"여보세요?"

"사모님이셔요. 나요, 나."

전화선을 타고 넘어오는 거침없는 목소리가 누구의 것인지 나는
대뜸 알아 차렸다.

"아니 종수 엄마가 웬일로 전화를 다 했어?"

"웬일은요, 사모님 보고자파 했지요."

그녀의 목소리는 여전히 카랑카랑했지만 어딘지 기운이 빠진 것 같
기도 했다.

"종수 결혼식은 언제요?"

아들아이 결혼식 때문에 전화를 했구나 싶었지만 나는 짐짓 지나

는 말투로 물었다.

"해버렸소. 지난 일요일에 동네 구민회관에서 후딱 해치워부렀소."

"아니, 내게 기별도 없이?"

"사모님한테 무슨 면목으로 또 전화를 헌다요. 지금까지 우리 새끼덜 큰 일 있을 때마다 마음 써 주신 게 얼만디……"

"쓸데없는 소리 다 한다. 내가 해준 게 뭐 있다고."

"하이고, 아니어라 말은 바른 말이지. 누가 주야장천 그렇게 헐 것이요. 요즘 시상에 부모 형제가 그렇게 헐 것이요. 일가친척이 그렇게 헐 것이요. 사모님 고마운 것이사 제가 잘 알지요."

"그런데 종수 엄마 어디 아푸…… 목소리가 왜 그래?"

"이 놈으 몸뚱이야 어디 성한 디가 있답디여…… 종수 놈 결혼시켜 버링게 시원함서도 먼저 간 사람 야속키도 허고 불쌍하기도 허고 어째 맴이 펜치 않소."

종수 엄마 목소리가 가볍게 떨린다. 20여 년 전 우리 집에 처음 들어서던 그녀의 모습이 문득 떠올랐다. 지금 건넛방에서 자고 있는 둘째가 군대에 간 직후였으니까 76년 여름쯤으로 기억된다. 중간에서 소개한 사람 말마따나 시골에서 올라와 혼자 몸으로 두 남매를 키우느라 무진 고생을 해서 그런지 첫 느낌이 예사롭지는 않았다. 걸러지지 않은 남녘 사투리도 귀에 설었다. 나는 한전에 근무하던 남편 따라 군산 땅에서 5년 남짓 살았기 때문에 여느 서울토박이들이 갖고 있는 전라도 사투리에 대한 낯섦이나 묘한 거부감은 거의 없다고 자부하는 편이었다. 그러나 종수 엄마의 말은 충청도 말과 섞인 군산 사투리와는 또 달라 선뜻 다가설 수 없는 벽이 있었다. 그러나 가만히 들여다 본 얼굴은 마마로 얽은 자국이 희미하게 남아있었지만 곱살한 구석이 있었다. 무엇보다 눈빛이 너무도 선량해 보였다. 그러나 종수 엄마를 받아들이기로 마음먹은 것은 그 눈빛 때문만은 아니었다. 10년 가까이 내 집 안 일을 도맡아 해주던 평자가 결혼을 하기위해 갑자기 고향으로 가 버렸기 때문에 나는 혼자 손으로 부엌살림에 청소며 빨래까지 녹초가 되어가고 있었다. 게다가 중간에서 소개해준 사람 낯도 있고 해서 일단 일을 시켜보기로 했던 것이다.

박정희 씨가 혁명으로 정권을 잡은 후 경제개발이 시작되면서부터 서울바닥에 고만고만한 처녀애들이 갑자기 넘쳐난 적이 있었다. 시골에서 국민학교만 겨우 마친 처녀애들이 가난한 살림에 한 입 던다는 심정으로 집을 떠나 무작정 서울로 서울로 모여들었던 것이다. 월급쟁이 남편이 얼마나 벌어다 주었겠는가마는 하다못해 동네 구멍가게에도 식모가 있었던 시절이니 말해 뭣하겠는가. 덕분에 나는 신혼 몇 년만 빼고 평자가 고향으로 돌아갈 때까지 20년 넘게 정말이지 손끝에 물 하나 안 묻히고 살았다. 그러니 평자의 부재로 눈앞이 캄캄해지는 것은 어쩌면 당연한 일이었다. 이것이 종수 엄마와의 기나긴 인연의 시작이었다. 내가 재작년 둘째네와 살림을 합칠 때까지 정확히 22년의 세월이 그렇게 흘러갔다. 예상했던 대로 그녀는 아직 서울 여염집 살림에 적응하지 못했고 생각했던 것보다 조심성도 없었다. 종아리를 홀떡 걷어 올린 채 발꿈치로 아파트 거실을 쿵쾅거리며 논바닥 밟듯 걸어 다녔다. 뭐를 하든 요령보다는 힘을 믿다보니 잡아먹은 살림살이도 한둘이 아니었다. 그러는 사이사이 틈날 때마다 한숨에 섞여 토해진 그녀의 인생살이는 그야말로 파란중첩한 한 편의 드라마였다.

2

　순옥은 지금 자신의 눈앞에서 벌어지는 것들의 의미를 정확히 알 수가 없다. 그저 무언가 멍하고 번잡스러울 뿐이다. 채 스물도 안 된 어린 나이에 친정 부모가 가야한다니 그저 그런가보다 하고 물 설고 산 설은 장흥 땅으로 시집이라고 와서 무뚝뚝한 사내와 3, 4년 살을 부비고 살았지만 애틋한 정은 없었다. 백일이 갓 지난 아들 위로 3살짜리 딸애가 있었지만 소 닭 보듯 데면데면 그렇게 지내온 세월이었다. 지금 서른 살 남편을 실은 상여가 떠나가고 있다. 슬픈지 어떤지도 몰랐다. 그 인생이 서럽고 불쌍하기만 했다. 다시는 돌아올 수 없는 곳으로 가고 있다는 생각만 들었다. 종수 아부지 이렇게 가는 것이요. 정말 나를 두고 가는 것이요잉. 그 말이 입속에서 맴을 돌 뿐……

　　어ー호 어어 호 어이가리 넘차 어ー호
　　어ー호 어어 호 어이가리 넘차 어ー호
　　북망산천 머ー다더니 문전 산이 북망일세
　　어ー호 어어 호 어이가리 넘차 어ー호

　열두 명 상여꾼들이 굵직한 소리로 떠날 채비를 갖추자 상여 앞에 올라선 소리꾼이 목청을 틔우려는 듯 맑은 목소리를 구성지게 뽑아 올렸다. 입춘이 지난 지 오래건만 땅에 붙은 찬바람이 회오리를 일으키며 자욱이 흙먼지를 말아 올린다. 하늘은 흡사 봄눈이라도 뿌리려는 듯 잔뜩 찌푸리고 멀리 까마귀 떼가 버려진 논 위로 어지럽게 날아오른다. 징허게도 구슬픈 소리가 오랫동안 순옥의 귓가에 맴돌았다.

신명난 소리꾼이 접신을 했나, 이 대목에 이르러서는 듣는 이의 애간장을 녹이려는 듯 숫제 흐느낌 소리까지 낮게 깔린다.

순옥의 남편은 추수를 끝내자마자 인근 산판에 갔다가 3개월 만에 주검이 되어 돌아왔다.

"내 참 기맥혀서. 글씨 멀쩡히 점심을 먹고 났는디 춘성이가 갑자기 배를 움켜쥐더니 소리도 못 지르고 떼굴떼굴 구르는 것이여. 아 글씨 순식간이었당게. 그래, 내가 이라고 봉께 얼굴이 꺼멓게 질림서 입으루다 피를 흘리고 그대로 몸이 굳어불더랑게. 내 지금까지 살면서 그런 급살은 또 첨이여……"

동네에서는 모두들 산벌이라고 했다. 장가들 당시 순옥의 남편은 20년 머슴새경을 톡톡 털어 색시 맞을 초가 한 채를 지어놨을 뿐 송곳 꽂을 땅떼기 하나 없는 찢어지게 가난한 농군이었다. 남의 땅 소작으로 근근이 입에 풀칠을 했는데 사람 하나는 성실하기 그지없었다. 농한기라 하더라도 어디 동네 투전판 한 번 얼씬 거리지 않았다. 거기에 맘을 붙이고 살았다. 그해 겨울 보성 땅에 산판이 크게 벌어졌다. 한서너 달 죽어라 고생하면 한 뼘 내 땅을 장만할 수 있을 것 같다며 동네 사람 몇이서 길동무하며 그렇게 떠난 길이었는데…… 입관하기 직전 마지막으로 본 남편의 얼굴은 상처하나 없이 말짱했다. 그저 모든 것이 꿈결같이 흘러갔다. 그런데 변이었다. 삼우제를 지내고 없는 살림에 절에 부쳐 사십구제를 지낼 때까지 니는 남편 잡아묵은 년이여…… 남편 잡아묵은 년이여…… 악머구리 끓듯 원성이 순옥의 귓가를 떠나지 않았다. 그녀는 한 발짝도 집 밖으로 나설 수가 없었다. 세상이 부끄럽기만 했다. 남편 잡아 묵은 년.

"아가, 니 속 무단시 끓이지 말고 알았제. 다 지 타고난 맹이고 운수소간이지 니가 뭔 죄가 있간디. 다 쓰잘데기 없는 소리여."

누가 뭐라 하든 속 깊은 시어머니는 순옥을 다독였지만 그 끔찍한 소리는 그녀의 귓가를 떠나지 않았다. 원래 실한 몸은 아니었지만 대꼬챙이처럼 말라들어갔다. 나중에는 철색이 도는 얼굴에 귀기마저 서리는 것 같았다. 잠시 친정으로 보내보시요잉. 새댁이 망자와 상극이오. 이런 혼인은 하는 것이 아닌디. 장가가 아니고 망가였구만. 망가…… 아, 겉으로야 드러나간디 사주상에서 서로 부딪혀 상살이 되는 것이제. 죽은 사람은 죽은 사람이고…… 잠시 서로 피하는 게 상수요.

시댁과 친정 사이에 몇 차례 사람이 오갔고 선옥은 젖먹이 아들을 등에 업고 아장아장 딸아이를 앞세운 채 김제 땅 먼 친정길에 올랐다.

"아가, 니가 가면 아주 간다냐. 니는 누가 뭐라혀도 이 씨 집 구신이여 몸쪼까 추스르고 퍼득 와야 헌다 잉."

시어머니는 순옥의 손을 꼭 잡으며 눈시울을 붉혔지만 결국 그것으로 시집과의 인연은 끝이 나고 말았다.

3

　나주 임씨 순옥의 친정은 비록 가난뱅이 농사꾼 집안이었지만 꼬장꼬장한 양반 자존심만은 어느 대갓집 못지않았다. 조선의 대문장 백호 할아버님이 태어나신 가문이여 우리 가문이…… 순옥의 친정아버지는 그것을 목숨보다 소중히 여겼다.

　"니가 물론 그럴 리는 없겠지만서두 행여나 개가할 생각일랑 꿈도 꾸지 말더라고. 내 집안에 그런 일은 없으니께. 숭헌…… 짐승도 아니고."

　순옥의 친정아버지는 출가한 딸은 시집 귀신으로 일생을 마쳐야 한다는 생각이 뿌리깊이 박혔지만 딸이 죽어간다는데, 아무리 출가외인이라 여기고 살아왔지만 바로 당신의 딸이 대꼬챙이처럼 비비 말라 죽어간다는데 어찌하겠는가. 가서 데려오라고 불같이 화를 내고 순옥을 받아들였지만 그녀를 바라보는 시선이 고울 리 없었다. 하물며 남의 집 대를 잇는 외손주들이야 말해 무엇하랴. 어린 것들 앞에 드러내놓지는 않았지만 처음부터 객식구 취급을 면키 어려웠다. 자신이 당하는 설움이야 눈 한 번 질끈 감으면 그만이었지만 어린 것들이 천덕꾸러기가 되어 가는 꼴은 정말이지 두 눈 뜨고 볼 수 없었다.

　순옥이 친정으로 돌아와 1년쯤 지났을 때 장흥에서 사람이 와서 남편이 남긴 집문서를 쥐어주고 돌아갔다. 노름에 미친 그 집 맏아들, 순옥에게 시아주버님 되는 인사가 호시탐탐 그 집문서를 노려 보존키가 쉽지 않을 듯 하니 가지고 있다가 좋을 대로 처분하라는 시어머니의 전갈이 있었다. 남편이 남긴 집 한 채, 이제 그것은 순옥과 어린 남매의 목숨줄이나 다름없었다. 언제까지나 김제 땅에 들어 엎드려 친정 종살이만 할 수는 없는 노릇이었고 시집이나 친정이나 지질한 가난에 넌더리가 나기도 했었다. 어디를 가든 사대육신 멀쩡한 이 한 몸 부지런히 움직이면 이만 못하랴싶은 생각이 뇌리를 떠나지 않았다. 언젠가 딱 한 번 가보았던 광주를 떠올려 보았다. 그러나 결행은 쉽지 않았고 또 지나온 만큼의 세월이 흘러갔다.

"저런 고연, 조노무 가시네가 어찌 넘의 집 귀한 장손 얼굴에다가 감히 손찌검을 한단 말이냐?"

친정아버지의 성난 목소리가 쩌렁쩌렁 울안에 가득 찼다. 순옥이가 부리나케 뛰어 나가보니 은영이와 동갑내기 조카아이가 드잽이가 난 것이었다. 유난히 왜소한 조카아이가 은영이 밑에 깔려 발버둥질치며 울고 있었다.

"저런 저 호랭이 물어갈 년. 가시네가 조신하지 못하고 저렇게 지앙스러워서야 어디에 써 묵겄냐. 당장 끌어내부러. 꼴도 보기 싫다."

순옥의 가슴에 그 소리는 비수처럼 박혔다. 올케가 마지못해 끼어들어 파랗게 질린 조카아이를 들쳐업었지만 암상 난 얼굴을 굳이 감추려 들지도 않았다.

"조년이 온 다음부터는 우리 집 장손이 영 기를 못 핀당께 고이헌."

더 이상 들을 필요도 없었다. 나가야 한다. 죽더라도 나가서 죽어야 한다. 그 생각뿐이었다. 김제 땅에 들엎드려 있는 한 자식들은 촌 무지랭이밖에 될 게 없었다. 남편도 결국은 그 굴레에서 허덕이다가 죽어간 것이다. 어린 남매에게는 덧붙여 천덕꾸러기라는 멍에까지 얹혀질 뿐이었다. 그러나 친정아버지는 아이들을 데리고 대처로 나가는 것에 반대할 것이 불을 보듯 뻔한 노릇이었다. 친정살이 2년이 가까워 올 무렵 어느 정도 건강을 회복한 순옥은 장흥으로 돌아간다고만 했다. 시댁으로 돌아가 시집 귀신이 된다는 데야 누구도 말릴 명분이 없었다. 친정아버지는 큰기침으로 안도의 빛을 보일 뿐이었다.

"순옥아 이를 어찌까잉. 순옥아. 니가 시댁으로 들어간당께 말릴 수는 없다마는 어찌까잉……"

친정어머니는 거칠어진 순옥의 손을 부여잡고 담박 울음부터 터뜨렸다. 남편도 없는 시집살이. 25살 청상으로 살아가야 할 모진 세월이 친정어머니의 속을 후벼파 애끓는 비통이 쥐어짜듯 피울음을 토한다.

"엄니, 지 걱정일랑 마시고 내내 맴 편히 지내시오."

순옥은 뒤끝을 남기지 않으려 매정하게 돌아섰다. 다시는 이 김제 땅에 발을 디밀지 않으리라. 그러나 따지고 보면 누구한테 야속할 것도 없었다. 다만 모든 미련을 끊어버리려는 자신을 향한 채찍질일 뿐이었다. 친정아버지도 당신 믿음대로 살아오신 평생이었다. 골수에 박힌 생각을 어찌 하루아침에 바꿀 수 있겠는가. 찢어지게 가난한 살림을 꾸려가는 오라비의 처지도 이해 안 될 바가 아니었다. 한 뼘 소작이 전부인 농사. 순옥이 거들고 말고 할 것도 없었다. 한 입이라도 덜어야 할 판에 입이 세 개나 얹히니 기가 막힐밖에 없었으리라. 친정이 있거니 하는 마음이 어느 한 구석에라도 남아있는 한 그 굴레로부터 벗어나지 못할 것 같다는 생각이 들었다. 마음을 독하게 다잡으면서도 웬 눈물은 그리 한없이 흘러내리는지…… 친정어머니는 동구밖까지 쫓아 나오며 순옥이 보이지 않을 때까지 손을 흔들었다. 한참을 가다 올려다본 하늘은 서럽도록 푸르기만 했다.

"옛날도 아닝께 삼종지도를 따르라 헐 수는 없는 노릇이고 니가 가겠다면 막지는 않겠다. 냄편도 없는 가난한 시집살이 뭘 보잘 게 있고 낙이 있겄냐. 그래 아직 창창한 나이에 자알 생각했느니라."

순옥이 광주 이야기를 꺼냈을 때 시어머니는 일의 끝이 결국 그렇게 될 줄 알았다는 듯 체념어린 빛이 역력했다.

"야가, 야가, 그걸 말이라고하냐 시방. 종수는 놓고 가그라. 느그 친정에 가 있는거와는 달부제. 갸는 엄연히 이 씨 집 자손잉께 놓고 가는 것이 순리여. 어찌 경우 웂시. 느그 친정에서 그렇게 가르치지는 않았을 터……"

망설이고 망설인 끝에 아이들을 데리고 가겠다는 말을 꺼냈을 때 시어머니는 벼락같이 마른 성부터 내셨다. 이런 분이 아니었는데, 당신 아들을 땅에 묻고도 한사코 며느리를 감싸안으시던 분이었는데 저 작은 몸 어디에 저런 울화를 숨겨 놓으셨을까. 정신이 아득하고 찬 바람이 전신을 휘감았다.

"엄니, 설마허니 지가 팔자를 고치러 대처로 나간다고 혔것소? 종수를 델꼬 가면 자가 임 씨 자손이 된답디여. 김 씨 자손이 된답디여. 종수는 어딜가든 이 씨 자손이요. 지가 이 씨 자손 촌 무지랭이 만들지 않기 위해 대처로 나가는 것이요 시방. 아시것소. 그리고 저 어린것을 뗴어놓으면 누가 키운다요. 엄니 그리 마시고 함께 보내주시요잉. 지는 인자 종수 뗴어놓고는 한시도 못살어라. 대신 엄니 곁에 은영이를 놓고 갈라요."

처음에는 안 된다고 펄펄 뛰던 노인네가 끝내는 눈물 바람으로 쓰러졌다. 모르것다. 모르것다. 내는 아무것도 모르것다. 에미야 이 무슨 날벼락이더란 말이냐. 시어머니의 넋두리는 칼날이 되어 순옥의 가슴을 도려냈다.

4

나이 20이 훨씬 넘도록 김제 장흥 땅을 벗어나지 못했던 순옥에게 광주는 대처였다. 차부에 내려섰지만 배가 고프다는 생각밖에 어디로 가야할 지 무엇을 해야 할 지 그저 막막하기만 했다. 어째든 주린 배부터 채워야겠다는 생각이 들었고 차부에서 조금 떨어진 허름한 식당으로 주춤주춤 들어섰다.

"하루아침에 내빼면 어떡한댜. 썩을 년. 암튼 머리 검은 짐승 괴치 말라 하더니만 옛말 그른 거 하나도 없당께. 오돌오돌 떨고 있는 것이 하도 불쌍혀 10년 가차이 델꼬 있었드마 그 은공도 모리고 그 뭣 같은 개도 안 물어갈 놈하고 배가 맞아 줄행랑을 쳐. 폭폭 썩을 년……"

비대한 몸집에 벌건 얼굴을 흔들어대던 늙수그레한 여자가 있는대로 목청을 돋우며 험한 욕을 내뱉었다. 그래도 화가 안 풀렸는지 힐끔 순옥을 바라보는 눈초리가 섬짓하다. 입을 씰룩거리며 툭 던지듯 묻는다.

"샥시는 뭐시여? 넘 천불 나 죽겄는디."

갑작스런 지청구에 순옥은 어찌할 바를 몰랐다. 배고픔도 어디론가 사라지고 여기에서 빨리 나가야겠다는 생각만 들었다.

"아, 예 암것도 아니여라."

"암것도 아닌디 넘의 가게는 뭣땀시 기웃거려쌌는겨 시방?"

비록 촌에서 태어나고 자라 세상물정 어둡고 어리숙했지만 한 치도 사람 경우에 어긋나지 않게 살아온 순옥이었다. 처음부터 윽박지르듯 나오는 노파에게 울컥 반감이 솟아올랐다.

"예가 식당인 거 같아 요기 좀 헐까 혀서 들어왔는디 영 어려븐거 같어 나갈라는 것이요 시방. 근디 뭐가 잘못 됐는게라?"

말꼬리를 착 내리까는 순옥의 야무진 대거리에 노파는 순간 무츠름한 빛이다. 순옥의 말에 한 치 빈틈이 없는데 어찌 시비를 걸겠는가. 게다가 배고픔에 지쳐 고개를 외로 꼬고 순옥의 등에서 잠든 젖먹이가 측은해 보였는지 노파의 목소리가 은근하게 잦아든다.

"요기를 헐라고 들어왔으믄 자리에 앉아서 국밥 쪼게 말아 주시오—하면 될 일이지. 뭐 한다고 뻔히 서서 쳐다만 본다냐 천불나게. 아가 지쳐 떨어졌구만. 아를 풀고 이리 쪼게 앉으소."

순옥은 이것저것 가릴 처지가 아니었다. 국밥이라도 한 그릇 챙겨 먹고 정신을 차려야 이 낯선 도시에서 살아갈 방도를 찾을 수 있을 것 같았다. 당장 오늘밤부터가 문제였다. 이제부터는 혼자 세상과 맞서야 한다는 절박감이 그녀를 엄습했다. 남편이 졸지에 싸늘한 시체가 되어 집안으로 들어설 때보다도 이를 악물고 친정을 나설 때보다도 이 낯선 도시에서의 첫 밤이 더 막막하게 다가왔다. 그러면서도 한 편 알 수 없는 힘이랄까 오기가 뿌듯하게 차올라오는 것을 느꼈다. 될 대로 되것지 한 번 부딪혀 보더라고…… 선지와 대파가 그득 얹히고 무럭무럭 김이 오르는 국밥을 푹푹 퍼 입에 넣으며 순옥은 눈물이 핑 돌았다. 어쩌다가 장흥 장터에서 남편과 같이 먹던 장국밥이 떠올랐다. 국밥 한 그릇을 다 비울 때까지 말 한마디 없이 부지런히 숟가락질만 해대던 그 무뚝뚝한 사내가 불현듯 그리움처럼 떠올랐다. 순옥은 고개를 세차게 가로 저으며 환영을 떨어버렸다. 뜬금없이 떠오른 남편의 얼굴을 지우기 위해 숟가락질을 빨리 했다.

"쪼게 천천히 먹드라고. 누가 쫓아오는감. 그라고 먹다가 언치기라도 하면 어짤라고. 쯧쯧……"

포대기에 싸인 종수를 들여다보던 노파가 첫 대면에 소리부터 지를 때와는 사뭇 다른 은근한 어조로 말을 붙여온다.

"광주사람 같지는 않은디 어디서 오는 길이요? 시방?"

"장흥서 오요."

"장흥이라면 그렇게 멀지는 않구마. 광주는 다니러 오는 길인감?"

어느덧 짧은 봄볕이 뉘엿거리기 시작한다. 이 낯선 도시에서 당장 오늘밤 보낼 일이 막막했다. 여자 혼자 몸으로 여관을 찾아 들기도 쉽지 않을 것이다. 그러한 순옥의 처연한 마음이 그대로 입 밖으로 흘러나왔다.

"아니요, 그냥 오는 길이요."

"그냥이라면……"

모를 일이었다. 순옥은 남편이 급살한 이후 지금까지 서럽게 흘러간 세월을 물 흐르듯 풀어놓았다. 아니 남편과의 첫 만남부터 몇 번 느껴본 행복까지도 부끄러움 없이 풀어놓았다. 거리낌도 없었고, 남편 잡아먹은 년이라는 죄책감도 사라진지 오래다. 저런— 저런— 혀를 차며 이야기를 듣다가 가끔씩 눈시울을 붉히기도 하던 노파가 종수를 넘겨주고 농주 한 사발을 퍼왔다.

"한 잔 먹자고. 샥시 팔자나 내 팔자나 어찌 그리도 기구하다냐. 소년과수 어찌 살랑가 그 징한 세월을……"

노파는 벌컥 벌컥 술잔을 비우고 나서 자기 설움에 겨워 또다시 눈시울을 붉힌다.

"그럼 광주엔 아무 대책도 없이 온 것이여 시방?"

“……”

순옥은 보일 듯 말 듯 고개를 끄덕였다.

“보기보다는 당차네……”

노파는 넌지시 순옥을 쳐다보다가 술잔을 내밀었다. 그리고 은근한 목소리로 입을 열었다.

“그럼 이렇게 하는 게 어쩔랑가. 여기서 내 일 쪼까 거들어 줘. 낮이는 식당이고 밤에는 술손님도 받는디. 뭐 식당일이랑 다를 게 하나도 없다니께……”

술을 판다는 말에 순옥은 뜨끔했지만 파김치처럼 지쳐있는 지금 이것저것 가릴 처지가 아니었다.

“글씨요. 지가 여기서 뭐 할 일이 있것어요?”

“일이 왜 읍서, 천지가 일인디. 보통 식당이랑 다를 것이 하나도 없당게 그러네. 정개일도 해주고 소지랑 샥시덜 옷도 빨아주고…… 방은 많은께 여기서 먹고 자고하믄 될 것이고. 섭섭지 않게 해줄팅게…… 어쩌.”

처음에는 망설임이 없지도 않았지만 어차피 마음먹기에 달렸다는 생각이 들었다. 내가 남정네들 앞에 나가 술을 따르는 것도 아니고 웃음을 파는 것도 아니고 밤에는 찬모처럼 부엌일만 하고 낮에는 빨래며 청소를 한다면 못할 일도 아니다 싶었다. 그러나 아무튼 김제나 장흥에서는 생각할 수도 없었던 삶이 펼쳐지려 함에 두려움이 앞서는 것 또한 어쩔 수 없었다. 개처럼 벌어 정승처럼 쓴다고 하지 않았던가. 선택의 여지가 없는 순옥은 마음을 오지게 다져 먹었다.

색시들의 간드러진 웃음소리와 흘러간 유행가 가락 그리고 만취한 남자들의 게슴치레한 눈빛과 고함소리. 그리고 툭하면 벌어지던 싸

움질. 청춘옥의 시간은 그렇게 흘러갔다. 독한 술내와 짙은 화장품 향
내에 취해 올려다본 밤하늘에는 순옥의 설움만큼이나 숱한 별들이
촘촘히 박혀 있었다. 그렇게 1년 남짓 흘러갔을 때 시어머니의 위독
함을 알리는 전보가 날아들었다. 그 분과 같이 산 것은 3, 4년에 불과
했지만 친정어머니와는 또 다른 정이 들어버린 어른. 그 어른이 세상
을 떠나려 한다는 소식이 날아든 것이다. 만사를 제쳐놓고 한달음에
쫓아갔으나 임종은 둘째 치고 이미 입관까지 마친 다음이었다.

"아니, 그 쌩쌩하던 어른이 어째 갑자기……"

"동상이 몰라서 그려. 서방님 돌아가시고 동상이 김제로 훌쩍 가버
린 뒤 하루도 눈물 마를 날이 없었당께. 우리집 양반 개망나닌거 자네
도 잘 알 것이고 엄니가 사람취급 안 한지 이미 오래여. 착실한 막내
아드님을 얼매나 의지 했간디. 그런 양반이 갑자기 세상을 버렸으니
…… 동상이 애들 데불고 김제로 간 후에도 그랬지만 광주로 떠나 뿐
후로는 차마 눈뜨고 볼 수 없었당께. 내 보다 못해 그럼 광주에 기별
해 종수 에미 오라할까요. 해 본 적도 한 두 번이 아니었는디. 그때마
다 엄니는 한사코 안 된다며 다짐을 두시더랑께. 내 죽으모 부르거라
하심서 말이여."

불쌍한 엄니. 불쌍한 우리 엄니. 이렇게 덧없이 가실 줄 알았으면
살아 계시는 동안만이라도 곁을 떠나지 말 것을. 얼매나 야속하셨을
까. 얼매나 야속하셨을까. 아이고 엄니 용서하시오. 죄 많은 지를 용
서하시오. 순옥은 벌건 황토가 그대로 묻어나는 묏등에 엎드려 시어
머니를 부르고 또 불렀다. 그러나 삶과 죽음은 엄연히 다른 길. 남편
을 묻고도 붙어있는 목숨. 하물며 시어미랴. 남의 돈 먹는 처지에 언
제까지나 처져 있을 수도 없는 노릇이고 삼우제를 마치고 다시 광주

로 향할 때 은영이까지 앞세우고 나섰다. 시어머니마저 돌아가신 시집 이제 인연이 끊어진 것이나 다름없었다. 피맺히게 벌어야 겨우 입에 풀칠할 수 있는 신세. 어디 왕래인들 쉬울 것인가. 장흥 땅 옛말할 때 오리라. 순옥은 독하게 마음먹고 돌아섰다. 기맥혀라 기맥혀라 이년의 팔자 기맥혀라. 어린 남매를 흙먼지 날리는 신작로에 오도카니 세워놓고 광주행 버스를 기다리고 있을 때 눈물이 주체할 수 없이 흘러 내렸다.

파출소 직원 두 명이 순찰을 돌다가 들르기는 예사였다. 으레 있는 형식적인 일이었다. 주인 노파가 돈 몇 푼 집어주면 못 이기는 척 집어넣고는 대충 훑어보고 색시들한테 짓궂은 농담이나 툭툭 던지다가 뒤통수를 긁으며 사라지면 그뿐이었다. 권태로운 눈빛으로 그들을 바라보는 색시들도 입가에 떠오르는 보일 듯 말 듯 한 웃음 속에 적의를 감추고 있었다. 한참을 그렇게 능글대다 돌아가던 늙수그레한 순경이 은영이를 한동안 바라보더니 엉덩이를 들썩이며 빨래를 하고 있는 순옥의 곁에 바짝 다가앉는다.

"아줌씨, 저 아그 아줌씨 딸내미 맞지라?"

"그란디요."

"아줌씨가 꼭 고향에 있는 내 동생 같아서 허는 말인디, 뭣뗌시 이란디 계시오. 어디가면 이 밥벌이 못허것소. 여기서 저 아그가 뭘 보고 배우것소?"

그 말이 순옥에게 비수처럼 날아와 박혔다. 만약 술취한 손님이 그런 소리를 씨부렸다면 육갑떨고 자빠졌네 썩을 놈— 하며 돌아서면 그만이었을 것을. 이런 인간의 눈에도 그렇게 보인다면 이건 보통 일이 아니다 싶은 게 소름이 쫙 돋쳤다. 그러고 보니 은영이가 벌써 7살

내년이면 학교에 갈 나이가 된다. 정말이지 쟈가 뭐를 보고 배울까나. 주방에서 안주며 술상을 준비하는 틈틈이 아이들의 방을 들여다보면 질탕한 유행가 속에서 지쳐 잠든 남매의 얼룩진 얼굴에 가슴을 쥐어 뜯었다. 2년 가까이 있는 동안 돈도 꽤 모였다. 먹지 않고 입지 않고 오로지 움켜쥐고 있던 돈. 그리고 남편이 순옥에게 남긴 집 한 채 그 것을 합쳐 어디론가 가자. 이제 여그를 뜰 때가 되었는갑다. 이왕 가려거든 멀리 갈까? 아주 서울까지 가버릴까. 옛부터 말새끼는 제주도로 보내고 사람의 새끼는 서울로 보내라 하지 않았던가. 그래 이왕 내친 김에 서울까지 가보자. 설마 죽기밖에 더 하랴. 장흥에서 광주로 나올 때와는 또 다른 흥분이 순옥을 감쌌다.

"언니, 정말로 가는 것이요. 그래도 언니는 저 귀여운 새끼들이 있으니 맘 붙일 데라도 있지. 서방이야 그까짓 것 돌아누우면 남인 걸 없음 어때 그라제 언니. 나도 은영이 맨치로 이쁜 딸년이래도 하나 있었으면……"

평소에도 순옥이를 언니라 부르며 잘 따르던 앳된 소영이가 눈시울을 붉히며 울먹였다. 소영의 노래 솜씨는 가히 일품이었다. 아아 가엽따아 이 내에 모옴은 그 무우얼 차아즈으려고오 구우스을픈 꾸움에 거어리를 헤메에고 이있느으나…… 독한 술에 취해 부르는 황성옛터의 한 소절에 순옥의 눈시울은 몇 번이나 붉게 물들었던가. 그 노래 속에서 정처 없이 어딘가를 헤매고 있는 나그네가 바로 자신인 것 같아 흐르는 눈물을 주체할 수가 없었다.

"잘 가시오 언니. 이게 마지막이겠지. 우리 또 다시 볼일은 없것지라. 그치? 못보더래도 애기들 잘 키우고……"

자기 설움에 겨운 인생들이 눈물바람으로 순옥을 배웅했다. 순옥은 김제로 간단한 안부 편지를 띄운 후 서울행 기차에 몸을 실었다. 쇠 갈리는 기차바퀴 소리를 들으며 가슴속 깊은 곳 또아리 튼 한이 투두둑 투두둑 잘려나가고 있었다.

5

난생 처음 와본 서울은 광주와는 비교도 되지 않은 대처였다. 수중에 얼마간의 목돈을 가지고는 있었지만 그것에 손을 댈 수는 없는 노릇이었고 무엇인가 호구지책을 찾아야만 했다. 광주에 있는 동안 색시집을 겸한 식당에서 일해 봤기 때문에 가장 만만한 곳은 식당이었다. 광주에서의 2년은 알게 모르게 순옥의 세상살이를 송두리째 바꿔 놓았다. 식당이라면 어떻게든 비벼대 볼 수 있을 것 같았다. 영등포 역 앞으로 나가 번듯해 보이는 식당으로 들어섰다. 쭈뼛거리지 않으려고 은영이의 손목을 야무지게 틀어쥐었다. 고만고만한 아이 둘을 데리고 들어서니 밥 먹으러 온 손님인 줄 알았는지 어서오시라는 인사가 날아갈 듯 깍듯하다. 우선 허기진 배부터 채우고 슬슬 생각해 보자 하는 배짱으로 설렁탕 2그릇을 시켰다.

"그란디 쪼께 여쭤볼 말씀이 있는디요."

식사가 끝나갈 때쯤 음식을 날라다 준 아가씨에게 말을 붙였다.

"네, 말씀하세요."

낭랑한 서울말이 귀를 간지럽혔다.

"저, 여기…… 일자리가 있을랑가 몰르것네요."

순옥은 남도 사투리를 최대한 감춰가며 아가씨의 말과 흡사하게 발음해보려고 애를 썼으나 25년 넘게 입에 붙은 말투가 하루아침에 고쳐질리 만무했다. 순옥이 듣기에도 우스꽝스러울 뿐이었다. 그러나 이미 뱉어진 말을 주워 담을 수도 없었다.

"일자리요? 아줌마가요?…… 글쎄요."

그 아가씨는 순옥의 말투 따위는 아랑곳하지 않는 듯 했다. 순옥을 보는 게 아니라 꾀죄죄한 두 아이를 번갈아 쳐다보며 보일 듯 말 듯 고개를 살랑거렸다. 하기야 천지에 깔린 게 젊디젊은 아가씬데 애까지 둘 딸린 아줌마에게까지 돌아올 일자리가 어디 쉽겠는가. 순옥은 두 말도 하지 않고 밥값을 치르고 서둘러 식당을 나섰다. 이보다는 조금 허름한 식당을 찾는 것이 좋을 것 같다는 생각이 들었다. 영등포역에서 무작정 길을 따라 주춤주춤 걸어내려 갔다. 한참을 걷다보니 여기도 서울인가 싶게 한적하고 초라한 골목이 거미줄처럼 얽혀있었다. 고만 고만한 작은 공장들이 빼곡하게 들어선 골목 속에는 광주에서 일했던 식당과 비슷한 가게들이 심심치 않게 눈에 띄었다. 그 중 간판도 없는 집을 골라 안으로 쑥 들어섰다. 손님 들 시간이 아니라서 그런지 가게는 텅 빈 채 썰렁했다.

"아무도 안 계시오? 말 좀 물읍시다."

두세 번 같은 말을 반복하고 났을 때 엷게 때가 오른 창호지문이 비죽이 열리면서 50대 후반쯤으로 보이는 아주머니가 부스스한 모습으로 얼굴을 내밀었다.

"뉘슈?"

깍은 듯한 서울말을 쓰던 아가씨와는 달리 어떻게든 말을 붙여 볼 수 있을 것 같은 목소리였다.

"저, 다름이 아니라 지가 광주서 2년 넘게 식당 일을 한 적이 있었는디 혹시나 사람 쓰실 일이 없으신가 하구요.”

순옥은 자신이 생각해봐도 신기할 정도로 넉살이 좋아져 있었다.
불과 2, 3년 전만 하더라도 시집이나 친정 울타리를 벗어나면 꼬박 죽
는 줄 알았었는데……

“……”

주인여자는 가타부타 말없이 종수 남매를 물끄러미 바라보고만 있
었다.

“반찬도 만들고 안주도 만들고 청소, 빨래 뭐든지 할 수 있어라……”

순옥은 주인여자의 시선에서 어떤 가능성을 발견하고서는 바짝 달
려들었다.

“글쎄, 그런 사람이 곁에 하나쯤 있어주면 나야 편코 좋지. 그러나
보다시피 가게도 시원치 않고. 그나저나 저 아이들은 어쩌구?”

주인여자는 무엇보다도 돈 걱정을 하는 눈치였다.

“예, 방 한 칸만 내주시면 돈은 따로 주시지 않아도 상관없어라. 먹
고 잘 수만 있다면……”

‘당분간’이라는 말은 하지 않았다. 세상에 누가 뜨내기를 원하겠는
가. 순옥은 여기밖에 없습니다. 언제까지나 여기에서 열심히 일하겠
습니다하는 애처러운 눈빛으로 주인여자를 쳐다보았다.

“……”

주인여자는 머릿속으로 열심히 주판알을 튕기는 눈치였다. 밥이야
밥집에서 남는 것만 처리해도 될 것이고 방이래야 안채의 것을 하나
인심 쓰면 될 것이고 그렇지 않아도 밤으로는 왠지 허전한 것이 영 안
좋았는데…… 보아하니 일은 잘할 것 같은데……

“정말 돈은 따로 안 줘도 되는 거유? 나중에 또 딴소리하는 거 아

뉴? 나도 경우없는 사람은 아닌데.”

“정말이고 말고요. 감사하구만요.”

광주에서의 일과 별반 다를 것은 없었다. 여기는 술보다는 밥을 위주로 했고 그것도 근처 공장으로 출근하는 사람들을 위해 아침 장사를 주로 하는 집이었기 때문에 어두컴컴한 새벽에 일어나 밥 준비를 해야 하는 것이 달랐다. 새벽일이 힘들 정도로 게을러지지는 않았다. 그러나 손에 한 푼도 쥐어지지 않은 채 몇 달이 흘러가다보니 많으나 적으나 매달 품삯이 수중으로 떨어지던 광주 시절이 그래도 일할 맛이 났다는 생각이 들기도 했다. 밥벌레 일벌레처럼 되어가는 것 같기도 했지만 언감생심 말로만 듣던 서울에 올라와 우선 이 정도로 뿌리를 내릴 수 있다는 것이 신기하기도 하고 고맙기 짝이 없었다. 세 끼 밥에 밤이면 아이들과 함께 누울 수 있는 방. 당분간 여기에서 더 욕심을 내는 것은 잘못이라는 생각까지 들었다. 그렇게 반 년 가까이 흘러갔을 때 황 노인을 만난 것은 순옥에게는 커다란 행운이었다.

“하이고, 준수 엄마 서울이 어딘디 간다는 것이여 시방. 뻔히 눈뜨고도 코벤다는 디가 서울인디……”

순옥이 서울로 가겠다는 말을 꺼냈을 때 청춘옥 주인은 고개를 절레절레 흔들며 말리기부터 했다. 영등포역에 내릴 때까지도 그 말이 귓가를 떠나지 않았다. 여기서 까딱하면 나는 물론이고 저 어린 남매도 끝장이라는 독한 마음먹고 지내온 반 년 세월이었다.

“아주머니 힘드시죠. 아이까지 둘씩이나 딸리고 얼마나 힘이 드시우?”

황 노인은 자그마한 체구에 하얀 얼굴. 곱게 늙은 전형적인 초로의 신사였다. 나이로만 보자면 아버지뻘은 되고도 남을 테지만 그런 것

278

은 생각할 겨를도 없었다. 모두가 자신을 노리는 남정네로만 보일 뿐
이었다. 그러니 황 노인을 대하는 순옥의 태도가 자연 차가울 수밖에
없었다. 그는 잊을만하면 가끔씩 가게에 들러 국밥에 반주 한 잔을 곁
들이고 돌아가곤 했다. 그 온유한 눈빛과 얌전한 몸가짐에 순옥도 어
느 때부터인가 필요 이상의 경계심을 풀고 노인을 대하기 시작했다.
그는 노량진 쪽에서 복덕방을 하고 있다고 자신을 소개했다.

"그란디 할아버지께서는 댁도 요 근처가 아니람서 뭣땀시 이리고
자주 오신다요?"

"아, 그건…… 내가 이 근처에 땅을 조금 가지고 있어요. 얼른 작자
가 나타나 팔아넘겨야겠는데 이리저리 까탈을 부리고 영 성사되지
않는구먼. 오늘도 그 일로 왔었는데 허탕만 치고 말았네……"

그 동안 드나들면서 눈치 챈 것도 있을 것이고 순옥이 틈틈이 얘기
한 것도 있고 해서 황 노인은 순옥의 처지를 대충은 알고 있는 터였다.

"언제까지나 이렇게 지낼 생각인가. 한 살이라도 젊었을 때 어떻게
하든 기반을 잡아야지. 여기에서 남 존 일만 시켜서야 되겠수. 이제
아이들도 하루가 다르게 커 갈 텐데."

"평생 촌이서만 살아온 지가 뭘 알간디요. 서울하늘 아래서 몸뚱이
움직여 먹고 자는 것만도 감지덕지지요."

"그렇기야 하겠지만…… 조그만 가게라두 해 보면 어떨까? 노량진
쪽에 작은 점포끼고 방 둘 있는 집들이 꽤 있는데 동네도 조용하고 큰
길에서 조금 들어가야 한다는 거와 무허가라는 것이 좀 걸리기는 하
지만…… 비록 제 땅에다 등기 내고 지은 집은 아니지만 벌써 그렇게
들 살아온 세월이 얼만데 관청에서도 어느 정도 묵인하고 있는 형편
이고 선거 때마다 양성화시킨다는 말도 있고 하니…… 또 만약에 도

시계획 같은 것에 걸린다하더라도 실주민 보상비라는 게 있거든, 방 하나 세를 끼면 그만큼 부담을 덜 수도 있고 말이지…… 시간 있을 때 와서 구경이나 한 번 해 봐요."

황 노인은 약도까지 자세히 그려 순옥의 손에 쥐어 주었다. 노인이 다녀 간지 일주일 쯤 지났을 때 바람도 쐴 겸 한 번 가볼까 하는 생각이 들었다. 주인아주머니한테는 먼 일가 언니를 만난다는 핑계를 대고 짬을 내었다. 큰 길 버스정류장에 서서 지나가는 버스의 번호를 일일이 확인했다. 옆에 서 있는 사람에게 물어보지 않았다. 아무리 봐도 서울 사람들은 그렇게 하지 않는 것 같았다. 정신만 똑바로 차리고 있으면 황 노인이 일러준 버스가 도착할 것이다. 순옥은 그렇게 야무지게 서울 생활에 적응해 갔다. 황 노인을 따라가서 본 집은 아닌게 아니라 탐이 났다. 비록 무허가 달동네였지만 홋수도 꽤 되고 근처에 이렇다 할 가게도 없는 것이 잘만하면 괜찮을 것 같았다. 순옥이 가지고 있는 돈을 절반정도만 들이고 방 하나를 세주고 해서 돈을 마련하면 어찌되었건 점포 딸린 내 집이 서울하늘아래 생긴다고 생각하니 꿈만 같았다. 무엇보다도 황 노인이 믿을 만 했고 그 옆에도 앞에도 수백 채나 되는 집들이 모두 무허가라는데 설마 하루아침에 내 땅이니 내 놓아라 하고 주인이 나설 것 같지도 않았다. 더구나 서울시 땅이라는데 사람 나고 돈 낳지 설마 관청에서 가난한 백성들을 길바닥으로 내 몰기야 하랴. 두둑한 배짱까지 생겨났다. 다만 마음에 걸리는 것이 있다면 어찌되었건 생면부지 시골뜨기를 그래도 일 년 가까이 먹여주고 재워준 주인아주머니에게 미안할 따름이었다.

6

　점포라고 해 봐야 꼬마들 과자부스러기나 콩나물, 두부 같은 가난한 사람들 찬거리 그리고 막걸리나 소주 같은 것들이 전부였다. 애초부터 큰 돈 벌 생각은 없었고 호구지책으로는 그럭저럭 괜찮을 것 같았다. 큰 기대를 하지 않았지만 장사는 괜찮은 편이었다. 일주일에 서너 번씩 새벽시장에 가서 물건을 떼어오는 일이 큰일이라면 큰일이었다. 그 짐이 보기보다 무겁기도 하려니와 버스에 실어 주느니 안 실어주느니 차장 아가씨와 실랑이하는 일도 만만치는 않았다. 그러나 그런 것만 빼고 나면 진열해 놓은 물건을 오가는 동네 사람들에게 파는 일이라 힘들지는 않았다. 은영이가 학교에 입학하면서 오전 시간은 종수와 단둘이 호젓하기까지 했다. 그러나 순옥에게 그만한 호젓함도 아직은 사치였던가? 복병은 생각지도 않은 곳에 잠복해 있었다.

　"소주 한 병 주이소."

　가끔씩 저녁 무렵 소주 한 병씩을 사 가지고 비척비척 언덕길을 힘겹게 올라가던 경상도 아저씨가 오늘은 돈을 치르고도 갈 생각을 하지 않고 털푸덕 점빵 툇마루에 걸터앉았다.

　"쐬주 한 잔 마시고 가입시더. 괜찮겠지예. 먹다 남은 김치 있으면 쪼매만 주시겠습니꺼?"

　서로 인사를 트고 지내는 사이는 아니었지만 가게에 들려 소주를 사 간 것이 한두 번도 아니고 뻔히 얼굴을 아는 처지에 안 된다고 매정하게 자를 수도 없는 노릇이었다. 썩 내키지는 않았지만 김치를 보시기에 담아 소주와 함께 내놓았다. 그렇다고 달랑 김치 하나만 내놓기도 뭣해서 마침 찌개를 끓여 먹고 남겨놓은 두부를 썰어 옆에 놓아주었다.

"뭘 이케까지…… 고맙심더."

젊도 늙도 않은 사내가 마루 끝에 웅크리고 앉아 소주잔을 비우고 김치와 두부를 우적우적 먹고 있는 뒷모습을 보고 있자니 듬직해 보이는 등판이 솔직히 싫지는 않았다.

"잘 먹고 갑니더. 안녕히 계시소."

"살펴가시오."

그것이 잘못이었다. 일주일에 두세 번씩 그 남자는 으레 소주를 마시고 가는 줄 알고 가게 문을 두드렸다. 혼자 오는 날이 많았지만 때로는 두세 명 술꾼들과 같이 몰려오기도 했다. 사내 중에는 점잖은 사람도 많이 있었다. 대표적인 사람이 황 노인 같은 이다. 그러나 모두가 그런 것은 아니었다. 힐끔힐끔 곁눈질하는 사내도 있었고 노골적으로 음침한 눈으로 순옥의 위아래를 훑는 치들도 있었다. 한 병이 두 병 되고 두 병이 세 병 되면서 걸핏하면 멱살잡이에 고래고래 질러대는 고함소리도 듣기 싫었다. 더군다나 아줌씨 아줌씨 하며 콧소리를 섞는 꼬락서니는 눈꼴사나워 더 이상은 두고 볼 수가 없었다. 이대로는 안 되겠다 싶어 어느 순간 사람을 가게 안에 일체 들이지 않았다. 그랬더니 왜 사람을 차별하느냐. 내 돈은 돈이 아니더냐. 언놈은 안주 떡 벌어지게 술상까지 차려주고 언놈은 문전박대냐고 고래고래 소리를 지르는 축들도 있었다.

"뭐 이런 기 다 있노. 니도 기집이라꼬 인물 가리나. 매꼬롬한게 기생 오래비 같은 최가놈은 김치에 안주에 떡 벌어지게 차려주더니만 왜 사람 차별하는 것이여 얼릉 술 안 줄 것이여…… 씨벌.”

혼자 사는 여자라고 얕보는 것인지 고함을 지르다 지르다 유리문을 발로 걸어차 박살을 내는 망나니까지 있었다. 지겨웠다. 생전 친정아버지나 남편의 술주정도 받아본 적이 없건만 별 우스운 것들한테 시달림을 당한다고 생각하니 분함을 넘어 서글프기 짝이 없었다. 남편 없는 년이라고 업신여김을 당하고 있다는 생각이 들자 왈칵 눈물이 솟구쳤다. 지금까지 살면서 받은 수모가 한두 번이 아니었지만 이런 종류의 것은 정말이지 견디기 힘들었다. 그 후에도 최 씨는 막무가내로 가게로 밀고 들어왔고 소주잔을 기울이고 돌아갔다. 그게 이상했다. 최 씨만큼은 매정하게 돌려세울 수가 없었다.

“흥 니년이여? 지 서방 잡아먹은 과부년 주제에 넘의 서방을 넘봐. 인물 좀 빤드롬헝께 꼬리를 쳐 망할 년.”

다짜고짜 달려든 뚱뚱한 여자가 과자부스러기를 집어던지며 악장을 치더니 급기야는 순옥의 머리채까지 휘어잡았다.

“그럴려면 이 알량한 가게 걸어치고 아예 술집 차리고 나 앉어 이년아. 얌전한 척 하면서 뒤로 호박씨 깔 생각일랑 아예 말구 이년아.”

뚱뚱한 여자의 악다구니는 한동안 계속되었다. 겁에 질린 아이들이 서로 부둥켜 안고 울음을 터뜨렸다. 그 난리통에 동네 사람들이 웅성웅성 모여들고 파출소에서 순경까지 나온 다음에야 겨우 겨우 끝이 났다. 얼굴에 상채기가 나고 머리카락이 수북히 뽑혀 나왔다. 망신도 그런 망신이 없었다. 흡사 발가벗고 큰길에 나선 듯한 참기 힘든 수치심이 전신을 휘감았다. 여자는 서방그늘에서 살다가 시집 구신이 되어야 혀. 뭐니뭐니혀도 그기 상팔잔거…… 언뜻 친정아버지의 카랑카랑한 목소리가 들려오는 것 같았다. 이 짓거리도 못해먹을 노

룻이로구나. 순옥은 그 분란을 겪은 며칠 후 자리가 잡혀가던 가게를
미련 없이 내놓고 살림집으로 옮겨 앉았다. 순옥이 할 수 있는 것은
몸으로 때우는 일밖에 없었다. 이 때부터 파출부 일에 매달리기 시작
했다. 70년대로 접어들면서 집집마다 없는 집이 거의 없던 식모아이
들이 또 다시 어디론가 이동하기 시작했다. 본격적으로 시작된 산업
화와 향락화의 물결에 밀려 공장으로 술집으로 빠져나갔던 것이다.
그들이 썰물처럼 빠져나간 자리를 메꾸면서 새로운 형태의 직업으로
등장한 것이 파출부였다.

7

"사모님, 종수놈 여행에서 돌아오면 내 잔치 한 번 걸게 해 볼라요.
우리 며늘애가 아주 참하다요. 사모님 아즉 한 번 도 못 보셨지요. 인
물도 곱고…… 내 팔자에 어찌 저런 복덩이가 며늘애로 들어왔나 신
기할 때가 한 두 번이 아니랑게요."
종수 엄마의 목소리가 가볍게 들떠 있었다. 몇 해 전 은영이를 결혼
시키고 나서도 그랬다. 경인에너지에 다니는 사윗감 자랑에 침이 마
를 지경이었다.
"그거 아주 잘 됐네. 종수 엄마가 그 긴 세월 한 눈 팔지 않고 착실
하게 살아온 대가지 뭐."
"사모님, 지라고 왜 흔들릴 때가 없었겠어라. 사모님도 잘 아심시
로. 어느 때는 너무 힘들고 내 인생 이대로 넘의 일만 하다가 마나 하
는 생각이 들 때면 다 때려치고 확 팔자 한 번 고쳐볼까 생각했던 적

도 꽤 여러 번 있었지라. 솔직히 남자 생각이 나서 그런 것은 아니고요. 이 나이에 뭔 남자가 그립것소 남사스럽게…… 넘들처럼 그냥 든든한 울타리 속에 들어가 맴 편히 한 번 뉘보고 싶은 생각 뿐이었당게요."

어쩌면 좋소 사모님. 하이고 이 나이에 나 좋다는 사람도 다 있습디다. 일 다니는 아파트 경빈디. 3년 전에 상처한 홀아비라는디 사람 통해 말을 넣어왔소. 고등과 다니는 아들이 하나. 중핵교 다니는 딸이 하나 있다고 하던디…… 종수가 국민학교 5학년 땐가 내게 하소연하던 일이 문득 생각났다. 그 때 나는 종수 장가까지 들여놓고 정 외로우면 그때 가서 재혼하라고 지금은 안 된다고 내 자식 내버리고 남의 자식 키우려고 그러느냐고 한사코 뜯어말렸던 일이 떠올랐다.

"그것도 없으면 그게 어디 사람인가 목석이지. 사람이니까 갈등도 생기고 하는 게지. 그거 욕할 사람 아무도 없어. 어째든 종수 엄마 참 용해. 은영이 잘 키워 고등학교까지 졸업시켜 시집 잘 보냈지. 종수 대학까지 졸업시켜 장가들였지. 참 큰 일 했어. 애들이 이제 종수 엄마 잘 모실테니 두고 보우."

"고맙구만이라. 내 인자 말이지만 사모님 아니었으면 내 인생 어디로 흘러갔을런가 아무도 모를 것이요잉."

"물론 나도 종수 엄마가 남 같지 않아서 옆에서 쓴 소리도 많이 했지만 아마 듣기 싫었던 때도 있었을 거야. 하지만 내 생각에 종수 엄마가 제 길을 갈 수 있었던 것은 뭐니뭐니해도 친정부모님들의 은공이 컸던 것 같아."

"불쌍한 우리 엄니. 돌아가실 때까지도 나를 못 잊어 눈을 못 감으시더만…… 내가 천하의 불효요. 울 아버지…… 이미 돌아간 어른 애

기해서 뭐 하겠소만 아이고 징헌 양반…… 그건 그라고 잔치 헐 때 사모님 꼭 오시오. 종수 내외 사모님께 꼭 큰 절 올리게 헐라요."

"쓸데없는 소리. 내가 왜 남의 집 아들 며느리 큰절을 받어."

"아니어라. 말이야 바른 말이지. 종수놈 대학까지 공부한 것은 사모님 덕이 누구보다도 크요. 내 그놈 공고나 졸업시켜 지 밥벌이나 하게 할 심산이었지, 언감생심 대학이 가당키나 혔것소. 그런데 사모님께서 딸내미는 몰라도 아들만큼은 대학 공부시켜야 한다고 누누히 말씀하셔서 그놈이 전문대학이지만 대학물까지 먹은 것 아니것소. 은혜를 모르면 그게 사람이간디요."

"어째든 연락해. 내 꼭 갈테니까."

"야……"

종수 엄마는 잠시 침묵을 지킨다. 무언가 할 이야기가 따로 있는 것 같은데 쉽게 입이 떨어지지 않는 것 같았다.

"종수 엄마 왜 그루. 뭐 할 얘기 있수."

"…… 사모님, 나 인자 고만 서울을 떠야 할 것 같아요. 벌써 25년을 넘게 살다보니 내가 전라도 사람인지 서울사람인지 모를 지경이 되야부렀지만…… 서울살이 미운정 고운정도 많이 들었지만 그래도 인자는 그만 뜰 때가 된 것 같소."

"갑자기 그게 무슨 소리야?"

"갑자기가 아니어라. 3, 4년 전부터 말이 있었는데 그러다 말겠지 했는데. 내가 살고 있는 집 옆으루다 도로를 낸다나 뭐 어쩐대나 해서 토지수용이 들어왔어라."

"그 집은 무허가가 아니잖아?"

"물론이죠. 이 집은 엄연히 등기까지 낸 틀림없는 내 집인디. 새로

도로가 뚫리면서 수용한다 안 합디여."

"어쩌나 그 집이 종수 엄마한테는 큰 재산인데…… 수용령이 내렸으면 싯가대로 받는게 아니라 공시가로 받게 될 텐데 어쩌나."

"물론이지라. 큰 재산이 아니라 내게는 전재산이나 다름없지요. 동네에서는 땅값을 더 받을 심산으로 날만 새면 구청으로 시청으로 뻔질나게 몰려다님서 보상협상을 한다는데…… 나는 어찌됐거나 빨리 마무리나 되었으면 허요. 지가 언제는 큰돈 가지고 서울 올라왔소. 그까짓 시골 오막살이 한 채 밖에 더 있었을라고. 지금 생각해 보면 참 겁도 없었지."

"언제쯤 결판이 날 것 같는데……?"

"글씨요. 늦어도 내년 봄까지는 되것지요. 얼마라도 돈이 나오면 종수 아파트나 작은놈으로 하나 사주고 몇 푼이라도 남으면 그걸 갖고 장흥땅으로 내려갈라요. 이제는 서울 생활도 지겹고 넘의 일이라면 지긋지긋허요. 내 이런 말하면 벌 받지 험서도, 지금까지 먹고 살고 자식 공부시킨 것이 다 어디서 나왔나 생각은 그렇게 들음서도 넘의 일을 생각하면 끔찍한 게 솔직한 제 심정이오. 장흥가서 살만한 집이나 한 채 사고 땅이나 조금사서 땅파묵고 살라요. 그 동안 먹고 사는디 바빠 버려두다시피한 종수 아버지 묏등도 돌봄서 이제는 그렇게 살고 싶구만요."

"그래도 그렇지 이렇게 갑자기 떠나면 섭섭해 어쩌지."

"당장은 아니고 내년 봄이나 되아야 할 것 같아요. 내려가 자리 잽히는대로 사모님 한 번 모실 팅게 장흥 구경 한 번 오시요잉? 저그 남쪽 끝이라 겨울게도 여기처럼 이라고 춥지 안 허요. 다른 거는 다 몰라도 봄이 되면 제암산 이라더냐 그 기슭에 새빨갛게 피어나는 철쭉은 정말 볼 만허요. 징허당께요. 철쭉꽃 필 때 쯤 사모님 꼭 한 번 댕겨 가시오."

그렇게 들어서 그런지 종수 엄마 목소리는 아까와는 사뭇 달리 생기가 도는 것 같았다. 늘 입버릇처럼 이야기하던 남도의 고운 봄볕이 그녀의 눈에 아물아물 비쳐오는지도 모르겠다.

작가 後記

14년 전 소설을 처음 써보았다. 학생들이 만드는 졸업작품집에 교수 작품을 같이 싣는 게 예의라는 생각이 있었다. 그렇게 한두 편 쓰고 나니 이왕 시작한 일, 큰 의미를 두지는 않았지만 몇 차례 검증 과정을 거쳐보기로 했다. 그 후 재미를 붙여 내 이야기든 남의 이야기든 꾸준히 썼다.

그러던 중 상황이 변했다. 재직하던 학교(가천길대학)가 4년제로 통폐합된 것이다. 사람은 환경의 지배를 받는다. 작품 창작보다 논문 집필이 훨씬 중요한 일이 되면서 자연히 창작 의욕이 줄어들었다. 그래도 2010년 무렵까지 근근이 써왔는데 최근 들어 절필 상태가 되었다.

올 초 문득 되돌아보니 15편 정도의 작품이 USB 한 구석에 담겨있었다. 저들이 불쌍했다. 그래도 한 때는 내 존재처럼 느껴지던 것들이었는데, 지금은 집도 없이 떠도는 난민 같아 보였다. 어떻게 해서든 저들에게 집 한 칸을 마련해 주고 싶었다.

같은 길을 가고 있는 선배의 주선으로 새미 출판사를 알게 되었다. 작품집을 낼 수도 있겠다는 생각에 다시 한 번 의욕이 생겼다. 이 여름 무더위에 저들을 깨워 세수를 시키고 머리를 깎고 옷을 입혔다. 그리고 이제 깔끔하게 마련된 집으로 이사를 간다. 저들의 집을 지어주시느라 노고를 아끼지 않으셨던 새미 가족 여러분께 다시 한 번 감사의 말씀을 드린다.

2013년 8월 가천대 연구실에서　신승희

오이도 烏耳島

초판 1쇄 인쇄일	2013년 8월 29일
초판 1쇄 발행일	2013년 8월 30일

지은이	신승회
펴낸이	정구형
편집이사	박지연
편집 / 디자인	정유진 이하나 신수빈 윤지영 이가람
마케팅	정찬용 권준기
영업관리	심소영 김소연 차용원 전소희
인쇄처	월드문화사
펴낸곳	새미

등록일 2006 11 02 제2007-12호
서울시 강동구 성내동 447-11 현영빌딩 2층
Tel 442-4623 Fax 442-4625
www.kookhak.co.kr
kookhak2001@hanmail.net

ISBN	978-89-5628-628-0 *03800
가격	12,000원